Arena-Taschenbuch

Band 50798

Dieser Titel ist auch als Hörbuch erhältlich.

Laura Buzo
ist in Sydney zur Schule gegangen und hat einen Abschluss in Kunst und Sozialarbeit. Vor und während ihres Studiums hat sie in den verschiedensten Jobs gearbeitet: an der Kasse im Supermarkt, als Bedienung, beim Geschenke verpacken, Kekse backen, als Bürohilfe und nach dem Abschluss als Sozialarbeiterin. Die letzten Jahre über hat sie immer wieder ihren gesamten Jahresurlaub auf einmal genommen und sich mit Stift und Papier und einer Idee im Kopf an den Küchentisch gesetzt. Sie lebt mit ihrer Tochter in Sydney. *Wunder wie diese* ist ihr erster Roman.

Laura Buzo

Wunder wie diese

Aus dem Englischen
von Mo Zuber

Arena

Für abwesende Freunde

MIX
Papier aus verantwortungsvollen Quellen
FSC
www.fsc.org
FSC® C110508

1. Auflage als Arena-Taschenbuch 2015
Die Originalausgabe erschien 2010 bei Allen & Unwin,
Crows Nest NSW, Australia unter dem Titel *Good Oil.*

Die Ausschnitte aus der »Ballade vom alten Seemann«
von Samuel Thomas Coleridge auf S. 134 und 137 werden zitiert nach
der deutschen Übersetzung von Ferdinand Freiligrath, München 1925.
Die Passagen aus *Große Erwartungen* von Charles Dickens
auf S. 184 und 185 werden zitiert nach der deutschen Übersetzung
von Melanie Walz, München 2011.

Aus dem Englischen von Mo Zuber
Umschlaggestaltung: Frauke Schneider
Umschlagtypografie: KCS GmbH · Verlagsservice &
Medienproduktion, Stelle/Hamburg
Gesamtherstellung: Westermann Druck Zwickau GmbH
ISSN 0518-4002
ISBN 978-3-401-50798-9

www.arena-verlag.de
Mitreden unter *forum.arena-verlag.de*

Sphären der Machtlosigkeit

AMELIA
LAND DER TRÄUME

Licht an

»Ich schreibe ein Theaterstück«, sagt Chris und lehnt sich über das Warenband meiner Registrierkasse. »Ich werde es *Tod eines Kunden* nennen.« Er weist mit dem Kinn in Richtung der Gänge mit den Lebensmitteln, die von grellem Neonlicht ausgeleuchtet sind.

Ich brauche einen Moment, bis ich die Anspielung kapiere, aber dann fällt es mir ein. *Tod eines Handlungsreisenden.* Das Stück habe ich letztes Jahr zusammen mit Dad im Theater gesehen.

»Klingt gut.«

»Willst du mitspielen?«

Ich nicke begierig.

»Cool. Wir gehen nach der Arbeit noch in den Pub, um daran zu arbeiten. Komm doch mit.«

»Wer…«, kiekse ich. »Wer geht denn alles?«

»Oh, Ed, Bianca, Donna… die Üblichen eben.«

Ich bin erst seit drei Wochen fünfzehn, aber nachdem ich vor einem Monat meine Zahnspange losgeworden bin, wäre es für mich wahrscheinlich kein Problem mehr, in den Pub reinzukommen, zumindest vom Aussehen her. Das Problem ist, dass mich mein rasendes Herzklopfen mit Sicherheit an den Türsteher verraten würde, und selbst wenn es das nicht täte und ein Wunder geschähe, graut es mir davor, mit meinen Arbeitskollegen auszugehen. Nur bei Chris ist es was anderes.

Donna ist ungefähr in meinem Alter, aber sie hat keine Probleme, mit den anderen mitzuhalten. Sie schminkt sich die Augen und ist bei allem sofort mit dabei. Sie trägt wadenhohe schwarze Stiefel mit lila Schnürsenkeln und sie raucht. Ihr Vater hat sie schon mehrfach vor die Tür gesetzt. Sie hat echte *Street Cred* vorzuweisen. Im Gegensatz zu mir. Ed ist ganz in Ordnung, aber er ist schon achtzehn und die meiste Zeit ziemlich undurchschaubar. Bianca ist dreiundzwanzig und ignoriert mich derart konsequent, dass es nur volle Absicht sein kann. Mit denen geh ich bestimmt nicht in den Pub.

»Ich kann nicht«, entgegne ich.

»Warum nicht?«

»Ich muss noch Hausaufgaben machen.«

Das ist nicht einmal gelogen. Ich habe in Mathe sowieso schon zu kämpfen. Wenn ich jetzt noch mit den Hausaufgaben hinterherhänge, wird es nur noch schlimmer. Meine Schicht geht bis um neun, und selbst wenn ich gleich danach nach Hause gehe, wird es mindestens zwanzig vor zehn, bis ich zu meinen Hausaufgaben komme.

Chris verzieht missbilligend das Gesicht. »Na und? Ich muss bis Freitag eine Seminararbeit mit 2000 Wörtern abgeben. Aber man muss doch auch noch leben dürfen.«

»Ich kann nicht.«

»Du kannst das doch noch morgen früh machen.«

Ich schüttle den Kopf.

»Ich bring dich anschließend nach Hause. Bis Mitternacht bist du zurück.«

Jetzt bin ich hin und her gerissen. Wenn ich ihn zwei

Stunden mit den anderen teile, hätte ich ihn auf dem Nachhauseweg fünfzehn Minuten ganz für mich allein.

»Ed hat das Auto von seinen Eltern. Wir können dich direkt vor der Haustür absetzen.«

Mist. »Ich kann nicht.«

»Na gut, dann eben nicht«, sagt er und entzieht mich seiner Gegenwart - wie Eltern, die ihrem Kind zur Strafe das Lieblingsspielzeug wegnehmen. Er verdrückt sich in Richtung Delikatessenabteilung, bestimmt um Georgia, »die üppige Blonde aus der Deli-Abteilung«, zu fragen, ob sie mit in den Pub kommt und an seinem dramaturgischen Meisterwerk mitarbeiten will.

Wie der Name, den Chris ihr gegeben hat, vermuten lässt, ist Georgia in der Tat blond, hat einen großen Busen und kriegt es hin, selbst in dem weißen Kittel der Delikatessen-Abteilung sexy auszusehen. Mein Anlass zur Eifersucht begründet sich aber eher daraus, dass sie mit achtzehn Jahren drei Jahre näher an Chris ist.

»Unfair«, murmle ich, als er aus meinem Blickfeld verschwindet.

Im Land der Träume

Bei Chris heißt der Woolworth, wo wir arbeiten, nicht einfach Woolworth. Er nennt ihn »Land der Träume«. Abends und an den Wochenenden arbeiten meist nur Aushilfen im Land der Träume. Das sind fast ausnahmslos Schüler (Street-Cred-Donna, ich und noch ein paar andere gehen auf die öffentlichen Schulen in der Gegend), Studenten (Chris, Kathy, Celene, Stuart) und ein paar sogenannte »junge Leute«, die sich noch nicht im Klaren darüber sind, was sie eigentlich mit ihrem Leben anfangen wollen, und die, während sie das herausfinden, bei Woolies arbeiten (Ed, Bianca, Andy).

Wenn ich allerdings genauer darüber nachdenke, ist das vielleicht nur meine Interpretation. Ich habe nämlich noch nie erlebt, dass sich Ed, Bianca oder Andy um das Geheimnis ihres Daseins oder ihren Platz auf dieser Welt scheren. Sie sind einfach da. Ed, um Geld zu verdienen, mit dem er seinen Graskonsum finanziert, Bianca, um sich an die Jungs an der Kasse ranzumachen. Und Andy? Wer weiß das schon. Der sagt so gut wie nie etwas.

Ich habe letztes Jahr im Land der Träume angefangen, mit fast genau vierzehndreiviertel. Der Grund ist, dass ich meine Eltern ungern um Geld bitte und mir zugleich klar war, dass bei uns eh nie groß was übrig bleibt. Über Geld wird bei mir zu Hause nicht offen gesprochen, aber ich glaube, letztes Jahr war es noch knapper als sonst. Meine Schwester Liza ist nach Bathurst gezogen, um dort an der Uni zu studieren, und mein Dad war diesmal längere Zeit ohne Aufträge. Es nervte mich zusehends, andauernd um Geld bitten zu müssen. Dad sagte jedes Mal, er hätte keins und ich solle mich an Mum wenden. Mum seufzte dann, schaute genervt und händigte mir gnädigst welches aus. Da habe ich mir gedacht, jetzt reicht's.

Ich bin zum Einkaufszentrum gegangen und habe in jedem Laden nach Arbeit gefragt, außer beim Schlachter (igitt) und im Tabakwarenladen (von Grund auf böse).

Ich musste mich jedes Mal selbst ermutigen, nachzufragen und dabei nicht ins Stottern zu geraten. In ein paar Läden hab ich ganz schön rumgestammelt, aber in den meisten haben sie sich meine Daten notiert und versprochen, sich zu melden, wenn was frei würde. Eine Woche später rief eine Dame von Woolworth an und bat mich, nach der Schule zu einem Vorstellungsgespräch vorbeizukommen. Die Woche drauf habe ich angefangen.

Als ich am Morgen nach meiner ersten Probeschicht zum Frühstück hinunterging, las Dad gerade die Zeitung und Mum wischte den Brei meiner kleinen Schwester auf, der auf den Boden gekleckert war.

»Ich hab einen Job bei Woolworth«, sagte ich.

»In der Metro Fair«, fügte ich hinzu.

»An der Kasse«, beendete ich meine Ausführungen.

Mum nickte kurz beim Aufwischen.

»Gut«, sagte Dad. »Sehr gut, mein Schatz.«

Seitdem arbeite ich dreimal die Woche von 16 bis 21 Uhr und samstags, manchmal auch sonntags, von 12 bis 16 Uhr.

Ich hab meine Arbeitszeiten schon voll verinnerlicht. Nach Schulschluss schiebe ich mich an den Horden von Mädchen, die in die Freiheit drängen, vorbei zu meinem Spind. Er befindet sich neben dem meiner besten Freundin Penny, sodass wir uns am Ende eines jeden Schultags dort treffen. Ich schäle mich aus meiner Uniform und schlüpfe in meine schwarze Hose und die schwarzen Schuhe.

»Süße«, sagt Penny öfter mal, während sie mir dabei zusieht, wie ich mich in meine Arbeitshose hineinkämpfe und meinen Schulrock über den Kopf zerre, sehr darauf bedacht, dass mir die Bluse nicht mit hochrutscht, »das muss doch auch einfacher gehen.«

Sie hält die Bluse fest und stützt mich, wenn ich beim Schuheschnüren das Gleichgewicht verliere. Ich stopfe die Uniform in meinen Rucksack und schnappe mir Bücher und Hefte. Dann stürzen wir uns ins Gedränge und bahnen uns den Weg nach draußen.

So, wie Australien vom Meer umgeben ist, wird unsere Schule vom Verkehr mehrerer Schnellstraßen umringt. Sie liegt inmitten von sechsspurigen Hauptverkehrsadern voller Abgase. Wenn es regnet, bilden sich in den Abflussrinnen riesige Öllachen. Die vorbeifahrenden Busse versprühen diese ölige Gischt literweise über die Bürgersteige. Die fünf Meter zwischen Bordstein und Schulzaun erlauben kein Entrinnen. Es ist schon schlimm genug, wenn man beim Warten an der Bushaltestelle vom Regen durchnässt wird, aber wenn es einen morgens dann noch auf dem Weg zum Schuleingang erwischt, toppt das wirklich alles.

Nach der Schule fahr ich immer mit dem 760er Bus. Einen Sitzplatz kriege ich nie, weil die Jungs von der Schule nebenan echte Drängler sind. Zu den zermürbendsten Augenblicken meines Schulalltags gehört die Busfahrt mit ungefähr zwanzig Jungs in meinem Alter, die keinerlei Skrupel haben, sich über jeden, der kleiner ist als sie oder weniger rempelt, hinwegzusetzen. Sie schubsen, fluchen, protzen, was das Zeug hält, und sind sich noch nicht mal zu schade, einen an den Haaren zu ziehen. Einer der Busfahrer hilft uns manchmal, indem er keinen der Jungs reinlässt, bevor nicht alle Mädchen drin sind. Die Jungs fluchen dann leise vor sich hin, während wir Mädchen einsteigen, und man kann sich getrost darauf verlassen, dass sie am nächsten Tag nur noch gnadenloser sein werden.

Meistens warte ich einfach bis zum Schluss und versuche, mich dann noch als Letzte reinzuquetschen. Aber an den Tagen, an denen ich zu Woolies muss, kann ich das nicht riskieren, sonst komme ich zu spät zur Arbeit. Mit dem 760er schaffe ich es gerade so bis um vier. Dort angekommen, binde ich mir hastig das rote Halstuch um, stecke das Namensschild an, stopfe meine Sachen in den Spind, sehe auf dem Dienstplan nach, an welcher Kasse ich in dieser Schicht sitze, und springe auf meinen Platz.

Die Grundlagen

Miss Amelia Hayes, willkommen im Land der Träume!«

Der Junge grinste mich an und wies mir den Weg in dasselbe winzige Büro, in dem ich schon das Vorstellungsgespräch hatte.

»Ich lass euch dann mal allein«, sagte die Abteilungsleiterin und zog hinter sich die Tür zu.

Der Junge und ich musterten uns einen Moment lang von oben bis unten. Ich schätzte ihn auf etwa zwanzig. Er sah unscheinbar aus, aber er hatte eine offene, freundliche Art, die einen sofort für ihn einnahm. Seine Augen funkelten.

»Ich«, sagte er, »bin Chris, dein dir wohlgesinnter

Belegschaftsleiter. Du bist mir für drei Vierstundenschichten zugeteilt worden. Ich werde dich *Grasshopper* nennen und du mich *Sensei* und ich werde dich in die Woolie-Abgründe führen. In Ordnung?«

»Alles klar«, grinste ich. Es war schwer, nicht zu grinsen.

»Also«, sagte er und kramte in den Hosentaschen. »Wo ist bloß dein ...? Aha.« Er zog ein Namensschild hervor, auf dem ›in Ausbildung‹ stand. »Dieses Baby gehört für die nächsten drei Tage erst mal dir. Wenn du dich nicht allzu dämlich anstellst, kriegst du danach dein eigenes, das du bis an dein Lebensende abgöttisch lieben und ehren wirst.«

Er kam auf mich zu und befestigte das Schild an meiner Bluse. Ich wusste nicht, wohin ich sehen sollte.

»Nur damit du Bescheid weißt: Ich bin offen für alle Arten von Bestechung.«

»Gut zu wissen.«

»Dann lass uns mal losziehen.«

Chris zeigte mir, wie man die Einkäufe so einpackte, dass die Kunden möglichst wenig daran auszusetzen hatten. Aber man konnte es natürlich nicht allen recht machen, wie er betonte. Er brachte mir die Namen der weniger bekannten Obst- und Gemüsesorten bei: Steckrüben, Rambutan, Jackfrucht, Kaki, Durian, Tamarillo, Drachenfrucht, Karambola oder Sternfrucht, Okraschoten. Außerdem viele verschiedene Apfelsorten: Fuji, Braeburn, Pink Lady, Bonza, Jonathan, Sundowner, Red Delicious, Golden Delicious, Granny Smith. Dann gab es noch alle möglichen Arten von Kartoffeln: gebürstete Kartoffeln, gewaschene Kartoffeln, Désirée, neue Kartoffeln, Kipfler und Pontiac. Zuerst würde ich wohl noch jedes Mal nach dem richtigen Code dafür suchen müssen, was mühsam war und einen aufhielt, meinte Chris, aber ich würde sie bestimmt bald alle auswendig kennen.

Chris erzählte mir auch, dass es ab und zu absolute Idioten unter den Kunden geben würde.

»Das Wichtigste dabei ist«, sagte Chris, »daran zu denken, dass es nichts mit dir zu tun hat. Diese Idioten gibt es einfach. Und nicht nur hier.«

Am dritten Abend meiner Einweisung war es so weit: Ich sollte zum ersten Mal mit Kunden zu tun haben. Chris wich die erste Zeit nicht von meiner Seite und verbrachte die nächste Stunde in meiner unmittelbaren Nähe, er zwinkerte mir aufmunternd zu und tauchte immer sofort neben mir auf, wenn ich Schwierigkeiten bei irgendetwas hatte. Gegen 20 Uhr ließ der Andrang nach und er kam zu mir herüber.

»Ich glaub, du hast dir ’ne Pause verdient, Kleine.« Er lächelte und stellte das *Geschlossen*-Schild auf. »Ich lad dich zu ’ner Cola ein.«

Wir saßen in dem leeren Restaurantbereich des Einkaufszentrums. Alle Läden waren bereits geschlossen, die Rollos heruntergelassen.

»Sag mal, Amelia, wie alt bist du eigentlich?«

»Ich bin fünfzehn. Na ja, fast.«

»Wow. Du bist wirklich noch ziemlich jung.«

»Kann schon sein.«

»Gehst du gern zur Schule?«

»Ja. Ja, also meistens zumindest, Mathe ausgenommen.«

»Ich sag's dir: Das Beste nach der Schule ist, dass man kein Mathe mehr hat.«

»Kann es kaum erwarten.«

»Was ist dein Lieblingsfach?«

»Englisch, auf jeden Fall. Meine Lehrerin in diesem Jahr ist zwar etwas eigenartig, aber trotzdem …«

»Deine Liebe ist also stark und aufrichtig.«

Ich sah ihn erstaunt an. »Wie bitte?«

»Deine Liebe zu Englisch.«

»Ja, klar. Ich hoffe bloß, dass ich sie nicht auch in der Oberstufe kriege.«

»Wen hättest du denn lieber?«

»Miss McFadden. Alle wollen zu Miss McFadden.«

»Aber sie können nicht alle zu ihr.«

»Nein, wohl kaum.«

Es macht Spaß, sich mit ihm zu unterhalten, dachte ich.

»Und was machst *du?«*, fragte ich ihn.

»Ich hab noch ein Jahr bis zu meinem Abschluss an der New South.«

»Welche Fächer?«

»Englisch und Soziologie, beide als Hauptfach. In Soziologie hab ich nächstes Jahr Prüfung.«

»Und danach?«

»Fang bloß nicht damit an«, erwiderte er, plötzlich gereizt.

Verlegen nippte ich an meiner Cola.

»Hast du noch Geschwister?«, fragte er dann.

»Eine ältere Schwester, Liza. Sie ist an der Charles-Sturt-Uni in Bathurst. Sie wohnt dort mit ein paar anderen in einer Haus-WG.«

»Hat die ein Glück.« Er verzog das Gesicht. »Ich wohne noch zu Hause.«

»Vertragt ihr euch nicht?«

»Ach, sie sind nett. Es ist nicht wirklich schlimm. Es ist nur... Ich wohne schon zu lange dort. Aber ich hab keine andere Wahl. Deshalb...« Er verstummte.

»Meine andere Schwester ist gerade drei geworden.«

»Drei? Wow.«

»Ja, ich weiß.«

»In der oberen Kommodenschublade haben Verhütungsmittel noch nie was genützt.«

»Das haben sie inzwischen wohl selbst herausgefunden.«

Wir lachten beide.

»Aber sie ist einfach so süß«, und mein Herz hüpfte bei dem Gedanken an Jessicas pralle runde Bäckchen und philosophische Grübeleien. Heute Morgen, als ich meinen Toast aß, kam sie zu mir. ›Amelia‹, sagte sie und legte ihre kleine Hand auf meine. ›Meine Hände fallen nicht ab. Sie sind fest dran an meinem restlichen Körper.‹ Wie wahr.

»Hast du einen Freund?«

»Was? Nein. Wie sollte das denn passieren?«

Ich habe mich seit der Grundschule nicht mehr wirklich mit Jungs unterhalten. Meine einzigen Kontakte mit dem männlichen Geschlecht hatte ich im Bus. Aber die Drängler und Schubser zählen nicht richtig. Mit ihnen sähe so eine Unterhaltung ganz anders aus, dachte ich.

»Und? Hast *du* eine Freundin?«, frage ich zurück.

Er drehte am Ringverschluss der Coladose, bis er abbrach. »Nein.« Er warf die Dose in die Richtung eines ein paar Meter entfernten Mülleimers. Er verfehlte sein Ziel knapp, die Dose schepperte gegen das Metall und fiel zu Boden.

»Wir gehen besser wieder rein.«

Ich nickte und schob meinen Stuhl zurück.

»Ach ja, du solltest unbedingt in die Gewerkschaft eintreten, Kleine. Das kostet nicht viel, aber du kannst dir sicher sein, dass du es irgendwann mal brauchen wirst.«

Die Wochen vergingen und ich gewöhnte mich daran, nach der Schule zur Arbeit zu gehen. Es war schwierig, regelmäßig was für die Schule zu machen, aber nichts, wobei einem ein wenig Koffein am Abend und hin und wieder in der Mittagspause nicht helfen würde. Chris brachte öfter mal Entwürfe seiner Uni-Arbeiten mit auf die Arbeit, die ich mir in der Pause durchlas. Sein Lieblingsseminar war »Geschichte der Popkultur«. Seine Arbeiten waren durchzogen mit Zitaten seiner Lieblingsfilme wie *Alien, Rambo, Platoon, Apocalypse Now* und *Der Pate*. Was für ein krasser Gegensatz zu dem, was wir in der Schule durchnahmen! Er fragte nach meiner Meinung über seine Arbeiten und hörte sich geduldig meine Ausführungen dazu an.

»Na, Kleine«, sagte er eines Tages zu mir und fixierte mich mit Adleraugen. »Warum hat Barnes Elias erschossen?«

»Warum hat – wer?«

»Barnes. Er hat Elias umgelegt. Warum?«

»Ich weiß nicht, wovon ...«

»Nein, sag ... sag jetzt bloß nicht, dass du *Platoon* nicht gesehen hast!«

Ich gehorchte und schwieg.

»Was bringen die euch denn eigentlich bei in der Schule?«

An einem anderen Tag, als wir anstanden, um unseren Lohn im Büro abzuholen: »Das Mutterschiff bei *Alien* basiert ganz eindeutig auf feministischen Theorien. Findest du nicht auch?«

Ich seh mir keine Gruselfilme an. Ganz ehrlich, ich meine das ernst. Sie machen mir Angst. Angst davor, allein zu Hause zu bleiben. Angst, nachts allein oben im Haus zu sein. Angst, allein im Dunkeln von der Arbeit nach Hause zu laufen. Penny sieht sich Horrorfilme an und bleibt total cool dabei. Sie kann sich im Bett *Das Schweigen der Lämmer* ansehen und danach friedlich einschlummern. Als wir den letztes Jahr gemeinsam gesehen haben, hab ich danach eine Woche lang nicht geschlafen. Das mach ich ganz sicher nicht noch mal.

»Das ist kein Horrorfilm, Kleine. Das ist Science-Fiction, bahnbrechende Science-Fiction.«

Jede Unterhaltung mit Chris löste bei mir eine nervenaufreibende Mischung aus Begeisterung und Verlegenheit aus. Wie oft hätte ich mir an die Stirn klatschen können, weil ich nicht dahinterkam, ob seine Anspielungen tatsächliche oder nur vermeintliche Insiderwitze waren. Ich gehe auf eine reine Mädchenschule, wo es hauptsächlich darum geht, möglichst viel zu lernen. Ich war überhaupt nicht daran gewöhnt, mich mit Jungs zu unterhalten, schon gar nicht mit erwachsenen, die Semesterarbeiten schrieben und eine unglaubliche Ausstrahlung hatten. Das alles war mir völlig fremd.

Am Heiligabend arbeitete ich ebenso wie Chris und die meisten anderen Aushilfen. Seine Schicht endete eine Stunde vor meiner und er brachte eine gute halbe Stunde damit zu, für alle den Woolworth-Clown zu geben: Er schäkerte mit den Mädchen; unterhielt sich mit verschränkten Armen mit den Vorgesetzten, nickte dabei immer wieder ernsthaft und verständnisvoll; beriet Ed am Service-Schalter zu seinen Chancen im Leben oder dem Fehlen davon. Es war erstaunlich, wie leicht er ein Gespräch anfangen konnte. Ich war nicht die Einzige, die in den Genuss seiner angenehmen umgänglichen Art kam. Wenn Chris da war, verbreitete er für alle gute Laune.

Nachdem er seinen Rundgang beendet hatte, verschwand er für ein paar Minuten zwischen den Gängen und kam mit einem Blumenstrauß wieder hervor. Er ging an den Kassen vorbei zum Ausgang. Ich war gerade damit beschäftigt, einen enormen tiefgefrorenen Truthahn in eine Plastiktüte zu stopfen, aber währenddessen war ich mir seiner Anwesenheit durchaus bewusst (ich hatte ein Talent dafür entwickelt: Ich wusste jederzeit, wo Chris sich gerade aufhielt, wo er gewesen war und wann er seine Schicht beendete). Es sah so aus, als ob er gehen wollte, ohne Auf Wiedersehen und »Fröhliche Weihnachten« oder sonst was zu sagen.

In allerletzter Sekunde blieb er bei meiner Kasse stehen, warf die Blumen aufs Warenband und murmelte: »Die sind für dich, Kleine. Frohe Weihnachten.« Und weg war er.

Ich sah von den Blumen zum Ausgang und wieder zu den Blumen.

Ich wischte die Eisreste vom Truthahn an meiner Jeans ab und legte den Blumenstrauß unter die Kasse. Ein Aufkleber mit der Aufschrift »Personal-Einkauf« und noch einer mit »Reduziert« klebten darauf.

Nach der Arbeit lief ich nach Hause und hielt meinen Blumenstrauß an die Brust gedrückt. Ich spürte eine sonderbare flattrige Aufregung in mir.

»Von wem sind die denn?«, fragte meine Mutter, als ich zur Tür hereinkam, umringt von einer Horde Verwandter, die zum Heiligabend gekommen waren.

»Mm, ähm... von jemandem von der Arbeit«, stieß ich hervor.

Sie zog eine Augenbraue hoch. »Na, dann stellen wir sie wohl besser in die Vase.«

Ich war ganz traurig, als sie ein paar Tage später die Köpfe hängen ließen und Mum darauf bestand, sie zu entsorgen.

Den ganzen Dezember lang hatte ich mich fast schon wie irre auf die Schichten gefreut, von denen ich wusste, dass Chris da sein würde. Besonders wenn er an einer Kasse in meiner Nähe saß oder am besten an der Kasse vor mir, sodass ich mithören konnte, wie er sich auf seine ganz besondere Art mit den Kunden unterhielt. Er konnte sich einfach mit jedem unterhalten.

Aber trotz seiner lockeren Art gegenüber den Managern ließ er sich nichts gefallen. Ein paar Tage vor Weihnachten gab die Klimaanlage ihren Geist auf. An den Kassen kippten wir fast um vor Hitze und die warmen Weihnachtsmannmützen, die wir tragen mussten, machten die Sache nicht besser. Die meisten fluchten oder quengelten vor sich hin, wir wischten uns den Schweiß aus den Augen, aber wir kassierten dennoch und packten weiter ein. Alle, bis auf Chris. Er legte beim Management Beschwerde ein, damit wir die Mützen nicht mehr tragen mussten, bis die Anlage wieder lief. Die Chefetage blieb ungerührt und bestand darauf, dass nur mit den Mützen eine Weihnachtsatmosphäre aufkäme. Chris wandte sich an die Gewerkschaft, und kurz darauf gehörten die Mützen der Vergangenheit an. Chris, der Held der Stunde, zog mir persönlich die Mütze vom überhitzten Kopf, wirbelte sie triumphierend durch die Luft und schleuderte sie unter meine Kasse.

Er zwinkerte mir zu, beugte sich vor und hauchte mir verschwörerisch ins Ohr: »Aufstand gegen die Maschinen, Kleine.«

Dabei streifte er flüchtig meinen Arm, bevor er sich wieder zu seiner Kasse aufmachte. Es war das erste Mal, dass seine Haut meine berührte.

Chris bei der Arbeit um mich zu haben, verwandelte fünf Stunden Langeweile in ein Wunderland voller ausgelassener Neckerei und Lachen. Immer wieder ging ich aufmerksam die Einteilung durch, um zu sehen, wann wir zusammen Dienst hatten, und achtete an diesen Tagen ganz besonders darauf, dass meine Haare frisch gewaschen und so ordentlich wie möglich waren. Nachdem die Schul- und Semesterferien angefangen hatten, passierte es ziemlich oft, dass wir gemeinsam eingeteilt waren. Das Flattern in meiner Brust war so heftig, als wollten mir die Rippen bersten.

Der letzte Sargnagel für mein seelisches Gleichgewicht kam eines Nachmittags kurz vor Feierabend. Chris lehnte an meiner Kasse und quatschte mit mir. Ich glaube, es ging um gesellschaftliche Hierarchien an der Highschool im Vergleich zu gesellschaftlichen Hierarchien an der Uni.

»Ich sag ja nicht, dass schöne Menschen kein Anrecht auf Leben haben«, höre ich mich noch sagen. »Ich sage gar nicht, dass man sie einfangen und auf einer einsamen Insel aussetzen sollte. Ich meine nur, man kann ihnen nicht trauen, weil sie einfach keine Ahnung davon haben, wie es ist, *nicht* schön zu sein, und sie werden immer das Schönsein im Kreise anderer Schönheiten vorziehen.«

»Du meinst also, dass jeder seinen Platz einnehmen und damit zufrieden sein und es nicht darauf anlegen sollte, darüber hinaus noch andere Gruppen um sich zu scharen?«

Bianca (die den Kundendienst leitete und damit in dieser Schicht unsere Chefin war) rückte gerade die rote Fliege eines der besser aussehenden jungen Kassierer zurecht und blaffte Chris dabei vom Service-Schalter aus an: »Chris! Zurück an die Arbeit!«

Er setzte sich nicht sofort in Bewegung. Er sah mir tief in die Augen, sodass der Sargnagel seine Wirkung nicht verfehlen konnte, und dann sagte er: »Du bist einfach echt, Kleine. Ich hoffe, du wirst dich nie ändern.« Dann ging er wieder an seine Kasse.

Ich weiß, was ein Kompliment ist, wenn ich eins höre, selbst wenn ich nicht immer vollständig begreife, worum es geht. Aber dieser letzte Nagel saß fest, mit einem einzigen, kräftigen Schlag.

An einem Januarnachmittag sitze ich mit meiner kleinen Schwester Jess auf dem Sofa. Wir sehen fern. Sie ist drei Jahre alt und sie kuschelt sich gern beim Fernsehen an mich. Also gut, ich geb's ja zu – *ich* bin diejenige, die sich beim Fernsehen gern an sie kuschelt. Wir schauen *Play School.* Außer dass ich mir Gedanken mache, was mit Hamble, der Puppe, die gar nicht mehr mitspielt, passiert sein könnte, kriege ich nicht viel mit. Ich grüble über die letzten paar Wochen auf der Arbeit nach, insbesondere über Chris, als es mir plötzlich sonnenklar wird: Das Dröhnen im meinem Kopf hört abrupt auf, die Nebelschleier lichten sich und enthüllen drei Worte, die groß und unumstößlich stehen bleiben:

Ich liebe Chris.

Mein Magen revoltiert sofort. Ich sitze noch lange so da und sinniere vor mich hin, während Jess die ganzen nachfolgenden Sendungen für größere Kinder sieht und es immer später wird. Irgendwann kommt mein Vater herein und mischt sich und meiner Mutter einen Whisky Soda. Whisky Soda ist das Signal für mich, dass es 18 Uhr ist und damit Zeit, den Tisch fürs Abendessen zu decken – verliebt oder nicht.

Der Kathy-Virus und andere Absonderlichkeiten

Sich vom Firmensteg aus einen angeln«, wie es Chris bezeichnet, ist eine weit verbreitete Praktik unter den Aushilfskräften bei Woolworth. Bianca beispielsweise ist dreiundzwanzig und trifft sich seit ein paar Monaten mit Andy, achtzehn, aus der Lebensmittelabteilung – zusätzlich zu ihrem Hobby, dem Fliegenzurechtrücken bei den Arbeitskollegen, dem sie regelmäßig frönt. Wie schon erwähnt ist Andy ein ziemlich Ruhiger. Ich könnte mir vorstellen, dass er einfach macht, was man ihm sagt. Wahrscheinlich kommen sie beide auf ihre Kosten bei dieser Beziehung, ich kann mir bloß nicht vorstellen, wie sie das tun.

»Sex«, erklärt mir Chris. »Beide haben Sex davon.«

Viele der jüngeren Mädchen sind in Ed verliebt, der zugegebenermaßen ganz gut aussieht. Außerdem ist er ziemlich unnahbar, was seine Attraktivität noch erhöht. Schade nur für die armen Mädchen, dass er meistens viel zu bekifft ist, um aus ihren Aufmerksamkeiten Vorteile zu ziehen. Man sieht Chris öfter mal, wie er sich über die Theke des Service-Schalters lehnt und ihm ins Gewissen redet: »Sei ein Mann, halt dich ran, Edward!«, und Ähnliches.

Der Sechs-Jahre-Altersunterschied, der zwischen mir und Chris klafft, ist nicht das einzige Haar in der Verliebt-in-Chris-Suppe. Ich bin mir noch nicht mal im Klaren darüber, was es bedeuten würde, wenn ich ihn bekäme, aber eines weiß ich ganz genau: Ich will ihn. Ich will, dass er mich in seine Arme schließt, will ihn besitzen. Will zu jeder Zeit uneingeschränkten und exklusiven Zugang zu ihm haben – immer. Mich rund um die Uhr so gut fühlen, wie ich mich in seiner Nähe fühle. Will wissen, dass er ebenso gern mit mir zusammen ist, mehr von seiner Haut auf meiner spüren.

Aber Chris scheint wie besessen hinter einer anderen her zu sein, Kathy Rushworth. Sie ist zweiundzwanzig und studiert Grundschullehramt an derselben Uni wie Chris. Wie auch Bianca ist sie eine der Schichtleiterinnen und damit so etwas wie Chris' Chefin. Er beschreibt seine lang anhaltende Schwärmerei als den Kathy-Virus, der ihn immer wieder mal befällt.

»Heute hat es mich besonders schlimm erwischt, Kleine«, murmelt er, während er mit weißen Fingerknöcheln einen vollgeladenen Wagen an meiner Kasse vorbeischiebt und Kathy dabei beobachtet, wie sie hinterm Service-Schalter angeregt mit Stuart Green aus der Lebensmittelabteilung plaudert.

Eine Woche später erklärt Chris: »Er flaut wieder ab!«, und schlägt Kathys Einladung aus, nach der Arbeit noch in den Pub zu gehen. Stattdessen bleibt er bis nach Ende seiner Schicht und berät mich zu meiner Englischhausarbeit.

Kathy ist dunkelhaarig, hübsch, zierlich – fast feengleich – und zeigt kein bisschen Interesse an Chris. Erst wenn der Kathy-Virus in seiner Wirkung nachlässt, widmet sie sich ihm merkwürdigerweise mit voller Hingabe: Sie berührt ihn am Arm (ihr persönliches Markenzeichen), rückt seine Fliege zurecht (von Bianca abgeguckt) und beugt sich über das Warenband, um ihm mit schief gelegtem Kopf ihre gesamte Aufmerksamkeit zu schenken. Daraus resultiert unweigerlich eine erneute Infektion durch den Kathy-Virus.

Was diese Kathy wirklich braucht, ist, eine Büchse reduziertes Frühstücksfleisch an ihren Hinterkopf geknallt zu bekommen. Und ich glaube, ich wäre die richtige Frau für diese Aufgabe. Im Regal gleich neben meiner Kasse stehen welche griffbereit.

Nachdem ich dieses Chris-und-Kathy-Schauspiel die gesamte Schicht von meinem Logenplatz an Kasse 7 bewundern durfte, gehe ich durch das verlassene Einkaufszentrum und die dunklen Straßen nach Hause.

Eine kleine fünfzehnjährige Kassiererin hat gegen jemanden wie Kathy keine Chance. Selbst eine wie Street-Cred-Donna hätte ernsthaft Schwierigkeiten, bei Chris zu landen. Was sie mit Sicherheit versucht, davon bin ich absolut überzeugt. Ich bin nicht die einzige von den Jüngeren, deren Herz für Chris schlägt. Bei ihr sieht es nur anders aus. Ich rieche eine Konkurrentin zwanzig Meter gegen den Wind. Sie hat sich erst vor Kurzem ein neues Stacheldraht-Tattoo um ihren Oberarm stechen lassen (ein Geschenk an sich selbst zu ihrem Sechzehnten); auf dem anderen Arm trägt sie den Namen ihrer Mutter. Ihre Tattoos kann man so aber gar nicht sehen, weil sie von ihren Arbeitsklamotten verdeckt werden. Chris hat mir von ihnen erzählt.

Bis zu meinem Sechzehnten dauert es noch Monate. Ich habe kein Tattoo und ich rauche nicht. Ich habe keine Ahnung, wie man sich schminkt, und jetzt, wo meine große Schwester ausgezogen ist und auf dem Campus wohnt, wüsste ich auch niemanden, der es mir beibringen könnte. Ich habe keine Chance. So viel steht fest.

Ich schließe die Haustür auf, murmele meiner Mutter, die vor dem Fernseher die Wäsche zusammenlegt, etwas zur Begrüßung zu. Dad ist diese Woche unterwegs.

Ich lasse meinen schweren Rucksack neben das Sofa plumpsen, setze mich zu Mum und ziehe die Schuhe aus.

»Wie war dein Tag heute?«, frage ich sie.

Sie antwortet nicht – kein gutes Zeichen.

»Was ist los?«

»Nichts.«

Ich warte beunruhigt, dass sie noch was hinzufügt.

»War irgendwas auf Arbeit?«

»Nein.«

»Hatte Jess wieder einen ihrer Wutausbrüche?«

»Nein.«

Ihre Bewegungen beim Wäschezusammenlegen sind ruppig und zornig und sie legt jedes gefaltete Teil mit Nachdruck auf den Stapel. Sie sieht müde aus, ihr Mund ist ein gerader Strich.

»Was ist los?«, frage ich noch einmal.

»Nichts!«

Ich werde es nicht aus ihr rauskriegen, mir rast sowieso schon die Zeit davon. Ich habe noch Stunden von Hausaufgaben vor mir und es ist bereits kurz vor halb zehn.

»Gibt es was zum Abendessen?«

»Im Ofen.«

Ich esse in der Küche im Stehen, spüle meinen Teller ab, nehme meinen Rucksack und gehe nach oben. Bis auf das grün leuchtende Nachtlicht aus Jess' Zimmer am Ende des Flurs ist es dunkel. Zuerst Englisch, beschließe ich, während ich die Schreibtischlampe anknipse.

Meine Englischlehrerin Mrs Cumming, bei der ich schon seit letztem Jahr habe, hat eine sehr fragwürdige Herangehensweise für den Lehrplan des 10. Schuljahres. Sie hat beschlossen, dass wir in diesem Schuljahr als Erstes Sylvia Plaths *Die Glasglocke* lesen. Ich bin halb damit durch. Die Hauptfigur hat bisher schon mehrfach versucht, sich umzubringen. Außerdem macht ihr die Tatsache, dass sie noch Jungfrau ist, ziemlich zu schaffen. Sie sieht sich um und unterteilt alle, die ihr begegnen, in zwei Kategorien: die einen, die bereits Sex hatten, und die anderen, die noch keinen hatten. Damit kann ich mich ein Stück weit identifizieren. Ich habe niemanden in meinem unmittelbaren Freundeskreis, der bisher diesen Rubikon überschritten hat (zumindest nicht soviel ich weiß), aber natürlich ist es ein Thema. Noch dazu bin ich in einen Einundzwanzigjährigen verliebt. Deshalb geht mir so etwas natürlich durch den Kopf. Immer wenn das Gespräch mit Chris auf Sex zusteuert, schenkt er mir diesen äußerst verständnisvollen Blick, als ob er mich nicht schocken oder damit konfrontieren wolle. Als ob ich zu empfindlich dafür wäre. »Schock mich doch!«, würde ich am liebsten schreien. »Konfrontier mich damit! So zartbesaitet bin ich gar nicht – versuch's doch mal!«

Ich kann nicht behaupten, dass mich *Die Glasglocke* wirklich gepackt hätte, aber ich ackere mich weiter durch, schon allein, weil Chris mir deswegen vor einer Woche anerkennend zugenickt hat.

»Sylvia Plath? Echt heftig.« Er hat mich in meiner Pause mit dem Buch im Aufenthaltsraum gesehen.

»Ja. Ja, es ist echt heftig.«

»Das war doch diese krasse Englischlehrerin. Stimmt's?«

»Ja. Ja, sie ist echt krass.«

»Willst du einen Kaffee?« Er holte einen Stapel Styroporbecher aus dem Schrank und zog den Deckel von der gewaltigen Dose Internationale Röstung, die uns großzügigerweise für umsonst zur Verfügung gestellt wird. Igitt!

»Ja. Danke.«

Ich schlug das Buch zu und wartete, bis er sich hingesetzt hatte. Mit Chris eine Tasse Internationale Röstung trinken, um Viertel nach acht abends unter der Woche, auf Plastikstühlen in einem Raum ohne Fenster – der Höhepunkt des Tages. Der Höhepunkt meines gesamten bisherigen Lebens.

Die Ränder meiner Schulhefte sind übersät mit »C«s in allen erdenklichen Farben, Schriftzügen und Variationen. Während des Unterrichts starre ich zum Fenster hinaus und frage mich, was er wohl gerade macht. Ich stelle ihn mir an der Uni vor, wie er sich Notizen macht, mit seinen Freunden in der Uni-Bar rumhängt und in dem Soziologieseminar, das er so gern mag, seinen Senf dazugibt. Und natürlich wie er sich mit den Mädchen unterhält. Erwachsenen Mädchen an der Uni, Mädchen, die nach dem Seminar mit ihm was trinken gehen können, Mädchen in seinem Alter, die er anstandslos zu Hause oder seinen Freunden vorstellen kann. Mädchen, die wissen, wie man sich kleidet und schminkt. Mädchen, die schon mal Sex hatten, Mädchen, die dieselben Texte für die Uni lesen. Mädchen, die echte Chancen bei ihm haben.

In der Mittagspause bin ich noch stiller als sonst. Ich liege im Gras auf dem Rücken, den Kopf auf meinen Schulrucksack gebettet, umringt vom Stimmengemurmel meiner Freundinnen, und sehe in den Himmel hinauf. Penny sitzt daneben und unterhält sich mit Ally und Eleni, aber gelegentlich wedelt sie mir mit der Hand vor den Augen herum, schüttelt den Kopf und lacht amüsiert.

»Geht's ihr gut?«, fragt jemand.

»Na klar«, antwortet Penny. »Sie ist einfach an einem schönen Ort.« Penny lässt ihre Hand auf meine fallen und drückt sie kurz.

Zu meiner Rechten, auf der anderen Seite des Zauns, rauscht der Verkehr der sechsspurigen Fahrbahnen vorbei. Ich schließe die Augen und stelle mir vor, wie Chris mir mit seinen warmen Händen die Haare aus dem Nacken streicht. Ich öffne die Augen. Meine Lippen brennen.

Auf Arbeit erfahre ich, dass Street-Cred-Donna von ihrem Dad verdroschen und vor die Tür gesetzt wurde. Ihre Stiefmutter hat daran wohl einen großen Anteil getragen. Als Donna zwölf war, hat ihre richtige Mutter noch mal geheiratet und ist nach Amerika gezogen. An Kasse 12 vor mir bedient sie mit verquollenen Augen und zerknitterter Bluse die Kunden.

In der Mittagspause gehe ich mit einem Müsliriegel nach draußen. An der hinteren Laderampe stehen Chris und Donna. Sie weint. Schwarze Make-up-Streifen ziehen sich über ihr Gesicht, ihre Schultern beben und sie hält eine Zigarette in den nikotingelben Fingern. Chris streicht ihr tröstend über den Rücken. Als er mich über ihren gesenkten Kopf hinweg erblickt, bedeutet er mir wortlos zu verschwinden.

Voller Verachtung frage ich mich, ob er mir auch über den Rücken streichen würde, wenn ich mir eine ähnliche Krise einfallen lassen würde.

Tageslicht

Am nächsten Tag habe ich Mathe mit Penny. Wir sitzen an unserem gewohnten Platz ganz links, in der zweiten Reihe. Ich ziehe die Augenbrauen zusammen und unternehme einen Versuch, mich dem harten kalten Licht des Tages zu stellen, die Dinge so zu sehen, wie sie sind: *Es wird niemals passieren.*

»Wahrscheinlich nicht«, sagt Penny, die meine Gedanken erraten hat und mir nichts vormacht, wie es eben ihre Art ist.

Ich seufze und sehe hinaus in den Park auf der anderen Straßenseite. Ich sehe eine Sportklasse von Unglücklichen, die einen steilen Hang hinaufjoggen. Es sei denn, mache ich mir weis, während sich mein kurzer Flirt mit der Realität verflüchtigt, es gelänge mir, auf der Arbeit irgendwie in die ältere Liga aufzusteigen. Ich muss ihn dazu bringen, dass er mich als gleichrangig zu seinen Freunden sieht. Vielleicht könnte ich seine Literaturliste von der Uni ergattern. Vielleicht sollte ich anfangen zu rauchen, mir einen gefälschten Perso besorgen und im Pub abhängen. Vielleicht könnte ich lernen, Bier zu mögen und wie man eins bestellt. Vielleicht sollte ich mir was anderes als Jeans und T-Shirts zum Anziehen kaufen. Vielleicht könnte ich ein paar neue, superbeeindruckende Wörter lernen. Ihn davon überzeugen, dass ich eine Einundzwanzigjährige bin, gefangen im Körper einer Minderjährigen.

»Das könnte ich doch«, sage ich zu Penny. »Möglich ist es, oder etwa nicht?«

»Oh, Süße. Ich glaube, es könnte ganz schön schwer werden, jemanden davon zu überzeugen. Und überhaupt, er mag dich wahrscheinlich, weil du anders bist als das, was er sonst so kennt.«

Sie hat recht. Es wär *wirklich* schwer, das durchzuziehen. Man denke nur an die monumentale Katastrophe von letzter Woche…

Chris war mir wider Erwarten nachgelaufen, nachdem ich nach meiner Sonntagsschicht schon auf dem besten Weg nach Hause war. »He, Kleine!«

Ich sah mich um und richtete mich instinktiv auf, als er näher kam.

»Also, ein paar von uns wollen noch auf ein paar Tüten zu Ed. Möchtest du mitkommen?«

Tüten? Eiswaffeln? Ich esse keine Milchprodukte, weil ich eine Laktose-Intoleranz habe. Außerdem wohnt Ed eine ganze Ecke weit weg, in einem anderen Stadtteil. Wie sollte ich danach nach Hause kommen? Würde es Mum und Dad auffallen, dass es später geworden war, und würden sie auf eine Erklärung pochen? Mrs Hulme wollte am nächsten Tag eine Zusammenfassung des zweiten und dritten Kapitels von *The Great War*. Aber so eine Chance würde sich mir bestimmt nie mehr bieten.

Ich haderte mit mir. Ich verlagerte das Gewicht von einem Bein auf das andere und stammelte schließlich: »Ich kann nicht.« (Eloquenz ist nur eines meiner unzähligen Talente.) »Ich habe noch ganz viel für die Schule zu tun… und… und außerdem vertrag ich kein Eis. Nur welches aus… Sojamilch… wie dieses So-Good laktosefreies Eis…« Ich verstummte.

»Hm, mach dir nichts draus«, sagte er und rückte ein wenig von mir ab.

Verdammter Mist!

Ich sah gerade noch, wie sich Ed, Bianca, Andy, Kathy (verflucht sei sie!) und Donna (todunglücklich) draußen vorm Personaleingang versammelten und auf Chris warteten. Die verdammte Donna hatte es geschafft, bei ihnen aufgenommen zu werden. Was für ein Schauspiel, wie sie in ihrem Rucksack nach einer Zigarette kramte und dann erst die eigene und danach Biancas mit ihrem Zippo-Feuerzeug ansteckte. Das Klicken des Feuerzeugs, das sie mit einer gekonnten Bewegung über ihre Handfläche rollte, schien alles auszudrücken, was mir fehlt. Dann nahm sie einen tiefen Zug, blies eine Rauchfahne aus und blickte mit ihren »Smoky Eyes« hindurch. (Die Woche zuvor hatte ich einen Kajalstift in der Make-up-Tasche meiner Mutter gefunden und versucht, Donnas Look nachzuahmen. Es sah einfach nur bescheuert aus.)

»Ich hätte dich gar nicht erst fragen sollen«, entgegnete er. »Geh nach Hause und mach deine Aufgaben.«

Ich will aber nicht nach Hause und meine Aufgaben machen! Ich will mit! Ich will noch bis spät bei Ed bleiben und auf seiner Couch einschlafen, meinen Kopf in deinen Schoß gebettet. Dafür würde ich sogar Eis essen! Was immer nötig ist!

»Also gut, bis dann.«

»Bis dann.«

Ich muss völlig enttäuscht ausgesehen haben.

»Seid ihr immer noch beim Ersten Weltkrieg?«, fragte er mich mitleidig, als wäre ich ein großes Baby, das ich ja auch irgendwie war.

»Ja«, antwortete ich leise.

»Du solltest unbedingt *Im Westen nichts Neues* lesen. Ich bring's dir am Dienstagabend mit, okay?«

»Okay.«

Er machte auf dem Absatz kehrt und ging zurück zu den anderen.

Auf dem Nachhauseweg fluchte ich leise vor mich hin und ballte die Hände zu Fäusten. Als ich das Haus betrat, war alles ruhig und dunkel. Ich kramte nach der Nummer von Lizas Studenten-WG, nahm das Telefon mit ins Zimmer und wählte ihre Nummer.

Es klingelte und klingelte, bis sich endlich eine Frauenstimme meldete, die vor dem Hintergrund extrem lauter Musik etwas unbeteiligt »Hallo?« sagte. Ich fragte mehrmals nach meiner Schwester, bis die Frau sich endlich erbarmte und sie suchen ging. Nach etwa fünf Minuten vernahm ich ein Knistern in der Leitung und kurz darauf Lizas Stimme.

»Hallo?«

»Lizey, ich bin's.«

»Hey, Zecke! Wie geht's dir denn?«

»Gut, gut. Hör mal, ich wollte wissen, was ›eine Tüte‹ ist?«

Geheimnisvolle Stille.

»Also, wenn jemand Tüten zu sich nimmt ... Was könnte dann mit Tüten gemeint sein?«

»Tüten sind Joints oder das Metallhütchen von 'ner Bong.«

»Oh ja, na klar.«

»Kapiert?«

»Ja. Danke. Ich muss jetzt auflegen. Hab noch ganz viele Hausaufgaben auf. Bis dann.«

Ich legte auf und saß reglos auf dem Bett. Dann wählte ich noch mal.

»Lizey? Ich bin's noch mal. Und was ist ... was ist eine Bong?«

»Eine Wasserpfeife, mit der man Dope raucht.«

»Oh.«

»Warum fragst du?«

»Ähm ...«

»Willst du etwa damit anfangen?«

»Nein, nein ... überhaupt nicht.« So was von überhaupt nicht, dachte ich. Ich stand kurz davor, aber dann hab ich's total vermasselt.

»Also«, überlegte Liza, »wenn du es ausprobieren willst, komm doch mal am Wochenende vorbei und ich besorg dir was. Dann könnte ich dich im Auge behalten und die dazugehörige Moralpredigt halten.«

»Danke. Vielleicht mach ich das mal.«

»Die Moralpredigt wird dir gefallen.«

»Bestimmt. Du fehlst mir.«

»Ja ... Du mir auch.«

Lügnerin. Sie feierte dort oben die Party ihres Lebens. So viel war klar. Ich legte mich aufs Bett. Diese Erniedrigung, warum haben meine Eltern mich vor fünfzehn Jahren gezeugt? Hätten sie das nicht schon vor achtzehn Jahren machen können? Dann hätte ich wenigstens eine reelle Chance gehabt herauszufinden, wie es ist, eine Tüte reinzuziehen. Das wäre schon nett gewesen!

In Sachen Lebensstil

Für diejenigen, denen dieser Lebensstil fremd sein sollte, nur so viel: Man gewöhnt sich daran, kolossal und sinnlos verknallt zu sein. Wenn ich es Lebensstil nenne, meine ich damit nicht, dass es irgendwie schick oder erstrebenswert wäre. Eher, dass es so etwas wie ein Teil deines Alltags wird und dass dein Körper sich darauf einstellt, auf dieser Ebene zu funktionieren. Deine Freunde und Lehrer gewöhnen sich daran, dass du nur noch teilnahmslos aus dem Fenster starrst, wo du doch ansonsten munter und aufgeweckt warst. Du fängst an, aus allen möglichen Fenstern zu starren: den Klassenzimmerfenstern, den Busfenstern, deinem Schlafzimmerfenster, dem Fenster bei der Spüle in der Küche. Es hat unmittelbare Auswirkungen auf dein zentrales Nervensystem, wenn das Objekt deiner Begierde in der Nähe ist oder jeden Moment auftauchen könnte. Deine Sinne werden schärfer, vor allem das periphere Sehvermögen. Ich bin mir jeder von Chris' Bewegungen auf der Arbeit äußerst bewusst. Ich nehme wahr, wenn er sich nähert, selbst wenn ich gerade eine Packung Bohnen untersuche, um zu sehen, ob es Sau- oder Stangenbohnen sind.

Ich kann ganz genau sagen, mit welchen Mädchen er während seiner Schicht geredet hat. Ich erkenne anhand seiner Bewegungen, ob er nachdenklich oder ausgelassen drauf ist. Ich weiß genau, wann er sauer ist, weil Kathy wieder mit Stuart Green aus der Lebensmittelabteilung gequatscht hat. Ich weiß alles. Manchmal murmele ich leise seinen Namen vor mich hin, wie eine Irre.

Ich bin dankbar für die zwanzig Minuten Heimweg nach der Arbeit, weil sie mir Gelegenheit geben, meine Muskeln wieder zu entspannen und mich von dem Stress zu erholen, den es mir bereitet, Chris dabei zuzusehen, wie er mit einer endlosen Riege an Konkurrentinnen flirtet.

Zu der ständigen Bedrohung durch einen neuen Kathy-Virus-Befall (ich weiß gar nicht, weshalb ich es Bedrohung nenne – als ob ich überhaupt im Rennen wäre) und der lässigen Überlegenheit von Street-Cred-Donna oder Deli-Georgia kommen noch jede Menge neue Aushilfen dazu. Eine davon ist die sechzehnjährige Sveta Tarasova. Allein schon ihr Name beschwört Bilder von prächtigen russischen Bond-Girls herauf, die einen, wenn man erst mal ihrem Charme erlegen ist, zwischen ihren bloßen Schenkeln zerquetschen können. Schurkinnen mit langen dunklen Haaren in hautengen schwarzen Kleidern, die Zigaretten aus einer Zigarettenspitze rauchen, Wodka Martinis trinken und mit verruchtem Blick »Da, Darlink« hauchen. Später im Penthouse – danach, wenn man ihnen bereits erlegen ist – mixen sie einem noch einen Wodka Martini und prosten dir zu: »Es lebe das Verbrechen, Darlink!« Oh Gott, vielleicht wird sie Chris mit ihren Schenkeln zerquetschen!

Oder vielleicht übertreibe ich auch nur. Es wäre ehrlich gesagt ja nicht das erste Mal. Nur leider ist Sveta nun mal hübsch, schlank und hat lange dunkle Haare. Sie spricht zwar nicht viel, aber sie trägt auf Arbeit einen extrem kurzen schwarzen Minirock, schwarze Strumpfhosen und Mary Janes, die ihre Beine einfach umwerfend aussehen lassen. Als Chris und ich sie einmal dabei beobachten, wie sie ein paar Hauslieferungen auf einen Wagen türmt und sich dabei reckt, entdecken wir, dass sie richtige Nylonstrümpfe trägt, solche, für die man Strapse braucht. Sie gewährt uns einen großzügigen Blick darauf, während sie mit den schweren Tüten hantiert.

»Oh. Mein. Gott«, murmelt Chris.

Ich bin empört. Wer macht denn so etwas? Wer trägt heutzutage noch Strümpfe mit Strapsen? Es gibt jede Menge ganz normale Strumpfhosen. Warum kann sie sich nicht davon ein Paar kaufen wie alle anderen auch?

Chris ist in Sekundenschnelle verschwunden, rüber zu Ed an der Service-Theke, um ihm von dem unerwarteten Anblick zu berichten.

Um dem Ganzen noch eins draufzusetzen, trägt Sveta außerdem eine sittsame kleine schwarze Strickweste über ihrer weißen Bluse, wahrscheinlich als pikanten Kontrast zu den Strapsen. Schlampe.

Es entgeht mir nicht, dass Chris sie nach der Arbeit auf einen Kaffee einlädt. Klar doch. Warum auch nicht? Ich kann eh nichts dagegen tun.

Es gibt insgesamt recht wenig, was ich unternehmen könnte, wie mir beim Nachhausegehen bewusst wird. Wenn man wie ich eine eher altbackene Fünfzehnjährige ist, hat man eben nicht viel Einfluss, ganz gleich worauf. Chris schreibt gerade ein Essay über E. P. Thompson und erzählt mir immer wieder etwas über »Struktur vs. Wirkung«.

Ich wohne bei meinen Eltern. Ich muss mich an ihre Regeln halten.

Ich gehe zur Arbeit. Auch da muss ich mich an das halten, was von mir verlangt wird.

Das Gleiche gilt für die Schule.

Ich kriege nie einen Platz im Bus, weil ich gegen die Drängler und Schubser keine Chance habe. Mit vierzehn habe ich angefangen, ein paar Kilo zuzulegen, und ganz gleich wie viele Diäten ich auch mache oder wie viele Runden ich im Park drehe, ich krieg sie einfach nicht runter. Meine Schwester Liza bewohnt mit anderen Studenten ein Haus und erzählt mir jedes Mal, wenn wir telefonieren, von wilden Partys und ihren Freunden. Ich bewohne ein kleines Zimmer im Haus meiner Eltern. Meine Haare kringeln sich um mein Gesicht, ganz gleich wie sehr ich versuche, sie glatt zu ziehen. Chris flirtet weiterhin mit den Mädchen auf Arbeit, ganz gleich wie sehr ich mir wünsche, er würde es lassen. Es gibt nichts, was ich tun könnte, um auch nur das Geringste daran zu ändern.

Irgendwann letzte Woche hab ich mich bei Chris lautstark über *Othello* ausgelassen. Wir hatten das gerade in der Schule. Er hat mir mit leicht zur Seite geneigtem Kopf zugehört und immer wieder versucht, etwas einzuwenden, aber ich habe ihn nicht zu Wort kommen lassen.

»Warum heißt es eigentlich die Tragödie von Othello? Es sollte die Tragödie von Desdemona heißen!«

»Na ja, auch für sie ist es eine Tragödie, aber er ist nun mal der Protag–«

»Er bringt seine Frau um, einfach so! Also welcher Psychopath bringt einfach seine Frau um und wird dann auch noch zum Helden erklärt?«

»Er ist ein tragischer Held, Kleine. Er hat eine verhängnisvolle Schwäche – die haben sie alle.«

»Nicht für ihn ist das eine Tragödie, sondern für Desdemona!«

»Aber das Drama handelt nicht von ihr, Klei–«

»Was ist das bloß für ein Schwächling! Er wird zu diesem großen Kriegsheld erklärt, aber er ist so unsicher, dass er den ganzen Mist über seine Frau einfach glaubt. Die liebt ihn doch, die Arme. Was für ein verheerender Fehler. Aber woher sollte sie das wissen?«

»Er wurde bewusst von Iago hinters Licht geführt. Wenn jemand so gut darin ist, andere zu täuschen, fällt man einfach auf ihn rein.«

»Er hätte es nicht so hinnehmen sollen. Männer!«

Chris gab auf.

»Du hättest deine eigene Fernsehsendung verdient, Kleine«, sagte er nur.

Verdammt, dachte ich und stellte mir sein Gesicht vor. Genau, ich sollte wirklich eine eigene Fernsehsendung haben. Die würde ich *Lebensstil der Blutjungen und Machtlosen* nennen. *Lebensstil derer, die noch bis vor Kurzem den Mund mit Metall vollhatten. Lebensstil derer, die noch ihre Mutter die Klamotten aussuchen lassen und den letzten Samstagabend lernend bei ihrer besten Freundin verbrachten.* Ich bin eine wahre Schande. Die einzigen Höhepunkte in meinem Leben sind die seltenen Momente, in denen mich Chris nach der Arbeit nach Hause begleitet und leicht amüsiert meinen Wortschwall über sich ergehen lässt. Ich muss gestehen, ich habe in letzter Zeit gegen alles und jeden gewettert. Die Schule, die Arbeit, die Respektlosigkeit, mit der mein Dad letztens morgens meiner Mum begegnet ist, die Ungerechtigkeit in der Welt, die schlechten Noten, die ich in Mathe bekomme, Madame Bovary, einer meiner Lehrer, der China wie »Kina« ausspricht.

»Tief Luft holen, Kleine. Du bist aber eine echt zornige junge Frau.«

Aber er hört mir zu.

Einsame Tage – fort mit euch!

Das Land der Träume ist erfüllt mit einem demnächst bevorstehenden gesellschaftlichen Ereignis. Am nächsten Sonntag nach Feierabend sind alle, statt der üblichen Runde im Pub, bei der ich aus den oben bejammerten Gründen so gut wie nie dabei bin, zu einer Party bei Bianca in Rose Bay eingeladen. Ihre Eltern sind im Ausland. Wie mir Chris erzählt hat, ist Biancas Vater Vorsitzender bei einer der großen Banken und ihre Mutter nichts weiter als Hausfrau und Mutter, obwohl Bianca bereits dreiundzwanzig ist. Sie leben zu dritt in einer riesigen Villa am Hafen, mit eigenem Tennisplatz, Swimmingpool und Bootsanleger. Biancas Versagen an der Uni, der Job im Supermarkt und die Woolies-Loser, die sie mit nach Hause bringt, sind anscheinend nur Teil eines größeren Plans der Rebellion gegen ihre Eltern. Ich hab keine Ahnung, worum es dabei geht, aber für mich lüftet sich wenigstens das Geheimnis, wie eine Dreiundzwanzigjährige von einem Teilzeitjob mit einem Stundenlohn von achtzehn Dollar leben und dabei noch so gut wie jeden Abend ausgehen kann: Sie muss sich nicht selbst versorgen.

Bianca hat mich bisher immer angeschaut wie eine Fliege in der Limonade, aber wie alle anderen bin ich zur Party eingeladen.

Nachdem wir *Die Glasglocke* und *Othello* hinter uns gebracht haben, fangen wir nächste Woche in der Schule mit *Große Erwartungen* an. Ich verschlinge das Buch, was mich wundert, weil *David Copperfield* in mir vor Langeweile den Wunsch aufkommen ließ, meine Hand in einen Mixer zu stecken. Ich kann gut verstehen, dass Pip sich in Estella verliebt hat, als sie noch klein waren. Kinder wissen es eben nicht besser. Aber ich finde es ziemlich entmutigend – und gleichzeitig faszinierend –, dass er auch als Erwachsener immer noch genauso besessen von ihr ist, obwohl sie ihn wirklich abscheulich behandelt. Wachsen wir nicht irgendwann über so etwas hinaus? Sie hat gerade ein absolutes Scheusal geheiratet und Pip ist völlig am Boden zerstört. Ich fühle mit ihm, weil ein Großteil seines Elends in der ganzen Angelegenheit darauf zurückzuführen ist, dass er das Gefühl hatte, niemals richtig um sie kämpfen zu können. Ganz gleich wie sehr er sich zum Gentleman entwickelt hat, für sie wird er immer der ungebildete Rüpel aus der Unterstadt bleiben. Er darf zwar in ihrer Nähe sein, und wenn ihr danach ist, bekommt er hin und wieder ein paar Streicheleinheiten, aber er hat nie eine echte Chance bei ihr.

Genauso wenig wie ich bei Chris. Werde ich immer die Kleine bleiben, die ihren Babyspeck nicht loswird, keine Ahnung hat, was ein Bong ist, und nicht weiß, wie man sich kleidet? Das könnte noch ewig so weitergehen. Was, wenn ich niemals davon loskomme? Was, wenn ich vierzig bin und Chris unter ähnlichen Seelenqualen wie Pip in Eheangelegenheiten beraten muss?

Der Titelheld in *Der große Gatsby* (steht auf der Literaturliste für nächstes Jahr, aber ich hab es in den Sommerferien schon mal gelesen) war jahrelang in diese Daisy verliebt, auch noch nachdem sie einen anderen geheiratet hat. Vielleicht hat er sie auch nicht wirklich geliebt, aber er war besessen von der Vorstellung von ihr, die er für sich geschaffen hat. Junge, Junge, hat er sich daran geklammert. Er konnte die Dinge einfach nicht so sehen, wie sie waren. Letzten Endes stirbt er an einer Kugel, die für Daisys fremdgehenden A-Loch-Gatten bestimmt gewesen war. In seinem traumhaft schönen Swimmingpool.

Penny hat mir inzwischen mehrfach nahegelegt, dass ich vielleicht mal der Realität ins Gesicht sehen und akzeptieren sollte, wie extrem unwahrscheinlich es ist, dass Chris und ich jemals zusammenkommen, und deshalb aufhören sollte, mich selbst zu quälen. Ich wünschte, ich könnte es. Das wäre sicher vernünftig.

Unsere Clique in der Schule fängt gerade an, sich mit den Jungs aus der Jungenschule desselben Jahrgangs zu treffen. Selbstverständlich nicht mit den Alphatieren, weil unsere Gruppe nur im mittleren Drittel der gesellschaftlichen Rangliste steht. Manchmal kommen sie in der Mittagspause kurz zu uns rüber und wechseln ein paar Worte mit uns, vor allem mit Penny. Es sieht ganz danach aus, als ob wir bald mit ein paar von ihnen zu Mittag essen könnten, und wenn wir erst mal mit ihnen zu Mittag essen, wird das logischerweise dazu führen, dass wir demnächst mit ihnen nach der Schule an der Bushaltestelle stehen werden. Vielleicht findet sich dann ein realistischeres Ziel für meine Gefühle.

Aber es hat gar keinen Sinn zu versuchen, Chris nicht mehr lieben zu wollen. Dies ist *mein* Virus.

Am Freitag vor der Party haben wir in der letzten Stunde Mathe. Ich erzähle Penny, dass ich bestimmt ein Hirn-Aneurysma oder so was kriege, wenn ich Chris nicht endlich küsse.

»Oh Mann, mein Kopf tut so weh. Er tut so weh, er wird gleich platzen.«

»Ach, meine Süße«, antwortet Penny.

»Wenn er mich nur einmal küssen würde, richtig, auf den Mund, dann könnte ich vielleicht glücklich sterben. Wenn Gott mir das gewähren würde, ich schwöre, ich würde ihn nie mehr wieder um irgendwas bitten.«

»Du glaubst doch gar nicht an Gott«, erinnert mich Penny. »Und ich garantiere dir, wenn du es einmal bekämst, würdest du nur noch mehr davon wollen.«

Ich verschränke die Arme und schmolle.

Je näher der Tag der Party rückt, desto weniger interessiert sich Chris für Svetas Schenkel, aber dafür erwischt ihn der Kathy-Virus einmal mehr. Ich sehe, wie er durch seine Adern fließt und seine Blutgefäße und Pupillen weitet. Chris hofft darauf, dass diese Party der Startschuss für den erfolgreichen Abschluss der Mission »Suche nach der perfekten Frau« sein wird, wie er mir in der Teepause erzählt.

»Du solltest mal sehen, wie Bianca wohnt. Wunderschöner Blick auf den Hafen, auf die Lichter der Großstadt. Ich werde meinen Arm um Kathy legen und ihr ins Ohr flüstern: ›Eines Tages wird all das dir gehören.‹ Die Sonne geht unter. Ein paar Drinks werden ihr Übriges tun. Es wird wundervoll, es wird ein Wunder geschehen, Kleine.«

Einem Wunder gleich, erscheint da gerade Kathy im Pausenraum und macht sich eine Tasse Internationale Röstung.

Er verschlingt sie mit den Augen, so wie man ein saftiges Steak nach einer Sechstageswanderung verschlingt, während der es nur Trockengemüse gegeben hat. Ich kenne diesen Blick.

Nach der Schicht sammeln Chris und die anderen Jungs Geld ein, um für die Party ein paar Paletten Bier zu besorgen. Bianca rümpft die Nase und meint, wir könnten doch einfach das Zeug von ihrem Dad trinken.

Ich überlege, was ich anziehen soll. Aber das hält nicht lange an, weil meine gesamte lässige Garderobe aus Jeans, T-Shirts und Stiefeln besteht. Wenn es kalt ist, ziehe ich einen Pulli drüber. Ich kann mir für die Party auch nichts Neues kaufen, weil ich in Umkleidekabinen absolute Panik kriege und sowieso kein Händchen für Klamotten habe. Liza hat mir manchmal was geborgt, aber sie hat alles mit nach Bathurst genommen. Und Mum ist nach der Arbeit meist zu erledigt, als dass ich sie um Rat fragen könnte. Penny ist einen Kopf größer als ich und ihre Sachen passen mir nicht. Außerdem ist sie selbst ein Fan von Jeans und T-Shirts und versteckt sich gern hinter ihren Haaren.

Also füge ich mich der Tatsache, dass die Wahl entweder auf das graue, das weiße, das schwarze oder das dunkelblaue T-Shirt fallen wird. Ich entscheide mich schließlich für das dunkelblaue. Es ist eh unwichtig, sage ich mir. Er wird sowieso keinen Blick für etwas anderes als Kathy haben. *Pff.*

Am Tag vor der Party gesteht mir Chris, dass er sich vorgenommen hat, dem Schicksal ein wenig nachzuhelfen und mit einer großen Geste seine Aussicht auf Erfolg am nächsten Abend ein wenig auf den richtigen Weg zu bringen. Sein Plan, von dem er mir im Pausenraum erzählt, sieht folgendermaßen aus: Eine Woche lang hat er an einem Gedicht für sie geschrieben, das er ihr heute Abend mit einem Strauß roter Rosen überbringen lassen will, anonym. Damit hätte sie vierundzwanzig Stunden Zeit, um »vorzuglühen« und sich zu fragen, von wem das wohl sein könnte. Zum Sonnenuntergang würde er sie dann zum Privatanleger von Biancas Vater geleiten, wo die Lichter der Hafenbrücke mit denen der Großstadt auf dem Wasser um die Wette glitzerten. Dort würde er ihr dann alles gestehen und zum entscheidenden Schlag ausholen.

»Die einsamen Tage sind vorüber, Kleine.«

»Na super«, sage ich leicht säuerlich.

Er schiebt sogar noch das Gedicht über den Tisch und bittet mich, es zu lesen und ihm meine Meinung dazu zu sagen. Die Welt ist gegen mich, denke ich, während ich es lese. Das ist einfach unglaublich. Ich sitze hier und ziehe mir seine Worte der Sehnsucht, des Begehrens und der Anbetung in seiner komischen Schrift rein, obwohl ich doch ganz genau weiß, dass sie nicht an mich gerichtet sind und es niemals sein werden. Danke liebes Universum. Wirklich, vielen Dank. Bescheuertes Universum.

»Ja, echt super«, sage ich ohne Überzeugung und gebe es ihm zurück.

Am Tag der Party geht auf Arbeit das Getuschel über die geheimnisvollen Rosen und das Gedicht los, das Kathy am Abend zuvor erhalten hat. Nach Feierabend ziehen sich alle um und stapeln sich in die Autos, um zu Bianca rauszufahren. Ich lande bei Kathy im Wagen, zusammen mit Chris, Street-Cred-Donna, Celene und einem Kassierer namens Jeremy. Für mich ist nicht mehr genug Platz, weshalb ich mich hinten querlegen muss, über die Beine der anderen, mein Kopf in Chris' Schoß.

»Seht euch das mal an, die Kleine wird ja richtig locker«, neckt er mich und zupft spaßeshalber an meinen Haaren.

Ich würde gern etwas erwidern, aber mir fällt nichts ein.

Kathy fährt genauso erwachsen, wie sie sich gibt. Mit bloßen, schlanken Arme bewegt sie anmutig das Lenkrad. Ich bin noch nicht mal alt genug, den Führerschein zu machen. Ich bin wie der verdammte Pip.

Chris grinst wie die Katze, die genau weiß, dass sie gleich eine Schale voll Sahne kriegen wird. Ich starre zum Fenster raus auf die vorbeiflitzenden kopfstehenden Bäume.

Biancas Familiensitz ist in der Tat atemberaubend. Die Sonne steht tief und verbreitet ihr goldenes Licht, als wir uns alle bei Musik und Bier auf der Dachterrasse einfinden. Das Wasser sieht aus, als würde es in Flammen stehen, kein Lufthauch regt sich. Ich kann einfach nicht anders, als dieses Anwesen mit der winzigen maroden Behausung zu vergleichen, in die sich meine ganze Bande quetschen muss.

Andy, Stuart Green, Ed und Lincoln spielen Billard, drinnen am Billardtisch neben der Terrasse. Bianca, Donna, Celene und Kathy sitzen beisammen, uniform mit rot geschminkten Lippen, Sonnenbrillen und Zigaretten in der Hand.

Ich sitze bei den anderen »Kleinen« (Verflucht, jetzt sage ich das auch schon!) ein Stück abseits. Mit von der Partie sind Sveta mit den Killerschenkeln und Jeremy. Ich kippe Weißwein runter und frage mich, wann Chris zum Angriff übergehen wird. Er flitzt von einer Gruppe zur nächsten, genau wie bei der Arbeit, bringt alle zum Lachen, sorgt für gute Stimmung. Gesegnet sei er.

Ich versuche, Kathy nicht zu auffällig anzustarren. Eifersucht blitzt aus meinen Augen, das Blaue funkelt jetzt wahrscheinlich grün gesprenkelt. Wie wird sie wohl auf das, was sich ihr gleich bietet, reagieren? Der Gedanke daran, dass sie tatsächlich zusammenkommen könnten, zerschneidet mein Innerstes wie ein heißes

Messer die Butter. Seltsamerweise ist mir der Gedanke, dass sie ihn ablehnen und verletzen könnte, mindestens genauso unerträglich. Ich kenne Chris gut genug, um zu wissen, wie sensibel er sein kann, und ich weiß, dass er es in diesem Fall ziemlich schwer nehmen wird. Aber nachdem ich das Gedicht gelesen habe, glaube ich, er hat gute Aussichten, dass sie in seinen Armen dahinschmelzen wird.

Was kann ich also noch tun? Ich nehme einen ordentlichen Schluck Wein.

Es ist das erste Mal, dass ich etwas mehr mit Stuart Green aus der Lebensmittelabteilung zu tun habe. Stuart Green aus der Lebensmittelabteilung und Vic von der Frischkostabteilung sind die Einzigen, die mit den Kassierern rumhängen, hauptsächlich wegen ihres Alters und weil sie Chris und Kathy von der Uni her kennen. Ich glaube, Stuart ist genauso alt wie Chris und studiert Chemieingenieurwesen. Ich kann eigentlich gar nichts über ihn sagen, weil er noch nie mit mir geredet, mich noch nicht mal eines Blickes gewürdigt hat. Er kommt immer nur nach vorn, um mit Kathy zu quatschen. Manchmal nickt er Chris, Ed oder Bianca kurz zu. Er lächelt so gut wie nie und ist ein bisschen Furcht einflößend in seiner absoluten Selbstgewissheit. Das bisschen, was ich von ihm weiß, macht ihn zum genauen Gegenteil von Chris. Chris ist charmant, äußerst sozial und seine Sprache ist so gespickt mit Insiderwitzen, Sarkasmus und Selbstironie, dass man erst mal lernen muss, sie zu entschlüsseln. Stuart erscheint daneben geradezu geistig verkümmert. Er ist groß und kräftig, mit breiten Schultern – irgendwie attraktiv, wenn man auf harte Kerle steht. Und manche tun das. Liza hatte auch mal so eine Phase.

Neulich abends, es war schon ziemlich spät, kam ein Kreischen von der Service-Theke. Kathy war total außer sich. Anscheinend war eine Maus unter einer Pyramide aus Vita-Weat-Knäckebrot-Packungen vorgehuscht. Drei Kassen weiter schloss Chris blitzschnell seine Kasse ab und wollte gerade rüber zur Service-Theke sprinten, als Stuart, der anscheinend die Regale neu bestückt hatte, aus Gang 1 hervortrat. Er stülpte gekonnt eine weiße Styroporkiste über die gemeine kleine Maus. Sicherheitshalber stellte er dann noch seinen Fuß samt Stahlkappenschuh auf die Styroporbox. Kathy seufzte erleichtert auf. Chris blieb wie angewurzelt stehen. Für einige Sekunden bildeten die drei ein interessantes Stillleben. Kathy war die Erste, die sich regte.

»Danke, Chris, du kannst jetzt wieder an deine Kasse. Wir kommen schon klar.«

Chris blickte von ihren grünen Augen in Stuarts und rührte sich keinen Zentimeter. Ein paar Späteinkäufer standen an meiner Kasse an.

»Geh zu deiner Kasse zurück, Chris«, befahl Kathy und ließ die Service-Leiterin raushängen. »Die Kunden warten.«

Chris machte kehrt und ging wieder an seine Kasse. Er warf mir im Vorbeigehen einen kurzen leeren Blick zu. Stuart kümmerte sich irgendwie um die Maus.

Und jetzt auf der Party spielt Stuart Billard, während Kathy auf der Dachterrasse raucht. Ich quatsche mit

Sveta über die Schule, da kommt Jeremy mit einer Flasche Weißwein an.

»Wie läuft die Party, meine Damen?«

Er schiebt sich zwischen uns und schenkt geübt drei Gläser Wein ein.

Sveta sagt nichts. Also muss ich ran.

»Super, gut geht's uns.«

»Zigarette?«, fragt er und kramt in seinen Taschen.

»Nein!«

Er hört auf zu kramen. »Na dann Prost, auf die Weihnachtszulage von Biancas Dad.«

Sveta sagt immer noch nichts.

»Prost«, antworte ich. Wir stoßen an und lassen den Blick über den Hafen schweifen. Vielleicht liegt's am Wein, den ich nicht gewohnt bin, aber langsam kommt so etwas wie Entspannung über mich. Falls Sveta die Männer zwischen ihren Schenkeln zerquetscht, redet sie zumindest auf Partys nicht darüber.

Wie sich herausstellt, ist Jeremy eigentlich ganz okay. Vor der Party wusste ich bloß, dass er in die Elfte auf der St. Pats geht und allen Minderjährigen der Gegend Zigaretten verkauft, wenn er donnerstagabends an der Service-Theke arbeitet. Ich wusste, dass darunter viele dürre Mädchen sind, die auf eine der Privatschulen gehen. Er macht ein irres Geschäft.

Inzwischen plaudere ich sogar ganz locker über oberflächliches Zeug mit ihm. Das läuft recht gut, wenigstens für eine gesellschaftliche Niete wie mich. Er ist ziemlich nett. Irgendwie süß mit seiner Gangster-Art, finde ich. Ich frag ihn nach seiner Schule.

»Na ja. Ich bin nicht so oft da.«

»Wie meinst du das?«

»Ich geh nur hin, wenn ich muss.«

»Aber du musst doch jeden Tag da hin.«

Er lacht und schenkt mir nach.

Der einzige Zwischenfall ereignet sich, als Chris rüberkommt, mir das Glas aus der Hand nimmt und Jeremy ziemlich spitz zurechtweist, mir ein Glas Wasser zu holen. Er schaut Jeremy böse an. Dann beugt er sich zu mir herunter und sagt: »Mach mal langsam mit dem Wein, Ripley, sonst wird's ein bisschen unübersichtlich.« Dann geht er wieder rein und unterhält sich mit Ed.

Ich sehe, wie sich Stuart und Chris über den Billardtisch hinweg finstere Blicke zuwerfen. Jeremy kommt mit einem Glas Wasser für mich zurück und noch einer Flasche Wein.

So gegen neun sehe ich mich auf der Dachterrasse um und bemerke, dass Kathy verschwunden ist. Ich werfe einen Blick ins Billardzimmer. Auch da ist sie nicht. Hmm, mir fällt auf, dass Stuart auch nicht da ist. Bianca spielt für ihn. Sobald das volle Ausmaß der Bedeutung zu mir durchdringt, suche ich Chris. Er kommt gerade mit zwei frischen Strawberry-Daiquiris auf die Dachterrasse. Auch er sieht sich suchend um, bis ihm klar wird, dass sowohl sie als auch Stuart verschwunden sind. Er stellt die Daiquiris ab, lehnt sich über die Brüstung der Dachterrasse und blickt suchend in den Garten hinunter und zum Steg. Dann dreht er sich abrupt um und geht schnurstracks ins Haus zurück. Der entschlossene Schritt und die ungewohnte Härte um seinen Mund herum bringen mich dazu, mein eigenes Glas abzustellen und aufzustehen. Jeremy erhebt sich ebenfalls und will mich dazu bringen, mich wieder hinzusetzen.

»Ich seh besser mal nach Chris…«, fange ich an und greife plötzlich nach Jeremys Arm, um mich festzuhalten. Mir ist ein wenig schwindelig. Vielleicht liegt's am Wein, aber vielleicht bin ich auch einfach nur zu schnell aufgestanden.

Jeremy stellt sein Glas ab und legt stützend den Arm um mich.

»Chris geht's gut«, sagt er. »Der kommt bestimmt gleich wieder.«

Ich denke einen Moment lang gründlich darüber nach, dann mache ich mich los und torkle unsicher durch den Raum.

»Ich bin gleich wieder da«, nuschle ich über meine Schulter hinweg.

Bei Bianca ist es ein bisschen wie im Labyrinth, aber nachdem ich längere Zeit nach einem Weg nach unten gesucht habe, entdecke ich eine Treppe. Ich hole tief Luft, bevor ich hinuntersteige, halte mich am Geländer fest und fühle mich eindeutig irgendwie… seltsam…

Halt mal. Vom oberen Treppenabsatz kommen schnelle Schritte. Chris taucht auf, seine Miene ist so finster wie der Himmel vor einem Hagelsturm.

»Hey«, setze ich gerade an, aber er nimmt zwei Stufen auf einmal und rempelt mich fast um, so dass ich, hätte ich mich nicht sowieso schon am Geländer festgehalten, umgekippt wäre.

»Chris!«

Keine Antwort. Eine Tür knallt.

Ich laufe hinter ihm her nach draußen durch den Vorgarten auf die Straße. Ich sehe, wie er mit großen, wütenden Schritten davongeht.

Ich renne ihm nach. »Chris! Chris!« Beim zweiten Rufen dreht er sich um.

»Verpiss dich, Amelia!«

Er meint es ernst. Er hat mich noch nie, niemals, bei meinem richtigen Namen genannt. Ich stehe da, ringe nach Luft und trau mich nicht, noch etwas zu sagen, bis er sich abwendet und mich stehen lässt.

Ich schlucke die Tränen herunter und höre, wie etwas weiter die Straße hoch Glas zerbirst, dann ein entferntes »SCHEEEIIISSE!«. Es klingt eindeutig nach Chris.

Ich spüre eine Hand auf meiner Schulter. Jeremy steht neben mir und sagt: »Der wird schon wieder.«

Ich kämpfe wieder mit den Tränen und drehe mich zu ihm um.

Mein Kopf schwirrt vor Fragen, allgemeiner Unglücklichkeit und dem Schmerz, von Chris so zurückgewiesen worden zu sein. Dabei würde ich für ihn durch die Sahara ziehen, wenn ich ihm damit helfen könnte. Das alles hört sofort auf, als Jeremy die Hände um meine Taille legt und mich ohne Umschweife auf den Mund küsst.

Wo kommt das denn bitte plötzlich her?

Ich mache mich los und reagiere mit meiner geballten Wortgewandtheit, die man bei einer derartigen Gelegenheit wie dem ersten Kuss aufbringen kann: »Häh?«

Jeremy antwortet, indem er mich noch einmal küsst.

Auf einmal schießt es mir durch den Kopf: Was passiert hier gerade? – Ich sollte Chris hinterhergehen. – Das ist die Spucke von jemand anderem in meinem Mund. – Da ist eine Zunge! – Vielleicht wäre es besser, jetzt aufzuhören. – Seltsam. – Okay, das ist gar nicht so schlecht. – Nicht schlecht …

Jeremy hat seine Finger mit meinen verschränkt, drückt sie sanft und hört auf, mich zu küssen. Ich öffne die Augen und sehe ihn an. Ich spüre seinen Atem auf meinen Lippen. In den Sekunden, in denen wir uns küssten, habe ich es zum ersten Mal seit Monaten geschafft, nicht an Chris zu denken. Faszinierend und auch irgendwie befreiend.

»Komm wieder rein«, sagt er.

»Okay.«

Er führt mich an der Hand ins Haus. So ist es also, mit einem Jungen Händchen zu halten, denke ich. Schön.

Anstatt mich durch das Haus zur Dachterrasse zu lotsen, wo die Party stattfindet, geht Jeremy zielstrebig nach links in ein schickes Esszimmer, das anscheinend eher selten benutzt wurde. In der Mitte des Raums steht ein riesiger verschnörkelter Esstisch aus dunklem Holz, umrahmt von Glasvitrinen mit teuer aussehendem Kristall und Porzellan. Auf der Anrichte steht der Rest der zweiten Flasche Wein, die wir getrunken haben. Keine Gläser. Er nimmt die Flasche, trinkt daraus und bedeutet mir, es ihm gleichzutun. Ich nehme einen ordentlichen Schluck, versuche, nicht zu wanken, reiche ihm die Flasche und warte ab, was als Nächstes passieren wird.

Was als Nächstes kommt, ist völlig rätselhaft für ein Mädchen, das jeden Tag Stunden damit zubringt, frustriert in den verhassten Spiegel und auf die Waage zu sehen. Er legt mir die Hände auf die Hüften und schiebt mich sanft gegen die Tischkante. Dann beugt er sich hinunter, fasst meine Oberschenkel, hebt mich hoch und setzt mich auf den Tisch. Meine Füße baumeln über dem Teppich.

Noch mehr Küsse – schön. Jeremy legt die Hände auf meine Hüften und schiebt mich ganz sanft weiter auf den glänzenden Holztisch, bis ich auf dem Rücken liege. Er ist auf den Tisch geklettert und küsst meinen Hals. Ich öffne die Augen und schaue hinauf zum Stuck an der Esszimmerdecke.

Es ist nichts weiter als ein bisschen Spannung, denke ich ein wenig beduselt.

»Und das war's erst mal für heute, Kinder.«

Es ist Ed, der Jeremy von mir herunterzieht. Jeremy legt Protest ein, bis Ed ihm mitteilt: »Deine Freundin ist gerade gekommen, Kumpel.« Dann verschwindet er.

Oh Mist.

Ich bin mit Ed allein im Esszimmer und rutsche wortlos vom Tisch. Mein Kopf dreht sich.

»Wo ist Chris?«, frage ich schwach und massiere meine Schläfen.

»Keine Ahnung. Aber ich glaub nicht, dass er noch mal auftaucht.«

»Und Kathy und Stuart?«

Ed grinst. »Ich schätze, noch oben.«

»Mir ist schlecht«, sage ich ganz leise, weil es mir plötzlich hochkommt.

Ed sucht nach einem ruhigen Raum, wo ich mich hinlegen kann, und dann nach jemandem, der mich nach Hause bringt.

Schande

Als am nächsten Morgen der Wecker klingelt, liege ich noch vollständig angezogen auf dem Bett und fühle mich absolut erbärmlich. Es ist Montag: Ich hab Schule und anschließend muss ich zur Arbeit. Ich reiße mich zusammen, so gut es geht, und setze mich auf. Auaaah.

Einen Moment später hieve ich mich hoch und stolpere durch den Flur ins Bad. Mein Kopf dröhnt. Ich habe einen üblen Geschmack in meinem staubtrockenen Mund. Es fällt mir schwer, mir die Ereignisse des vorigen Abends in Erinnerung zu rufen.

Und dann kommen sie wieder, mehr oder weniger. Oh nein, wie hatte ich es bloß für eine gute Idee halten können, Jeremy ins Esszimmer zu folgen?

Ich putze mir gründlich die Zähne und gurgle mit einer Extraportion Listerine. Der üble Geschmack bleibt.

Ich krame im Medizinschrank nach einer Aspirin und geh dann unter die heiße Dusche. Während ich mich an die beschlagene Glaswand der Duschnische lehne, frage ich mich, wie es Chris wohl gehen mag. Ich werde ihn heute Abend sehen müssen, ebenso Jeremy und Ed, ob ich will oder nicht. Aber daran darf ich jetzt nicht denken. Ich muss mich vielmehr darauf konzentrieren, nicht umzukippen, nicht zu kotzen und zur Schule zu kommen, ohne dass irgendwer merkt, dass ich verkatert bin. Verkatert! Ich! Bei der Vorstellung, wie ich Penny davon berichte, dass ich rumgeknutscht habe und verkatert bin, werde ich ein wenig munterer. Das wird ein Gekreische geben.

Zum Glück hängt noch eine gebügelte Bluse im

Schrank. Mit einiger Mühe schaffe ich es, mich anzuziehen und meine Arbeitsklamotten einzupacken. Als ich runterkomme, höre ich Mum mit Jess über Töpfchenangelegenheiten debattieren. Ich kann unmöglich was essen, also geh ich gar nicht erst in die Küche.

»Ich bin spät dran … Bin weg!«, rufe ich Mum zu.

»Ach … Tschüss Amelia.«

»Ich will meine Dorothy-Unterhose«, höre ich Jessie plärren, während ich mich auf die Tür zubewege.

»Sie sind alle in der Wäsche, Jess. Du wirst wohl die gestreifte anziehen müssen.«

»Nein! Dorothy!«

Ich ziehe die Tür hinter mir zu. Es sieht so aus, als ob ich gerade noch einmal davongekommen wäre.

Meine Kopfschmerzen halten fast den ganzen Morgen über an, dann verschwinden sie allmählich, aber eine bleierne Müdigkeit bleibt. Eigentlich bin ich keineswegs stolz auf diese Jeremy-Geschichte, aber ich erzähle sie Penny trotzdem und gehe dann unmittelbar zu dem Chris/Kathy/Stuart-Debakel über. Sie nimmt alles mit einem Kopfschütteln und einem tiefen Seufzen auf, offenbar angesteckt von meiner matten Erscheinung. Ich schlafe die Pause hindurch, bis Penny mich sanft für Chemie weckt.

Jeremy ist an der Service-Theke, als ich zur Arbeit komme. Ich stehe genau neben ihm und sehe auf den Dienstplan. Er würdigt mich keines Blicks noch spricht er mit mir und ich bin mir nicht sicher, was ich sagen soll, wenn überhaupt etwas.

»Hey, weißt du, ob Chris schon da ist?«, traue ich mich zu fragen.

Sein Blick streift mich für den Bruchteil einer Nanosekunde mit einer Mischung aus Mitleid und Missfallen, dann schüttelt er kaum merklich den Kopf. So wird es also in Zukunft zwischen uns laufen.

Ich gehe zum Umkleideraum, um meinen Rucksack abzustellen, und frage mich, ob Chris die Kathy-Sache vielleicht zu sehr aus der Bahn geworfen hat, um zur Arbeit zu kommen. Überlege, ob Ed ihm wohl von der Sache von mir und Jeremy erzählt hat, bis ich seine pampige Stimme an der Tür höre.

»Du!«

Oh, oh. Ich wende mich dem Objekt meiner Begierde zu.

»Hey«, sage ich. »Wie geht's dir?«

»Du!«

»Was denn?«

Er steht immer noch auf der Schwelle. »Du weißt genau, was.«

Verdammt.

»Denkst du vielleicht, so benimmt man sich, Kleine, wenn man bei jemandem eingeladen ist?«

»Ich –«

»Haben dir deine Eltern keine Manieren beigebracht?«

Ich lass den Kopf hängen und bring es nicht fertig, ihn anzusehen, obwohl er jetzt direkt neben mir steht.

»Ich sollte sie anrufen und ihnen erzählen, wie sehr ihre Tochter außer Rand und Band ist. Mit ihren kaum fünfzehn Jahren: besoffen und zügellos.«

Ich gebe meine reuevolle Haltung auf und gehe auf Konfrontationskurs.

»Warte mal –«

»Ist das etwa die Kleine, die wir kennen? Hört mal alle her, hier kommt sie, bereit, euch rücklings die Esstische zu polieren. Wie geleckt, wie es so schön heißt –«

»Hey!«

Er legt die Hände um den Mund und ruft: »Nehmt euch in Acht. Die Kleine ist gelandet!«

Er genießt es, er genießt es regelrecht.

»Ich dreh dir für fünf Minuten den Rücken zu und schon treibst du es mit dem kleinen Jeremy auf Biancas Esstisch. Die müssen noch dadrauf essen, weißt du?«

»Ich habe es nicht mit ihm ...« Ich bringe es nicht über die Lippen.

»Aber du hättest es mit Sicherheit getan, wenn ich Ed nicht gebeten hätte, dich im Auge zu behalten.«

Ich erröte bei der (verschwommenen) Vorstellung von Ed, der dazwischenkam.

»Ausgerechnet Jeremy Ich-kann's-nicht-fassen Horan. Ich hasse ihn.«

»Na dann pass besser auf, dass er's nicht mit *dir* treibt.«

»Du bist eine Schande, Kleine! Hörst du mich? Eine Schande.«

Ich konzentriere mich darauf, meinen Schlips zu binden, und sage gar nichts.

»Hörst du mich?«

»Ja!«

»Was bist du?«

»Eine Schande.«

»Qué?«

»Schande!«

»Verdammt richtig.«

Es scheint ihm zu gefallen.

»Wusstest du, dass Jeremy eine Freundin hat, der kleine-Wichser.«

»Nein, wusste ich nicht…«

»Wie konntest du das nicht wissen? Sie hängt doch immer hier rum. Die Dünne in der St.-Lawrence-Uniform.«

»Für mich sehen die alle gleich aus.«

»Er trägt seine Baseballmütze falsch rum und du hast dir von ihm die Zunge in den Hals stecken lassen!«

Jetzt reicht's mir. Ich würde am liebsten sagen: Mach mal halblang. Wie meine Großmutter immer zu sagen pflegte.

»Also, ich sag dir mal was: Ich bin absolut entsetzt, Kleine.«

Ich reagiere nicht darauf, was ihn noch mehr in Rage bringt.

»Was bin ich?«, schreit er und versperrt mir den Weg zur Tür.

»Entsetzt«, sage ich.

»Genau. Ich bin entsetzt!«

»Na dann, viel Spaß noch dabei.« Ich drücke mich an ihm vorbei, gehe zu den Kassen hinüber in dem Wissen, dass mir die passende Antwort heute Abend einfallen wird, während ich meine Bluse für morgen bügle.

Es besteht kein Zweifel daran, dass es Ed war, der Chris alles erzählt hat – Chris und er sind immerhin *Kumpels*. Chris reitet den Rest der Woche weiter auf dem »Esstisch-Politur-Vorfall« herum, wie er es zu nennen pflegt. Mit Kathy spricht er gar nicht, soweit ich das mitkriege.

Als ich am Mittwoch zur Arbeit komme, glucken Chris

und Bianca zusammen an der Service-Theke. Bei meinem Anblick grinsen sie blöd.

»Na, wenn das nicht unsere Kleine ist«, ruft er aus, während ich an ihm vorbeihaste. »Wie geht's denn, Sportsfreundin?«

Ich flüchte in den Umkleideraum.

»Du bist noch immer eine Schande, Kleine. Ist das klar?«

Ich gebe mir große Mühe, jeglichen Blickkontakt zu vermeiden, ganz besonders mit Jeremy. Als seine Freundin kommt, sehe ich rasch zur Service-Theke hinüber, unbemerkt, wie ich hoffe. Chris hat recht: Sie könnte ein Sandwich vertragen. Und die Zigaretten, die ihr Jeremy rüberschiebt, tun ihr Übriges. Wie auch immer, mir kann's ja egal sein.

Als ich Penny am Donnerstag in der Schule treffe, beschwere ich mich bei ihr über die Situation auf Arbeit. Wir lassen uns am Rand des Rasens nieder, um uns zu unterhalten, bevor wir zu den anderen gehen. Ich glaube, sie weiß nicht so genau, was sie von Chris halten soll oder wie die Sache am besten für mich ausgehen könnte.

»Er benimmt sich wie ein Arschloch«, sagt sie argwöhnisch.

»Ja«, pflichte ich ihr bei und füge dann noch eilig hinzu: »Er ist aber nicht immer so.«

Sie zuckt mit den Schultern. »Mum and Dad stressen immer noch, damit ich die Schule wechsle. Sie wollen, dass ich die Prüfung für ein Stipendium und die Aufnahmeprüfung für ein paar auserlesene Schulen mache.«

Pennys Eltern sind nicht besonders glücklich über ihre schulischen Leistungen. Sie könnte sich etwas mehr anstrengen, finden sie. Sie könnte bessere Noten haben, finden sie. Sie bräuchte mehr Führung, finden sie.

Und ich finde, genau das ist es, was Penny ausmacht. Ihre Unlust ist eine ihrer wunderbarsten Eigenschaften. Nur ein Beispiel: Sie hasst Sport. Nein, nein, ich meine es wirklich ernst: *haaaaasst* Sport. Ich bin selbst herzlich wenig begeistert davon, am helllichten Tag in einem oberpeinlichen Outfit in der sengenden Mittagssonne rumzurennen, bis ich hochrot und völlig verschwitzt bin, dann (ohne zu duschen) wieder in meine Schuluniform zu steigen und den Rest des Tages vor Schweiß zu kleben. Aber ich mach das trotzdem zweimal die Woche mit, wie es von mir erwartet wird, genauso wie alle anderen Mädchen auch.

Das gilt aber nicht für Penny. Sie hat noch nie Sport geschwänzt. Sie kommt hin, in diesem gelassenen, weit ausladenden Gang, der so typisch für sie ist, aber anstatt mit allen anderen in die Umkleidekabine zu gehen, lässt sie ihren Rucksack im Schatten auf den Rasen plumpsen, setzt sich daneben, holt ein Buch oder eine Zeitschrift raus – nie was für den Unterricht – und fängt an zu lesen. Sie versucht gar nicht erst, der Lehrerin was von Periodekrämpfen oder Kopfschmerzen zu erzählen. Sie fälscht auch keine Entschuldigungen von ihrer Mutter. Sie nimmt einfach nicht am Sportunterricht teil. Punkt. Es ist eine allgemeine und unumstößliche Tatsache. Mrs McGill stellt sie deshalb nie zur Rede, sondern hakt sie einfach auf der Anwesenheitsliste ab. Einfach nur aufgrund von Pennys kompromissloser Art. Wie ich schon sagte: Sie ist dabei herrlich entspannt. Außerdem sind ihre Noten völlig in Ordnung. Keine Ahnung, warum ihre Eltern so ein Drama daraus machen. Der Gedanke, dass Penny die Schule wechseln könnte, ist der blanke Horror für mich.

Donnerstags ist es immer recht ruhig in der Mittagspause, weil alle noch eine Doppelstunde Mathe vor sich haben. Jeder stimmt sich schon mal mental darauf ein, und wenn dann die Glocke schrillt, rührt sich erst mal keiner. Alle sind wie erstarrt – wie Tiere, die vom Scheinwerferlicht des entgegenkommenden Mathematik-Fernlasters geblendet werden.

Als ich in Mathe neben Penny sitze, bemerke ich, dass sie jetzt in jedem Ohr zwei Löcher statt bisher eins hat.

»Wann hast du dir denn die stechen lassen?«, frage ich, überrascht, dass sie nichts davon erwähnt hat.

»Letztes Wochenende«, antwortet sie und hält den Blick auf ihr Mathebuch gerichtet.

»Wo hast du's machen lassen?«

»Hab es selbst gemacht.«

»Du hast WAS?«

»Ich habe sie mir selbst gestochen. Mit Eiswürfeln und einer Nadel.« Sie sieht immer noch stur in ihr verdammtes Trigonometrie-Buch. Ich bin völlig baff.

Ich lege meine Hand mitten auf die Seite ihres aufgeschlagenen Buchs. »Verdammt, Süße. Du hättest eine Blutvergiftung kriegen können! Warum hast du's nicht in einem Schmuckgeschäft machen lassen?«

Sie zuckt nur mit den Schultern. »Ich hab die Nadel abgekocht und alles.«

»Was haben deine Eltern dazu gesagt?«

»Ich glaub nicht, dass sie es bemerkt haben. Ich hab's

gemacht, als sie bei einem Treffen mit Jamies Ärzten waren.«

Pennys älterer Bruder geht in die Zwölfte und hatte zu Anfang des Jahres irgendeinen Zusammenbruch. Jetzt wohnt er in einem Wohnheim für psychisch kranke Jugendliche. Die haben dort eine eigene Schule und alles.

»Verdammt, Penny, ich bin… echt … völlig überrascht. Wie hast du es geschafft, dir mit einer Nadel die Ohren durchzustechen?«

Sie zuckt noch einmal mit den Schultern.

Nach Schulschluss, in einem Zustand erhöhter Adrenalinausschüttung, verursacht durch eine Mischung aus böser Ahnung und Furcht, begebe ich mich zur Arbeit. Vielleicht wird Chris mich heute Abend in Ruhe lassen und mich wieder in die traute Woolies-Runde aufnehmen. Vielleicht hat er langsam genug davon. Man soll die Hoffnung ja nie aufgeben…

Ich komme zur Arbeit und sehe ihn mit Ed beim Service-Schalter stehen. Er begrüßt mich zivilisiert und lässt mich unbehelligt zum Umkleideraum gelangen. Ich rüste mich den ganzen Abend über für eine erneute Attacke. Nichts dergleichen passiert. Um neun stelle ich das Geschlossen-Schild auf, schließe meine Kasse ab und bringe die Geldkassette zum Büro. Ich bin fast da, als ich Chris über den Lautsprecher höre.

»Belegschaft, aufgepasst!« Seine Stimme klingt ernst. »Ähm, aufgepasst, Belegschaft. Falls irgendein Angestellter zu Hause über Oberflächen verfügt, die eine Politur gebrauchen könnten – ein Mitglied des Kassenteams stellt Ihnen gern ihre Dienste zur Verfügung. Sie poliert

Holz, Plastik, Laminat, Glas, Linoleum, Kacheln, sogar Korkfliesen und verlangt dafür im Gegenzug nur eine Flasche Wein. Sie können ihren Dienst hier bei mir an der Service-Theke buchen. Melden Sie sich einfach bei Chris Harvey.«

Ich erstarre und umklammere meine Kassenlade, während es mir heiß den Rücken hinaufläuft und mein Hals anfängt zu glühen. Dann mache ich auf dem Absatz kehrt und stürme zur Service-Theke, sodass die Münzen in der Kassenlade bei jedem Schritt klimpern.

Da steht er und zählt das Geld in seiner Kasse, unschuldig wie ein neugeborenes Lamm. Er blickt hoch und betrachtet mich voller Güte.

»Du kannst dich nicht selbst buchen, Kleine.«

»Kannst du endlich damit AUFHÖREN!«

»Ganz ruhig, Kleine, sonst platzt dir noch 'ne Ader. Es ist doch nur Spaß.«

»Spaß für wen?«, blaffe ich ihn an.

Er sieht wieder auf das Bündel Zwanziger in seiner Hand und zählt weiter. Es macht mich wahnsinnig, wie er noch nicht mal auf die Idee kommt, dass er zu weit gegangen sein könnte.

»Warum? Warum bist du so angefressen wegen dieser Jeremy-Nummer?«

»Wie ich schon gesagt habe, es ist bloß Spaß. Du nimmst alles so suuuperernst.« Er zieht das U in Super extrem lang, als ob er von meiner pubertären Zickigkeit total genervt sei.

Ich hole tief Luft und tue etwas sehr Gewagtes.

»Warum lässt du es nicht an Kathy und Stuart aus, statt an mir? Deshalb bist du doch eigentlich wütend.«

Es dauert gut zehn Sekunden, bevor er antwortet, leise und zum ersten Mal diese Woche ohne Boshaftigkeit.

»Weil Mädchen wie Kathy Jungs wie mich zum Frühstück vernaschen. Und Stuart mich wie eine Fliege zerquetschen könnte und würde.«

Er sieht völlig fertig aus.

»Oh Chris«, sage ich nachsichtig. »Es tut mir leid, dass es so ... gekommen ist. Die hat doch einen Totalknall.«

Einen Moment lang frage ich mich, ob ich nicht mit Gott einen Handel abschließen könnte, bei dem ich die Arme um Chris lege und sein Schmerz dabei mittels Haut-zu-Haut-Osmose auf mich übergeht, und zwar genau die Menge an Schmerz, die so groß ist wie meine Liebe für ihn. Aber stimmt ja, ich glaub ja gar nicht an Gott.

»Du weißt, was passiert ist, oder? Stuart hat meine Blumen und das Gedicht als seine Geschenke ausgegeben und Kathy dann im Bett von Biancas Eltern gevögelt.«

Ich nicke. So was hatte ich mir schon gedacht.

»Kannst du ihr nicht einfach sagen, dass sie von dir waren?«

»Nein!«, bricht es aus ihm heraus. »Wenn sie mit so einem Kerl zusammen sein will, renn ich ihr nicht hinterher und erzähl Geschichten über ihn, wie er wirklich ist. Aber er ist ein fieser Dreckskerl. Hat letztes Jahr seine Freundin geschwängert und wollte dann nichts mehr von ihr wissen.«

»Er hat eine Freundin?«

»Na ja, jetzt nicht mehr.«

Zwischen uns scheint ein stillschweigender Waffenstillstand eingekehrt zu sein.

»Also lässt du mich jetzt in Ruhe mit der –«

»Hochglanz-Mahagoni-Nummer?«

Ich knirsche mit den Zähnen. »Ja. Und wirst du aufhören, dich wie ein Arsch aufzuführen?«

Er grinst: »Nein.«

»Wichser.«

»Komm mal wieder runter. So etwas sagt man nicht in deinem Alter. Und außerdem – was könntest du dagegen tun?«

Ich atme tief aus. »Oberwichser.«

Aber jetzt kann ich mir ein Lächeln nicht mehr verkneifen.

»Wenn du dich wieder beruhigt hast«, er klappt entschlossen den Deckel seiner Kassenschublade zu, »würde ich mich vielleicht dazu überreden lassen, mit dir bei Rino's Pizza eine Peperoni Extravaganza zu essen. Möglicherweise würde ich dich sogar einladen.«

Es ist unter der Woche und ich habe noch Mathehausaufgaben auf.

»Keine Sticheleien mehr«, sage ich jetzt wieder ernst.

Er sieht mich an.

»Keine Sticheleien mehr«, wiederhole ich.

»Abgemacht. Keine Sticheleien mehr.«

Was Besonderes

Auf dem Weg zu Rino kauft Chris einen Sechserpack Bier. James Squire oder so was Ähnliches.

»Ich geb einen aus, was Besonderes«, sagt er und legt zwanzig Dollar hin. »Du magst doch Bier, oder?«

Ich hasse Bier. *Hasse es!* »Klar!«

Ach ja, lieben bedeutet leiden. Oder war es schön sein bedeutet leiden? Über Letzteres weiß ich nicht allzu viel, aber ich weiß, dass Ersteres bei mir ein Ziehen im Bauch auslöst.

Wir kommen an einer Telefonzelle vorbei, die mich daran erinnert, dass es spät werden wird und ich zu Hause Bescheid sagen sollte. Aber es ist schon nach neun und Mum und Jess schlafen schon. Dad ist wahrscheinlich noch auf, wenn er überhaupt schon von der Probe zurück ist, doch ich glaube sowieso, dass es ihm egal ist.

Wir sitzen hinten in einer Nische des Restaurants und bestellen eine Familienpizza mit Peperoni. Meine Bauchmuskeln entspannen sich allmählich, einer nach dem anderen, während sich Erleichterung darüber, wieder in Chris' Gunst zu sein, in mir breitmacht.

Er holt zwei Bier aus der Packung. Das Zischen beim Abdrehen der Deckel klingt vielversprechend. In den Augen eines außenstehenden Betrachters müssen wir beide ebenbürtig erscheinen. Wir tragen beide noch unsere Arbeitskluft. Diesmal genieße ich ganz allein Chris' gesamte Aufmerksamkeit, die er mir großzügig über die Kunststoff-Tischplatte hinweg entgegenbringt.

Das vollkommene Glück.

»Auf was wollen wir anstoßen?«, fragt er und gießt

die sprudelnde bernsteinfarbene Flüssigkeit in die matten Gläser.

Ich denke einen Moment nach und sage dann: »Auf Mädchen, die Jungs wie dich zum Frühstück vernaschen. Auf dass sie ihnen schwer im Magen liegen mögen.«

»Bravo! Dem kann ich mich nur anschließen, Schwester.«

Die dicken Gläser klacken beim Anstoßen.

»Also Amelia, was hasst du am meisten?«, fragt er und lehnt sich auf seinem Sitzplatz zurück.

»Hassen?«

»Ja, hassen. Wie in Verachten, Verabscheuen, Missbilligen. Was frisst dich innerlich auf?«

»Wie wär's mit mir selbst? Oder der Welt im Allgemeinen?«

»Lass uns mit dir anfangen und dann nach und nach die Welt im Allgemeinen mit einbeziehen.«

»Ich hasse es, dick, hässlich und dumm zu sein.«

Chris nimmt einen ordentlichen Schluck. »Du bist nichts davon, aber bei irrationaler Selbstverachtung bin ich sofort dabei. Was noch?«

»Ich hasse es, dass ich so viele Dinge will, die ich nicht haben kann. Ich mag ... dieses Gefühl einfach nicht.«

»Was noch?«

»Ich hasse es, dass ich so oft wütend werde. Es ist anstrengend. Ich hasse es, dass mich niemand ernst nimmt. Ich hasse es, dass ich mich gerade wie eine ewige Jammertante anhöre. Aber eigentlich ist das dein Pech, weil du danach gefragt hast.«

»Hmm. Wie sieht's mit der Welt im Allgemeinen aus?«

Ich lehne mich zurück und trinke einen Schluck.

»Ich weiß, was ich jetzt sagen sollte, nämlich dass ich Kriege und Hungersnöte und Ungerechtigkeit hasse. Und natürlich tue ich das. Aber im Alltag hasse ich am meisten, dass meine Eltern rauchen. Wir haben ein kleines Reihenhaus und es gibt nur ein Wohnzimmer, in dem auch der Fernseher steht. Es stinkt, es setzt sich in meinen Kleidern und Haaren fest und ich weiß, dass es mein Asthma nicht gerade besser macht. Mein Vater wird sogar richtig wütend, wenn ich mich darüber beschwere. Meine Mutter sieht einfach weg und tut so, als hätte sie nichts davon mitgekriegt. Das Zimmer ist völlig verqualmt. Sie machen das auch, wenn meine dreijährige Schwester danebensitzt. Das kotzt mich richtig an.«

»Meine Schwester raucht auch«, sagt Chris. »Aber Mum und Dad schicken sie dazu vor die Tür.«

»Meinetwegen können sie draußen rauchen. Aber sie tun so, als sei *ich* die Unvernünftige. Als ich jünger war, hab ich einmal mit rotem Textmarker lauter Zettel geschrieben und sie überall im Haus aufgehängt. *Rauchfreie Zone, Rauchen verursacht Krebs* und so weiter. Mein Dad hat mich gezwungen, sie alle wieder abzunehmen. Da war ich stinksauer. Ich fand, ich sollte ein Recht darauf haben, meine Meinung zu äußern.«

»Indem du Zettel in ihrem Haus aufhängst?«

»Es ist auch mein Haus, oder? Und es sind ebenso meine Lungen. Und habe ich schon von dem Asthma erzählt?«

»Dramatisierst du nicht ein bisschen, Kleine? Vielleicht hättest du ja auch ohne den Rauch Asthma?«

»Wart nur mal ab, wie dramatisch es erst wird, wenn

beide Krebs kriegen. Du hast gefragt, was ich hasse – das ist etwas, was ich wirklich hasse.«

»Sonst noch was?«

»Ich hasse es, wie Pip immer noch denkt, dass Estella ihn heimlich liebt und eines Tages alles gut sein wird. Wird es aber nicht.«

»Liest du immer noch *G. E.?*«

»Ich bin zu drei Viertel durch. Pip sollte langsam mal erwachsen werden. Da wird doch nie was draus. Er hält einfach weiter an dem Glauben fest, dass sie wegen der widerlichen Umstände nicht zusammenkommen können und weil Estella behauptet, sie würde es Miss Havisham schuldig sein und müsse ihre Pflicht erfüllen. Deshalb kann sie nicht mit Pip zusammen sein, bla, bla, bla. Wobei doch der wahre Grund schlicht und ergreifend ist, dass sie ihn nicht liebt. Außerdem ist sie eine Schlampe, die ihn gar nicht verdient hat, im Gegensatz zu Biddy! Das ist eine klasse Frau! Doch Pip bemerkt sie noch nicht mal. Die Biddys dieser Welt kriegen nie einen ab.« Ich mache eine Pause, um Luft zu holen.

»Mach dir keine Sorgen um Biddy. Am Ende geht es ihr gut.«

»Nicht das Ende verraten!«

»Du springst aber ziemlich hart mit Pip um. Denkst du, er kann einfach so mir nichts dir nichts beschließen, Estella nicht mehr zu lieben? Er muss sich bloß dafür entscheiden?«

»Ich weiß nicht. Ich denke, manchmal …«, ich sehe ihm direkt in die Augen, »liegt es nicht in unserer Hand.«

»Ja. Ich wünschte –«, er wendet seinen Blick ab, »wir könnten so einfach beschließen, damit aufzuhören.«

»Kommst dir ein bisschen wie Pip vor, was?«

»Vielleicht.«

»Wegen Kathy?«

»Nee, Kathy ist nur das Mittel zum Zweck.«

»Und ich dachte, du magst sie wirklich.«

»Tue ich auch ... tat ich auch. Lange war das so. Irgendwie. Aber der Knackpunkt ist, dass ich im Prinzip Ablenkung suche von ... na ja, dem eigentlichen Problem.«

Nach ein paar Schlucken schmeckt das Bier gar nicht mehr so schlecht. Ich nehme einen kräftigen Zug, bevor ich nach dem eigentlichen Problem frage.

»Das eigentliche Problem ist, dass ich in jemand anderes verliebt bin. Wahre Liebe, nicht nur so eine Schwärmerei, die dafür sorgt, dass die Schicht schneller rumgeht und meine Sucht nach Leiden genährt wird.«

Also ich hatte mir ja schon von Anfang an gedacht, dass ich bei Chris keine Chance haben würde, weil er a) zu alt ist, b) sich niemals ernsthaft für mich interessieren würde, c) total idiotisch auf die oberflächliche Kathy von der Arbeit abfährt. Und jetzt kommt noch dazu, dass er d) in Wirklichkeit verliebt ist in ... ja, in wen denn eigentlich? Er hat es gar nicht gesagt, in wen. In mich etwa? Vielleicht traut er sich nur nicht, es mir zu sagen, weil ... weil er sich Sorgen macht, dass mein Vater ihn erschießen könnte oder so was. Ich beuge mich vor und erkundige mich, ganz lässig, wie ich hoffe:

»Wahre Liebe?«

»Mach dich bloß nicht über mich lustig.«

»Ich mach mich nicht lustig. Warum bist du dann nicht mit ihr zusammen?«

»Ich war mit ihr zusammen. Aber bin es nicht mehr.« Wieder wirkt Chris wie am Boden zerstört; das hat er wirklich drauf. Er sieht in sein Glas und dann über meine Schulter hinweg in die Ferne, schluckt dabei schwer. Schwermütiges Grübeln ist echt sein Ding.

»Wie auch immer, Kleine«, sagt er dann. »Um auf eben zurückzukommen, du meinst also, dass Pip verdammt noch mal endlich erwachsen werden und die Dinge so nehmen sollte, wie sie sind.«

»Ja, irgendwie schon.«

»Das hat Gatsby doch gemacht, stimmt's? Zu guter Letzt ist er erwachsen geworden, hat erkannt, dass alles, worauf er gesetzt hatte, für die Katz war. Dass alles umsonst war, trotz all seiner ausgeklügelten Unternehmungen, um zu dem Mann zu werden, mit dem Daisy zusammenkommen würde. Und trotz all seiner Besessenheit hat das Objekt seiner Begierde Tom Dumpfbacke geheiratet, ohne erkennbare Absicht, ihn jemals wieder verlassen zu wollen. Und was macht er da? Er bringt sich um. Also ist es vielleicht ganz gut, dass Pip diese Wunschvorstellung in seinem Kopf weiter am Leben hält. Selbst unerwiderte Liebe kann besser sein als die brutale Realität. Er weiß wahrscheinlich eh nicht, wer er eigentlich ist, ohne seine Estella-Manie.«

»Gatsby bringt sich nicht um.«

»Doch, das tut er. Er erschießt sich und sie finden ihn im Pool.«

»Nein, Wilson erschießt Gatsby. Er denkt, der hätte was mit seiner Frau gehabt und sie dann überfahren. Und anschließend erschießt Wilson sich noch selbst.«

»Oh Mann, du hast recht, Kleine.«

»Er hat keinerlei Erkenntnis. Er geht runter zum Pool und sagt sich noch, dass Daisy bestimmt anruft… und dass er den Anruf am Pool entgegennehmen wird… Klaro, Gatsby, genau so wird's kommen… ganz bestimmt *nicht!* Er stirbt voller falscher Hoffnung…«

»Ich glaube, dass er es tief in seinem Innern wusste.«

»Und ich glaube, du ›projizierst‹ da was rein, wie es die Seelenklempner nennen würden. Ich kann es kaum fassen! Ich habe etwas gewusst, was du nicht weißt!«

»Ich *wusste* es schon«, entgegnet er spitz. »Ich hatte nur vergessen, dass ich es wusste.«

Die Pizza kommt. Wir schieben so viele Stücke auf unsere Teller wie daraufpassen und Chris macht sich noch ein Bier auf. Zu meiner eigenen Überraschung habe ich meins mittlerweile fast ausgetrunken.

»Also, was hasst du noch?«, fragt er zwischen zwei Bissen.

»Warum willst du das eigentlich wissen?«

»Es interessiert mich einfach. Du interessierst mich.«

Eine weitere Einladung brauche ich nicht, um mich direkt über das nächste Ärgernis auszulassen – schon etwas weniger gehemmt nach dem Bier auf leeren Magen.

»Also, ich hasse – ich hasse … also, meine Mum…«

»Du hasst deine Mum?«

»Nein, nein«, sage ich schnell. »Auf keinen Fall. Ich hasse … die Verzweiflung meiner Mum.«

»Ihre Verzweiflung?«

»Genau.« Wie soll ich es bloß in Worte fassen? Ich bücke mich zu meiner Schultasche unterm Tisch, zieh sie auf die Bank und krame darin herum.

»Meine Mum hat diese extrem nervenaufreibende

Ganztagsstelle, von montags bis freitags, und außerdem noch Jess, meinen Dad und die ganze Hausarbeit am Hals ... Und sie ist einfach furchtbar unglücklich. Bei mir zu Hause ist alles durchdrungen vom Elend meiner Mutter. Und von ihrer Erschöpfung und der Unzufriedenheit mit ihrem Leben ... Das hasse ich. Wenn ich oben in meinem Zimmer bin und sie ist gerade unter mir in der Küche, kann ich spüren, wie ihre Verzweiflung durch die Ritzen in den Dielen nach oben in mein Zimmer kriecht und sich überall im Haus breitmacht. Man hört sie mit Töpfen und Pfannen klappern oder den Staubsauger verfluchen ...«

»Was hat sie denn für einen derart undankbaren Job?«

»Sie ist Lehrerin für Englisch und Geschichte an der Highschool.«

»Wo denn?«

»An der Riley Street High.«

»Oha, verdammt raues Pflaster.«

»Ja, genau. Aber weißt du was, ich hab rausgefunden, was tatsächlich für das Los meiner Mutter verantwortlich ist.«

»Und das wäre?«

»Der Feminismus.«

»Der Feminismus?« Chris runzelt die Stirn. »Das musst du mir genauer erklären.«

Ich habe gefunden, wonach ich in meiner Tasche gewühlt habe. Ein paar zerknitterte Fotokopien, die ich heraushole und auf den Tisch knalle.

»Also, unsere Englischlehrerin, Mrs Cummings, hat uns das hier zum Lesen aufgegeben. Es nennt sich *Der Weiblichkeitswahn* von einer Feministin namens ...«

»Betty Friedan.«

»Ja, genau. Es ist 1963 erschienen und...«

»'tschuldige bitte, aber ich muss da noch mal nachhaken – deine Lehrerin gibt euch in der Zehnten *Den Weiblichkeitswahn* auf?«

»Ja.«

»Ist das dieselbe, bei der ihr auch *Die Glasglocke* gelesen habt?«

»Ja. Sie ist ziemlich durchgeknallt.«

»Das kannst du laut sagen. Erzähl weiter.«

»Also, so wie ich es verstanden habe, schreibt Betty von dieser massiven Kampagne nach dem Zweiten Weltkrieg, die den Frauen...«

»Weißen Frauen aus der Mittelschicht, wohlgemerkt, nicht irgendwelchen Frauen«, wirft Chris ein. »Darüber hat sie in erster Linie geschrieben – sie hat ihre Untersuchungen zuerst an ihren ehemaligen Kommilitoninnen durchgeführt.«

»Wie auch immer«, rutscht es mir ungeduldig heraus. »Sie hat behauptet, dass die Frauen damals wieder heim an den Herd geschickt wurden und man ihnen erzählt hat, dass Weiblichkeit bedeute, Hausfrau und Mutter zu sein. Diese Lebensform führte schließlich dazu, dass die meisten Frauen vor Elend durchdrehten und valiumabhängig wurden. Dann entwickelte sich eine neue Gegenströmung, die als zweite Welle der Frauenbewegung gilt und die versucht hat, die Frauen wieder in die Welt hinauszuführen. Frauen sollten nicht nur Ehefrauen und Mütter sein, die von ihren Männern abhängig waren. Und dank der zweiten Feminismusbewegung verbringt meine Mutter ihre Tage damit, von straffälligen Jugendlichen angepöbelt zu werden, Jess von der Vorschule abzuholen, einkaufen zu gehen, nach Hause zu kommen und sauber zu machen, Abendessen zuzubereiten, Jess in die Wanne zu setzen, die Wäsche zusammenzulegen, Jess aus der Wanne zu holen, Abendessen zu servieren, das Geschirr wegzuräumen, Jess ins Bett zu bringen und anschließend zusammenzubrechen. Am nächsten Morgen wacht sie auf und das Ganze geht wieder von vorn los.«

Ich hole tief Luft. Chris sieht nachdenklich aus.

»Na ja, vielleicht hast du recht«, sagt er. »Man könnte durchaus den Eindruck gewinnen, dass Frauen wie deine Mum durch den Feminismus verraten und verkauft worden sind oder besser von seinen Auswirkungen. Aber mal im Ernst, glaubst du nicht, dass sie eher vom Patriarchat beschissen werden als vom Feminismus?«

»Keine Ahnung, aber ich weiß, dass sie vor der Frauenbewegung wenigstens nicht alles gleichzeitig hätte erledigen müssen.«

»Nur die Kinder und die Hausarbeit.«

»Ja. Wenn sie in den Fünfzigern gelebt hätte, hätte sie sich einen Kaffee gemacht, eine Paracetamol genommen und in Ruhe ein Mittagsschläfchen halten können, während die Kinder in der Schule waren. Sie hätte Zeit gehabt, die Zeitung zu lesen und im Garten in der Sonne Kaffee zu trinken. Vielleicht sogar Freundinnen zu treffen oder schwimmen zu gehen. Alles, worum sie sich hätte kümmern müssen, war, wie der neuste Staubsauger funktioniert.«

»Nieder mit dem Feminismus!« Chris prostet mir mit seiner Bierflasche zu.

»Nieder mit dem Feminismus!«, proste ich lachend zurück.

»Aber mal ganz im Ernst«, sagt Chris und weist mich auf den Mozzarellafaden an meinem Kinn hin. »Diese Geschichte von der perfekten, immer gut gelaunten Hausfrau wäre doch total daneben, wenn das alles im Leben wäre. Das kann es wohl kaum sein. Lass uns doch nicht die arme Betty für die geschlechtsspezifische Aufteilung bei euch zu Hause verantwortlich machen. Und wenn wir schon mal dabei sind, was für eine Rolle spielt eigentlich dein Dad?«

»Mein Dad.« Ich höre auf zu kauen. »Ich erzähl dir ein anderes Mal von ihm. Ich bin völlig k.o. von all dem ...«

»Rumgemecker.«

»Genau.«

»Rumgemecker erster Güte.«

»Was auch immer. Wie steht's mit dir?«

»Wie soll es mit mir stehen?« Er zieht eine Augenbraue hoch, ganz wie der Held in einem Film Noir.

»Was hasst *du?*«

»Also, ich hasse... na ja du weißt schon... so Zeug.«

»Zeug? Ich habe dir hier gerade mein Innerstes offengelegt und du hasst ›Zeug‹?«

»Betty Friedan und eine Abneigung gegen das Rauchen entsprechen deinem Innersten?«

»Komm schon. Raus damit.«

»Du erinnerst mich an eine Stechmücke, die über einer hübschen saftigen Ader schwirrt und gerade zur Landung ansetzen, den Saugrüssel hineinbohren und etwas Blut für die Kids saugen will. Aber sie hat keine Ahnung, dass es sich dabei um die Hauptschlagader handelt, und wenn sie dort hineinbohrt, wird sie explodieren durch den Druck des Blutstrahls, der durch ihren Rüssel schießen wird.«

Der leere Pizzateller steht jetzt vor uns auf dem Tisch. Mein Mund brennt wie Feuer von den scharfen Peperoni. Ich nuckle an meinem zweiten Bier, während Chris gerade sein drittes austrinkt. Meine Uhr sagt elf, und das unter der Woche, obwohl ich am nächsten Tag zur Schule muss.

»Holla! Es wird schon Zeit für die Kutsche, Cinderella«, sagt Chris und winkt Rino wegen der Rechnung. »Trink mal schnell aus, Kleine, damit ich dich nach Hause bringen kann.«

»Ich komm schon klar. Ich laufe ja jedes Mal nach der Arbeit alleine nach Hause.«

»Ich kann dich doch um diese Zeit nicht alleine gehen lassen. Du sollst Geleit haben.«

»Also gut.«

Wenn ich an diesen Abend denke, wird mir ganz nostalgisch zumute, dabei ist die Nacht noch nicht mal vorbei.

Draußen ist es frostig kalt – der Winter hält langsam Einzug. Wir gehen durch die dunklen stillen Straßen, unsere Schritte und Stimmen sind das Einzige, was zu hören ist.

»Sind deine Eltern noch wach?«, fragt Chris. »Sollte ich mich auf Fragen gefasst machen wie warum ich ihre tugendhafte Tochter unter der Woche ausführe, wenn sie am nächsten Morgen Schule hat?«

»Mum schläft bestimmt schon. Dad ist vielleicht noch wach, aber der fragt nicht nach. Du musst mich auch nicht bis zur Tür bringen.«

Eine Zeit lang gehen wir schweigend nebeneinanderher. Der Alkohol hat mich mutig gemacht und so frage ich: »Also, wer ist das Mädchen?«

»Das Mädchen heißt Michaela. Sie ist ein Semester lang mit mir zur Uni gegangen.«

»Und was ist so Besonderes an ihr?« Die Dunkelheit verbirgt meinen Schmollmund.

»Es ist nichts, was sich so einfach erklären ließe, Kleine.«

»Pourquoi pas?«

»Na ja, wir sind einfach... Ich...« Er sucht nach den passenden Worten. »Hör mal, du kannst ruhig sagen, ich kann mich mal, wenn dir das zu persönlich ist, aber du hast noch nie Sex gehabt, oder?«

Ich schnappe nach Luft. Zum Glück ist es dunkel. Soll ich lügen? Vielleicht hätte ich eine Chance, wenn er dächte, ich hätte schon!

»Ich... nein.« Gute alte, ehrliche Amelia.

»Na ja, je nachdem mit wem man ihn hat, kann es einen in eine völlig andere Welt entführen. Mit Michaela ist mir das passiert und ich bin noch immer nicht wieder ganz zurück.«

Wir schweigen. Eine völlig andere Welt?

»Warum habt ihr euch denn dann getrennt?«

»Sie ist nach Perth zurück, wo sie ursprünglich her ist.«

»Und damit war Schluss? Was ist denn mit so einem Fernbeziehungsding? Die Mutter meiner Freundin Penny kam wegen Pennys Vater aus England rüber, nur um mit ihm zusammen zu sein.«

»Sie ist dort wieder mit ihrem Ex zusammen«, sagt er ausdruckslos. »Er heißt *Brad*, kannst du dir einen blöderen Namen vorstellen? Am schlimmsten ist, dass ich es erst an dem Tag, an dem ich sie zum Flughafen gebracht habe, erfahren habe, dass sie nie wirklich Schluss gemacht hatten. Sie hatten nur eine *Pause* eingelegt, während sie hier war. Glaub mir, wenn es keinen Brad gäbe, wäre ich nach Perth gezogen, sobald ich das Geld für den Flug zusammengehabt hätte.«

»Mist«, steuere ich voller Mitgefühl bei, doch insgeheim danke ich dem Schicksal für die Existenz von Brad.

»Das war es«, stimmt er mir zu. »Ist es, sollte ich vielleicht sagen.«

»Wie bei Pip und Estella.«

»Mit dem Unterschied, dass Pip bei ihr niemals richtig rankam.« Chris grinst im Dunkeln vor sich hin.

»Na ja, das *vermuten* wir zumindest.« Ich bleibe stehen. »Hier wohne ich.«

Wir sehen uns an.

»Danke für das Abendessen«, sage ich. »Es macht deine Biestigkeiten fast wieder wett.«

»Es war mir ein Vergnügen. Ich will dir ja nur beibringen, wie man zu einer kritischen Liebhaberin wird.«

»Wie rührend von dir, und ich dachte schon, du bist ein komplettes A-loch.«

»Weißt du was?«

»Was denn?« Ich umklammere fest den Gurt meiner Schultasche und lasse ihn dann wieder locker.

»Du hast dich vorhin davor gedrückt, von deinem Dad zu erzählen. Ich habe mich sogar um ein ganzes Gespräch gedrückt. Also lass uns Folgendes machen – wir schreiben uns Briefe, anstatt die Unterhaltung fortzusetzen.«

»Ein Brief über meinen Vater.«

»Genau.«

»Also gut.«

»Und jetzt wird es höchste Zeit, dass du ins Bett kommst.«

Wir schleichen durch das Gartentor des kleinen Reihenhauses.

Während ich meinen Schlüssel hervorkrame, stehle ich mich zum Fenster und spähe durch einen Spalt im Vorhang. Mein Vater sitzt im Sessel neben der Heizung und liest, in der einen Hand hält er eine Zigarette und ein Glas Madeira, in der anderen den *New Yorker.*

»Dann also gute Nacht.«

»Gute Nacht, Kleine.«

Ich schließe auf und ziehe leise die Haustür hinter mir zu. Eine der stilleren Stellen in Liszts Klavierkonzert Nr. 1 in Es-Dur dringt durch die Wohnzimmertür. Es ist eines von Dads Lieblingsstücken. Und es ist wirklich schön.

»Amelia«, ruft mich mein Vater.

»Ja«, rufe ich vom Flur zurück.

»Wo warst du denn?«

»Essen mit einem Freund von der Arbeit.« Ich gehe auf die Treppe zu. Gerade als ich den Fuß auf die erste Stufe setzen will, erscheint er am anderen Ende des Flurs, immer noch das Glas Madeira in der Hand.

»Dann gute Nacht.«

Wir sehen uns einen Moment lang an.

»Gute Nacht, Dad.«

Das First-XV-Team

Es gibt mehrere Möglichkeiten, zur Schule zu kommen. Im Sommer gehe ich zu Fuß, was ungefähr fünfzig Minuten dauert, wenn man schnell geht. Im Winter fahre ich mit dem Bus, mit zwei Bussen, um genauer zu sein - der erste bringt mich zum Taylor Square in der Stadt, wo ich neben den sozialen Überbleibseln der vorigen Nacht auf den nächsten Bus zur Schule warte. Alles in allem dauert das ebenso fünfzig Minuten. Das soll einer verstehen.

Heute Morgen fahre ich mit dem Bus. Ich stehe allein am Taylor Square und bibbere in meinem dünnen Schulpulli. Penny kommt mit einem anderen Bus. Sie wohnt in Maroubra Junction, in der entgegengesetzten Richtung. Neben dem Haltestellenschild steht eine metallene Bank, auf die ich mich manchmal setze, während ich warte. Heute schläft ein Obdachloser ausgestreckt darauf. Seine schwarze Kleidung ist zerknittert, seine Haut und sein langer grauer Zottelbart starr vor Dreck. Er hält beim Schlafen eine braune Papiertüte mit einer Flasche in den Armen. Eine kalte Windböe weht seinen Gestank von Verzweiflung und Krankheit zu mir herüber. Ich rücke ein paar Schritte ab und trete vor Kälte von einem Fuß auf den anderen.

Später esse ich mit Penny auf dem Rasen zu Mittag, umringt von unserer Clique. Innerhalb der größeren Gruppe waren wir beide von Anfang an eng befreundet.

»Wie geht's Jamie?«, frage ich sie.

»Ein bisschen besser, glaube ich. Aber er wird noch eine Weile dort bleiben müssen.« Penny zieht die Knie zur Brust und den Saum ihres Faltenrocks bis zu den Knöcheln runter. »Anscheinend müssen wir alle zur ›Familientherapie‹ dorthin. Mum rastet völlig aus, weil sie glaubt, dass sie irgendwie für Jamies Defizit verantwortlich gemacht wird. ›Es geht hier nicht nur um dich‹, sage ich ihr, aber es nützt nichts.«

»Das hast du zu deiner Mum gesagt?«

»Nee«, antwortet sie grinsend. »Aber ich denke es die ganze Zeit.«

Ich wünschte, mir würde darauf etwas einfallen. Ich biete ihr einen Aprikosenriegel an (das Süßeste, was es in der Biokantine unserer Schule gibt), den sie dankbar annimmt. Wir sitzen einen Moment lang schweigend da.

Das First-XV-Rugby-Team der Jungsschule präsentiert sich gerade in der Mitte des Feldes beim Gedrängetraining. Mittwochs ist Rugbytraining am Gedrängesimulatordings angesagt. Nachdem sie sich zuerst einmal davon überzeugt haben, dass sie auch jeder sieht, ziehen sie ihre Aufwärmshow ab: Da werden genüsslich die Oberschenkelmuskeln gedehnt, breite Schultern in ihren Gelenken gedreht, Brust- und Armmuskeln ausgiebig vorgeführt. Der Trainer geht dabei herum, brummt Ermunterungen und empfiehlt Dehnübungen für den Quadrizeps und gegen Leistenzerrungen.

»Bescheuerte Alphamännchen«, brummt Penny.

Chris' Gejammer darüber, dass Mädchen wie Kathy Jungs wie ihn zum Frühstück vernaschen, hallt mir noch in den Ohren. Diese Jungs vernascht niemand zum Frühstück, das haben sie gar nicht nötig. Niemand könnte ihnen den Rang streitig machen. Nur wenigen Mädchen aus der Elften und Zwölften ist es überhaupt erlaubt, sich ihnen zu nähern, und das auch erst, nachdem sie bestimmte eindeutige Signale empfangen haben. Bei den Partys haben sie Muskelprotze an der Tür platziert, die ungebetene Gäste wieder nach Hause schicken. Keine aus unserer Clique war je auf einer ihrer Partys gewesen. Die Mädchen, die eingeladen werden, sind handverlesen. In meiner Fantasie spielen sich diese Partys in verqualmten Räumen ab mit Fässern voller Bier, Swimmingpools, Parfüm, das sich unter die testosteronschwangere Luft mischt, und Marken-T-Shirts, die sich über verschränkten muskulösen Männerarmen spannen.

Wer ist denn heute alles beim Training? Ich erkenne Ed Kennedy, Steven Harris und Jeremy Richardson. Luke Silburn, Monty Donachy und James Roberts, um nur ein paar von ihnen zu nennen. Es erstaunt mich selbst, dass ich so viele von ihnen beim Namen kenne. Ich habe absolut nichts mit ihnen zu tun. Noch nie habe ich mit einem von ihnen auch nur geredet. Und dennoch scheinen ihre Namen in das Kollektivbewusstsein der Schule eingebrannt zu sein. In den Gängen flüstern sie ihre Namen und in der Mittagspause verbreitet sich auf dem Schulgelände der neuste Tratsch über sie: Wer geht mit wem; wer hat letztes Wochenende eine Party geschmissen; wer war eingeladen und wer erwähnt ganz nebenbei, dabei gewesen zu sein und was auch immer mit wem auch immer gemacht zu haben. Ich weiß sogar, dass Monty Donachys Vorname die Abkürzung von Montague ist. Stell sich das mal einer vor.

Nach dem Aufwärmen fangen die Jungs mit ihrem komischen Gedrängetraining an dem Simulatording an – einem riesigen Metallteil, das die klotzigen Köpfe und Schultern der gegnerischen Mannschaft ersetzt. Ich frage mich, ob es einen richtigen Namen für das Gerät gibt. Sie stellen sich in Formation auf und beugen sich vor, um ihre Position einzunehmen, in mehreren Reihen stehen sie so hintereinander. Die Arme um die Hüften der Mitspieler gelegt und die Köpfe dicht zwischen den Hintern der Spieler vor ihnen. Sie wuchten sich mit einem schrecklich männlichen HA! voran und halten dabei die Köpfe, Oberschenkel, Arme und Ärsche aneinandergepresst. Die Jungs ganz vorn haben die Köpfe zwischen die gepolsterten Streben des Gedränge-Apparats gesteckt und drücken ächzend und stöhnend alle gleichzeitig dagegen, um ihn ein Stück nach hinten zu bewegen. Der Trainer feuert sie an, dann lösen sie sich aus der Stellung und das Ganze geht wieder von vorn los. Bald weiß keiner mehr wie oft.

Niemand auf dem riesigen Schulgelände, ganz gleich ob männlich oder weiblich, schafft es, den Blick von diesem Spektakel abzuwenden. Manchmal kommt es mir so vor, als gäbe es eine verschworene Gemeinschaft unserer Schule, die sich über die privilegierte Position dieser Blödmänner ärgert. Für mich ist diese gesamte Übung einfach so eindeutig lächerlich, dass ich es kaum fassen kann, dass nicht die gesamte Schule in schallendes Gelächter ausbricht. Aber das macht keiner. Niemand ist so mutig und traut sich, den Status quo offen infrage zu stellen. Und vielleicht hoffen wir ja alle insgeheim, eines Tages zu einer ihrer Partys eingeladen zu werden.

Die Glocke läutet zur sechsten Stunde.

»Was hast du denn jetzt?«, frage ich Penny.

»Doppelstunde Kunst. Und du?«

»Eine Hausaufgabenstunde. Ich werde sie nutzen, um Chris zu schreiben.«

»Aha. Also wenn du eine Pause brauchst, komm vorbei und wink mir durch das Fenster vom Kunstraum. Dann winde ich mich vor Magenkrämpfen und werde mich wohl oder übel entschuldigen müssen.«

»Abgemacht.«

DAD

Lieber Chris,

bei Tageslicht betrachtet, bin ich mir nicht mehr so sicher, was ich dir eigentlich schreiben soll. Wir haben nur von einem Brief über meinen Dad gesprochen, oder? Das könnte im Prinzip alles Mögliche heißen. Außerdem könnte er endlos lang werden, angefangen von meiner frühesten Kindheitserinnerung bis dahin, wie er mir gestern Abend Gute Nacht gesagt hat.

Normalerweise sprudelt es geradezu aus mir heraus (wie dir vielleicht schon aufgefallen ist), aber jetzt fällt es mir eher schwer. Ich erzähl dir erst mal vom Dad meiner Freundin Penny. Dann fällt es mir vielleicht leichter, über meinen eigenen Dad zu schreiben. Weil ich seit der siebten Klasse mit Penny befreundet bin, hatte ich inzwischen reichlich Gelegenheit, ihren Dad kennenzulernen. Er arbeitet an deiner Uni und hat früher Geschichtsseminare gehalten, aber jetzt betreut er ausländische Studenten oder so etwas. Es gefällt ihm.

Als ich Penny kennenlernte, ist mir aufgefallen, dass sie jeden Tag eine Lunchbox mit zwei belegten Weißbrotschnitten, einem Stück Obst und vier Cruskits-Knäckebroten mit Margarine und Vegemite dabeihat. Manchmal ist auf den Broten Erdnussbutter, manchmal Schinken mit Salat, ein anderes Mal Käse und Tomaten, wobei die Tomaten immer extra eingepackt sind, damit das Brot nicht so durchweicht. Bei den Cruskits war sie oft zwiespältig und hat sie mir gegeben. Eines Tages habe ich sie gefragt, wie sie es schaffte, täglich ihre Brote zu schmieren, und dass es doch bestimmt auch Tage gab, an denen sie keine Lust hatte, sich welche zu machen. Mir geht das jedenfalls so. Oder ich bin einfach spät dran und mir fehlt die Zeit. »Mein Dad macht das«, sagte sie. Und tatsächlich – er bereitet jeden Morgen die Lunchbox für sie und ihren Bruder Jamie zu. Und jetzt halt dich fest – wenn ich bei ihr übernachte und wir am nächsten Tag Schule haben, macht er dasselbe für mich.

Als ich einmal bei Penny übernachtet habe und wir am nächsten Tag in der Küche Brownies backten, kam ihr Dad rein, legte den Arm um sie, küsste sie auf die Wange und fragte: »Was macht mein Mädchen denn da?« Wenn ich unter der Woche bei ihr übernachte, kriege ich mit, wie er auch Pennys Mum küsst, wenn sie von der Arbeit nach Hause kommt, so richtig, mit offenem Mund und voller Gefühl. Hast du so etwas schon mal gesehen?

Wenn er morgens früh an die Uni muss, nimmt er Penny und Jamie mit, und von dort aus fahren sie mit dem Bus weiter. An den Tagen, an denen er zu Hause arbeitet, fährt *er sie zur Bushaltestelle in Maroubra Junction, um ihnen die 25 Minuten Fußweg zu ersparen.*

Am Wochenende werkelt er im Arbeitsanzug im Haus herum, repariert dies und das, wäscht die Schuluniformen und hängt sie zum Trocknen auf. Pennys Bruder Jamie spielt Fußball – na ja, bis er vor Kurzem krank geworden ist – und Pennys Dad trainiert die Mannschaft. Im Ernst! Einmal in der Woche geht er mit Jamie im Lambert-Oval-Stadion zum Training und samstags machen sie immer ein Spiel.

Einmal, als ich bei Penny übernachtet habe, sind wir von dort aus ins Kino gegangen. Wir haben spontan beschlossen, uns eine Doppelvorstellung anzusehen, sodass wir erst zwei Stunden später nach Hause kamen. Pennys Dad hat im Wohnzimmer auf uns gewartet. Als wir nach Hause kamen, ist er aufgesprungen und hat gefragt: »Wo wart ihr denn so lang? Ich hab mir solche Sorgen gemacht. Ihr müsst doch anrufen, wenn ihr später nach Hause kommt.«

Kein Wunder, dass mich das ziemlich beeindruckt hat. Bei uns läuft es ganz anders. Zunächst einmal ist mein Dad ständig unterwegs. Er ist Regisseur für Film, Theater und Fernsehen – einer der besten. In Sydney gibt es nicht so viele Aufträge für ihn, weshalb er dorthin muss, wo die Arbeit ist. Das bedeutet, dass er vier bis fünf Monate im Jahr woanders ist. So war das schon immer: Er führt bei einem Schauspiel in einer anderen Stadt Regie; er geht mit einem Stück auf Tournee; er dreht eine Episode einer Fernsehserie. Letztes Jahr war er drei Monate am Stück weg, weil er an der W. A. A. P. A., der Kunsthochschule in Perth, unterrichtet hat. Außerdem lehrt er halbwegs re-

gelmäßig an der Schauspielschule in Singapur. Wenn er hier ist, ist er meist bei Proben oder er zieht sich zu Hause in sein Arbeitszimmer zurück und überarbeitet Drehbücher und Notizen oder was noch schlimmer ist: Er hat keine Arbeit.

Man könnte denken, dass es für meine Mutter schwerer ist, wenn er nicht da ist, weil sie dann praktisch alleinerziehend ist. Aber ganz ehrlich? Es gibt weniger Spannungen, wenn er weg ist. Wie du vielleicht anhand meines Betty-Friedan-Kommentars letztens gemerkt hast, bleibt die gesamte Hausarbeit an meiner Mum hängen. Sie arbeitet Vollzeit und kümmert sich um unser kleines Nesthäkchen, ob Dad da ist oder nicht. Ich helfe ihr, wo ich kann, aber ich arbeite jetzt ja dreimal die Woche. Ich versuche, mich möglichst zurückzunehmen und nichts zu tun, was a) meinen Dad auf mich aufmerksam macht und b) zur Verzweiflung meiner Mutter beiträgt.

Wenn Dad nicht da ist, ist das extreme Ungleichgewicht in der ›geschlechtsspezifischen Aufteilung im Haushalt‹, wie du das letztens genannt hast, weniger offensichtlich. Ich bin fast immer wütend auf ihn und wie es scheint er auch auf mich. Sodass alle unsere Begegnungen – die sowieso schon äußerst selten sind – von Spannungen durchdrungen sind. Wenn er dann abends noch den Familienraum zuqualmt, ist der Gipfel des Erträglichen erreicht. Sie rauchen beide. Nicht nur sie kriegen Krebs, sondern sie verpassen ihn auch noch Jess und mir.

Wenn ich an meine Mum denke, habe ich ein Bild von ihr vor Augen, wie sie um 17 Uhr zur Haustür reinkommt, Jess auf dem einen Arm und eine Menge Einkaufstüten auf dem anderen. Sie wirkt immer sehr abgespannt. An den Tagen, an denen ich nicht arbeite, versuche ich, die Küche schon mal ein bisschen aufzuräumen, bevor sie kommt, aber meist überfällt sie zu Hause das totale Chaos.

Diese Vorstellung bringt mich zu Dad. Vor etwa einem Jahr bin ich völlig verschwitzt vom Touch-Football nach Hause gekommen und direkt unter die Dusche gesprungen. Das war das erste Mal, dass ich von der Schule kam und mein Dad war da. Er war in Sydney, um eine neue Show aufzunehmen. Ich habe mich gerade in meinem Zimmer abgetrocknet und umgezogen, als er laut anklopfte und fast schon gebieterisch nach mir rief. Ich zog mich zu Ende an und öffnete die Tür. Dad stand da und ließ mich wissen, dass es mein Job war, das Frühstück und das Mittagessen abzuräumen, bevor Mum nach Hause kam. Dann verschwand er in seinem winzigen Arbeitszimmer hinten im Haus. Frühstück und Mittagessen? Es war nach 16 Uhr. Ich trocknete meine Haare und schlenderte hinunter in die Küche. Beim Anblick, der mich dort erwartete, war mir sofort klar, um was es ging.

Auf dem Küchentisch standen die Überreste seines Frühstücks und seines Mittagessens: mehrere benutzte Teller, eine Teekanne mit Teeresten, ein Teesieb, das auf dem Tisch auslief, Krümel überall, Schinken, Apfelschalen, ein schmutziges Schneidebrett, Brotmesser und das Honigglas. Der Ofen stand offen und in seinem Inneren hatte sich eine Schicht geronnenes Fett festgesetzt. In der Spüle standen die drei Schüsseln, aus denen Mum, Jess und ich morgens unsere Cornflakes gegessen hatten – gespült und gestapelt, wie ich sie zurückgelassen hatte. Ich war fassungslos, in mir stiegen Wut und Ärger auf und ich fragte mich, warum um alles in der Welt er nicht wenigstens die Essensreste weggeworfen hatte. Wie verdammt noch mal konnte er bloß auf die Idee kommen, dass die Frauen im Haus dafür zuständig waren, seinen Müll wegzuräumen? Ich nahm zwei Stufen auf einmal und klopfte an die Tür seines Arbeitszimmers.

Nachdem er mich hereingebeten hatte, fragte ich ihn, warum er den Dreck seiner zwei Mahlzeiten nicht weggeräumt hat und weshalb er der Meinung war, ich sollte das für ihn erledigen. Mein Vater geht extrem schnell in die Luft. Seine Wut ist eines der Dinge auf Erden, vor denen ich mich wirklich fürchte. Sie vermittelt mir auf direktem Weg, wie machtlos ich bin. Eine Minute später stand ich in der Küche, warf die Reste weg, spülte das Geschirr, wischte die Krümel vom Tisch, vor Wut über meine Ohnmacht hatte ich Tränen in den Augen. Das ist das Bild von meinem Vater, das bei mir momentan vorherrscht. Zwischen diesem und der Verzweiflung meiner Mutter, was bleibt da?

Danke, dass du mir zugehört hast. Ich habe das Gefühl, ich könnte dir alles erzählen.

Amelia

Ich überlege, ob ich unter meine Unterschrift noch xxx einsetzen soll, entscheide mich dann aber doch dagegen.

In der achten und letzten Stunde haben wir Mathe, es ist die grausamste Tageszeit dafür. Penny liest meinen Brief Korrektur.

»Weißt du was?«, sagt sie, als sie ihn mir wiedergibt.

»Ich kann mich gar nicht mehr erinnern, über was wir gesprochen haben, bevor du diesen Typ kennengelernt hast.«

»Hmmm.« Ich stopfe den Brief in meinen Rucksack. Nach Schulschluss ziehe ich meine Arbeitskluft an und hetze mit Penny zur Bushaltestelle. Mein Bus steht schon da.

»Bis dann«, ruf ich ihr über die Schulter hinweg zu und stürze mich ins Gewimmel. »Gehen wir Samstagabend ins Kino?«

»Hm. Ich glaube, dieses Wochenende wird da nichts draus. Ich hab was zu tun. Mit der Familie …«

»Okay.« Zum Abschied winke ich.

Ich quetsche mich eben noch so in den Bus, um zur Arbeit zu fahren, und bin geschockt, dass männliche Teenager noch immer so penetrant riechen können, obwohl es kälter geworden ist.

Als ich bei der Arbeit eintreffe, sitzt Chris schon an der Kasse neben meiner.

»Check it out, everyone!« Er hebt triumphierend die Faust. »Amelia Hayes is in da house!«

Beflügelt von seinem warmherzigen Empfang, gehe ich – vielleicht stolziere ich sogar – mit ungewohnter Kühnheit zu seiner Kasse hinüber und zieh den Brief aus der Tasche.

»Sie wünschten einen Brief, Mr Harvey«, sage ich, »und ich habe Ihnen einen gebracht.« Ich schiebe ihn ihm in die Seitentasche seiner schwarzen Cargohose. Holla! Das war ja geradezu Street-Cred-Donna-reif.

Chris unterbricht das Kassieren einen Moment lang und sieht mich an. Es ist eine ganz besondere, noch nie da gewesene Version seines sonst schon gewinnenden Lächelns. Er kramt ein paar zusammengefaltete gelbe Blätter aus der anderen Hosentasche hervor.

»Und das ist für Sie, Ms Hayes.« Damit steckt er sie in die Seitentasche *meiner* schwarzen Cargohose und tätschelt leicht mein Bein.

Ich gehe die paar Schritte zu meiner Kasse hinüber und nehme dahinter Platz.

Die gesamte Schicht über bohre ich mit meinem Blick zwei Löcher in seinen Rücken. Etwa um 20 Uhr dreht er sich um und beugt sich nach vorn, um eine heruntergefallene Kartoffel aufzuheben. Als er sich wieder aufrichtet, zwinkert er mir lächelnd zu.

Himmel hilf Amelia Joan Hayes, weil sie es selbst nicht kann.

DAS VIOLETTE NOTIZBUCH

5. August

Uhrzeit: 14 Uhr

Ort: Unibibliothek

Stunden bei Woolworth: 22

Uni-Hausarbeiten, die zu recherchieren und zu schreiben sind: 3 (+ 1 Referat vorbereiten)

Gesundheit: Kopfschmerzen, Verspannungen in den Schultern

Autos von Christopher John Harvey = mir: null

Wartezeit an Bushaltestellen diese Woche: 4,2 h

Statusbericht der Suche nach der perfekten Frau: ergebnislos, aber andauernd

Erspartes vom Job bei Woolies: 250 $

Geldausgaben für wahllosen Schnickschnack wie Alkohol, Koffein, Paracetamol, düstere Musik und ein oder zwei hippe Klamotten: der Rest davon.

Mum und Dad haben mich heute Morgen gefragt, ob ich meinen Einundzwanzigsten feiern will. Hmmm, das würde wahrscheinlich bedeuten, die üblichen Verdächtigen einzuladen und im Garten zu grillen. Ich werde mich garantiert volllaufen lassen, ebenso wie alle anderen, und für die Erziehungsberechtigten wäre es bestimmt äußerst peinlich, mich in einem solchen Zustand erleben zu müssen. Deshalb könnte ich ebenso gut im Pub feiern und dort einen Abend zubringen, an den ich mich gern erinnern werde, anstatt einen, den ich wünsche, möglichst schnell wieder zu vergessen …

Die Uni-Bar, die gute, hat diese Woche Long-Island-Icetea im Angebot. Heute muss ich noch nach der Uni arbeiten, aber morgen Nachmittag bin ich verdammt noch mal dabei. Ich werde dort sein, sobald sie die Rollos hochziehen, und mir zu einem angemessenen Preis ein großes Glas Besinnungslosigkeit bestellen. Am Nachmittag hab ich eine Doppelstunde Vorlesung in *Geschichte der amerikanischen Außenpolitik*, und nüchtern überstehe ich die auf keinen Fall.

Es ist nun 14.25 Uhr, liebe Leser (von denen es zwar keine gibt, aber ich kann es einfach nicht lassen), und Zeit, dass ich mich auf den Weg zum Geschichtskurs mache. Wenn ich jetzt losgehe und den kleinen Umweg über das Physikgebäude nehme, treffe ich vielleicht Kathy. Um auch dem neuen Notizbuch diese Information angedeihen zu lassen: Kathy ist zurzeit, einmal mehr, der Fokus bei meiner Suche nach der perfekten Frau. Sie sieht jeden Tag besser aus, und während sie mich an der Uni weitestgehend ignoriert, scheint es mir doch hin und wieder zu gelingen, bei der Arbeit ihre Aufmerksamkeit zu erregen. Sie hat allerdings nur noch zwei Schichten pro Woche, das ist ziemlich beschissen. Letzten Endes hab ich kaum Chancen bei ihr. Und wisst ihr was? Gott sei Dank, weil ich ansonsten kaum Gelegenheit hätte, meine Lebensweise der herzerweichenden Einsamkeit und sexuellen Frustration weiter zu pflegen. Ich bin darin inzwischen so gut, dass ich nicht einfach so damit aufhören kann. Ich könnte im Prinzip für ganz Australien grübeln.

Abgang Harvey.

PS: Ich habe heute schon eine ganze Weile nicht mehr an Michaela gedacht. Mach sich da jemand einen Reim drauf.

14. August

Heute schreibe ich mal draußen auf dem Rasen. Die Sonne scheint und wärmt mir angenehm den Nacken und ich freue mich schon auf die Sommerferien. Ich hab mich doch noch dazu durchgerungen, nächstes Jahr meinen Abschluss zu machen, weil die Vorstellung, die Uni in drei Monaten zu verlassen und mir einen richtigen Job zu suchen, in meiner chronisch schwierigen Verfassung ganz offen gesagt überhaupt nicht in Betracht kommt. Anscheinend ebenso chronisch bin ich heute Morgen wieder völlig verkatert aufgewacht, in voller Montur, mit einem Gefühl im Mund, als wäre etwas darin verwest. Mir war's sogar zu elend, um mir unter der Dusche einen runterzuholen. Ich habe die leere Weinflasche in meinen Rucksack eingepackt (weil es meine Mutter beunruhigt, wenn sie neben meinem Bett leere Flaschen findet) und bin zur Uni gefahren. Nach ein paar Paracetamol und zwei Kaffee fühle ich mich allmählich wieder halbwegs menschlich.

Woolies verarscht mich nur. Jetzt haben sie sogar Kathy zur Kundendienst-Leiterin befördert und sie muss nicht mehr an der gottverdammten Kasse sitzen. Ich bin genauso lange dabei wie sie! Bianca kam auch nur ein paar Wochen vor mir und sie ist schon seit Monaten Leiterin. Die denken doch tatsächlich, es würde mich beschwichtigen, wenn sie mich zum Belegschaftsausbilder machen. Tut es aber nicht. Der Job ist ein ziemlich alter, ausgelutschter Knochen und ganz ehrlich, da müssen sie mir schon was Besseres servieren. Klar, ich darf den endlosen Strom an unglücklichen Teenagern, die sie ständig einstellen, quälen, mich über sie lustig machen, sie verderben und mit ihnen flirten (falls angebracht), aber die meiste Zeit verbringe ich nach wie vor an der Kasse. Drauf geschissen! Wenn sie mir nicht bis Ende des Jahres eine Leitungsstelle anbieten, hör ich entweder auf oder ich bitte Mr Albertella, mich in die Frischkostabteilung oder sonst wohin zu versetzen, alles außer in die Lebensmittelabteilung zu dem Wichser Stuart Green. Wie auch immer, ich schweife ab.

Was ist sonst noch passiert? Mmmmhhh, ach ja. Kathy hat gestern bei der Arbeit einen Rock mit Strumpfhosen getragen statt der üblichen Hosen. Das war aufregend. Ich war aufgeregt. Ich bin immer noch aufgeregt, so sehr, dass ich heute Abend wahrscheinlich noch bei Ed vorbeigehe, auf eine Bong oder drei, um wieder runterzukommen.

Es ist an der Zeit, den Stand der Dinge bei der Suche nach der perfekten Frau zu aktualisieren. Das Feld sieht folgendermaßen aus:

– Kathy (in Millionen von Jahren nicht)

– Sie ist groß, sie ist blond, sie arbeitet in der Deli-Abteilung: Deli-Georgia Sanders (Ed und Lincoln betrachten es als abgemachte Sache, wenn ich mich nur mal bequemen und was unternehmen würde. Wahrscheinlich haben sie recht und ein Mann ist schließlich kein Kamel. Trotzdem interessiert mich nichts wirklich von dem, was sie zu erzählen hat.)

– Lauren aus dem Soziologieseminar. Ziemlich abgefahren. Ich kenn sie kaum. Trägt auffällige Ketten. Hasst Durkheim.

– Michaela (in Billionen von Jahren nicht. Ziemlich krank, sie überhaupt zu erwähnen.)

22. August

Okay. Zuerst einmal muss ich gestehen, dass ich total besoffen bin, und da der Wein, den ich eben erst geschluckt habe, noch nicht im Blutkreislauf angekommen ist, werde ich gleich noch besoffener sein. Der Grund für das Besäufnis ist, dass heute ein Anruf von Michaela kam. Der hat mich restlos fertiggemacht. Ich dachte, ich hätte ihr auf dem Flughafen bereits erklärt, was ich davon halte – an jenem scheußlichen Tag. Aber nein. Sie ruft aus Perth an und meint, sie könne sich ein bisschen mit mir unterhalten, als wäre nichts geschehen.

Sie fragt mich, wie's mir geht, wie's in der Uni läuft, wie es Mum und Dad geht!?!

Ich frage sie, von wo aus sie anruft.

Sie zögert einen Moment und gesteht dann, dass sie bei Brad ist.

»Oh, wie geht's Brad denn so?«, frage ich mit eindeutigem Unterton.

Sie ziert sich ein bisschen, dann reißt sie sich zusammen und sagt, es ginge ihm gut.

»Na, das ist doch prima, Michaela«, entgegne ich. »Ich kann dir gar nicht sagen, wie glücklich mich das macht. Und warum zum Teufel rufst du mich an?«

Darauf meint sie, dass sie immer noch hoffe, wir könnten Freunde sein.

Freunde! Lasst mich euch mitteilen, liebe Leser, oder wer immer geneigt ist zuzuhören, warum Michaelas Hoffnung, wir könnten jemals Freunde sein, völlig daneben ist.

Wenn ich nur an ihr Leben in Perth denke, steigt mir vor Eifersucht die Galle hoch. Ich schmecke sie und spüre sie durch jede meiner Zellen pulsieren. Sie weitet meine Kapillargefäße. Sie brummt mir in den Ohren. Damit meine ich nicht nur meine Eifersucht auf Brad. Das trifft es bei Weitem nicht. Ich bin auf ihre gesamte Familie eifersüchtig: ihre Eltern, Schwestern, Onkel, Tanten, Cousinen, die sie ständig sehen dürfen, die mit ihr Weihnachten und ihre Geburtstage feiern. Ich bin eifersüchtig auf alle ihre Freunde, die mit ihr nach der Uni den Strand entlanglaufen dürfen, die mit ihr sonntags Fußball spielen gehen und hinterher mit ihr auf die Saison anstoßen, die jeden Montagabend mit ihr *Buffy* sehen dürfen. Ich bin eifersüchtig auf die Busfahrer, bei denen sie ihren Fahrschein kauft, auf den Moment der Nähe, der ihnen zuteilwird, wenn sie ihren Fahrschein entwertet. Ich bin eifersüchtig auf die Verkäufer im Laden, wo sie ihre Kaugummis und Zeitungen kauft, über die flüchtigen Begrüßungen und Berührungen, die ihnen zukommen, wenn sie ihnen das Geld gibt. Ich bin eifersüchtig auf das heiße Wasser, das beim Duschen über ihre Haut rinnt und ihr Haar benetzt. Ich bin eifersüchtig auf den Spiegel, der das Funkeln ihrer warmen braunen Augen wiedergeben darf. Ich bin neidisch auf das Kissen, auf dem sie nachts ihre Wange bettet. Elende Bastarde! Sie haben so viel von ihr und ich habe nichts.

Habe ich schon erwähnt, dass Jeff Buckley läuft, während ich dies schreibe. Ist so. Und es hilft nicht gerade, das Feuer zu löschen. Ich werde jetzt so schnell bestimmt nicht wieder damit aufhören können, so viel ist sicher.

Ihre Schultern.

Dieses Schlüsselbein.

Brad kann ihre Schultern küssen, wann er will. Er kann sich jederzeit an dem So-viel-er-küssen-kann-Buffet ihrer Schultern bedienen und ich halte es nicht aus, auch nur daran zu denken. Aber plötzlich kann ich an nichts anderes mehr denken.

Das ist der Grund, warum wir keine Freunde sein können, wie sie sich am Flughafen erdreistete vorzuschlagen und dann noch mal in einem Brief und nun per Telefon. Was denkt sie sich eigentlich! Ich vermiss dich so, Chris. Wir waren doch immer so gute Freunde, Chris. Lass uns wenigstens einen Teil von dem, was wir hatten, retten, Chris. Sie versucht bloß, ihr eigenes Gewissen zu beruhigen.

Wie stellt sie sich das denn vor, diesen freundschaftlichen Auftritt? Also Michaela, *Freundin, Kumpeline,* erzähl doch mal, wie hat es dir Brad gestern Nacht besorgt? Mhmmm, mhm. Aha. Erzähl mir doch noch mehr davon, *Kumpel* – fang doch mal ganz von vorn an, weil weißt du, liebe *Freundin,* ich kann einfach nicht genug davon kriegen, mir die verschiedensten Szenarien auszumalen. Habt ihr zusammen auf der Couch gesessen und ferngesehen, bis alle anderen Mitbewohner ins Bett gegangen sind? Vielleicht habt ihr's euch zusammen auf der Couch gemütlich gemacht, bis die Sendung zu Ende war. Während des Abspanns zog er dich zu sich heran und küsste deine perfekten, zarten Lippen. Vielleicht hat er dann mit der Fernbedienung über deine Schulter hinweg ausgeschaltet. Ihr seid eng umschlungen nach oben in sein Zimmer. Hat er dich auf dem Bett liegend ausgezogen und dir bei jedem Kleidungsstück geholfen? Ein mühsamer, aber genussvoller Prozess. Oder war es vielleicht zu kalt dazu und ihr habt eure Klamotten hastig im Stehen abgestreift und auf den Boden geworfen und euch dann schnell unter der Decke verkrochen? Nein, wirklich, Michaela, mir kannst du es ruhig erzählen, wir sind doch alle Freunde hier. Lass bloß nichts aus. Betrachte mich einfach als eine deiner

Freundinnen. Was ich so gemacht habe? Also, mal überlegen, ich bin hier und da gewesen. An der Uni, bei der Arbeit, hab's mir zuckend wie ein Fisch an Land selbst besorgt, bin in dem Vakuum, das du hinterlassen hast, erstickt, träume halb wach davon, wie wir uns drei Tage am Stück geliebt haben, spinne mir zusammen, wie deine Lippen gerade meinen Hals küssen ... Das Übliche eben.

Richtig dreckig. Es fällt mir schwer, den Kuli zu halten. Und ich weine.

Michaela. Es kostet mich jede Menge von dem, was ich einst als meine Männlichkeit betrachtet habe, um das zu sagen, aber dein Vergnügen war mir stets mehr Vergnügen als mein eigenes. Verdammt, wenn mir noch vor einem Jahr jemand hätte erzählen wollen, dass Sex mehr sein kann als die erbarmungslose Suche nach jemandem, der einem Erleichterung verschafft, hätte ich ihn lauthals ausgelacht, ganz gleich in welcher durchgehend geöffneten Spelunke man mich gerade angetroffen hätte. Und dann kommst du daher, mit deiner makellosen Haut, deinen Schultern voller Sommersprossen, deinem wunderbaren Lachen und zerrüttest mit einem Schlag mein gesamtes Leben. Die Unwissenheit hat mir besser gefallen.

> Du hast geredet wie ich.
> Du hast meine Witze verstanden.
> Du hast mich verstanden.
> Du hast mich kopflos gevögelt.
> Dann bist du gegangen.
> Die Schatten in deinem Gesicht beben im Schein der Kerze, die wir in Leura gekauft haben.
> Ich sehe sie jeden Tag.

Also ruf mich nicht aus dem Haus deines Freunds von der anderen Seite des Kontinents an, fast platzend vor Zufriedenheit, weil es dir da drüben so unendlich gut geht, und frag mich nicht, ob wir Freunde sein wollen. Du hast die Entscheidung getroffen. Punkt. Aus. Ich will deine Freundschaft nicht. Ich will nur dich, mit Haut und Haaren. So, wie es an unseren drei Tagen in Leura war. In diesen Nächten war einfach alles gut. Alles.

Meine Hand tut weh.
Ich hau mich jetzt hin.
Michaela.
Wo bist du?
Ich weiß, wo du bist.
Verdammte Scheiße.

23. August

Ach du meine Güte, ganz ruhig, Alter. Lass ruhig alles raus, Chris. Wir wollen doch nicht, dass du den Schmerz in dir behältst. Du Schlappschwanz.

Bitte entschuldigt mein schändliches Benehmen. So viele Kraftausdrücke. Was werden bloß meine Enkel von mir denken?

Wahrscheinlich, dass eine verschlagene Westaustralierin ihrem Opa das immer noch blutende und zuckende Herz herausgerissen hat, was dem, was passiert ist, ziemlich nahekommt.

Gestern Nacht war nur ein vorübergehender Rückfall, ein

Ausrutscher, ein kurzes Intermezzo in dem voranschreitenden Prozess des Darüberhinwegkommens. Mir ging's tatsächlich schon besser, ich hatte mich mit dem Schmerz auseinandergesetzt. Oder ihn zumindest erfolgreich in stetig wachsenden Mengen von Alkohol und Koffein ertränkt. Nachdem ich das, was ich geschrieben habe, noch mal durchgelesen hatte, habe ich ernsthaft in Erwägung gezogen, die Seiten rauszureißen. Es war insgesamt eine ziemlich erbärmliche Darbietung. Aber die Seite, auf dem ich den Songtext von *Romeo and Juliet* von den Dire Straits zitiert habe, habe ich sofort rausgerissen.

Aber eigentlich habe ich mir vorgenommen, in diesem Tagebuch ehrlicher zu sein als in den vorangegangenen, deshalb bleibt alles andere stehen. Es ist schon schlimm genug, dass ich meiner Familie und Freunden gegenüber nur die überarbeitete Fassung von mir präsentiere, wenn ich jetzt auch noch mein Tagebuch zensiere, wird das nur meine bereits vorherrschende Tendenz zur Feigheit noch verstärken. Lasst uns gar nicht erst davon anfangen.

Nur fürs Protokoll: Sie hat tatsächlich geweint, als wir uns geliebt haben, und sie hat gesagt, dass sie mich liebt wie die Sterne über uns und dass sie mich ewig lieben würde, bis in den Tod. Aber man weiß ja, was manche in diesem Augenblick so alles von sich geben.

Alles in allem hat Christopher John Harvey schon mal bessere Tage erlebt.

2. September

Ich sitze im Bus auf dem Weg zur Arbeit. Es ist Samstagmorgen, 7.05 Uhr. Und alles andere als angenehm. Ich bin hundemüde, unglaublich unterwältigt. Weitere fünf Stunden meines Lebens, die ich bei Woolies zubringe, indem ich so tue, als wäre ich freundlich zu den Kunden, halbherzige Versuche unternehme, mit Kathy zu flirten, bei denen sie mich abblitzen lässt, und fünfzehnjährige Aushilfen von einer klemmenden Kasse befreie. Meine Schwester Zoe kam letztens nachts zu mir ins Zimmer, nachdem ich grade ziemlich angeschlagen nach Hause gewankt war, unmittelbar nach dem verheerenden Anruf von Michaela. Sie stand in der Tür und zog die Augenbraue hoch. Dann sagte sie:

»Du kniest dich aber auch mächtig rein in dein Unglück, oder Chris?«

Ich hab sie angesehen und ihr geantwortet: »Wenn eine Sache es wert ist, ist sie es wert, gut gemacht zu werden.«

Sie starrte mich nur an und ließ mich mit bebenden Nasenflügeln ihre Überlegenheit spüren. Ich hab ihr nahegelegt, beim Hinausgehen die Tür hinter sich zu schließen. Sie schlug sie zu.

Ich pack besser mal ein. Woolies leuchtet und winkt mir hinter dem nächsten Block entgegen. Wer kann sich diesem Sirenenruf schon entziehen. Es ist das Land der Träume.

7. September

Der Kathy-Virus hat mich mal wieder erwischt. Jetzt ist es amtlich, gerade als ich dachte, ich könnte in aller Ruhe im Belegschaftsraum einen Tee trinken ... Sie ist süß, sie ist clever, sie trägt eine eng anliegende Bluse. Sie spielt ziemlich gut Billard, für eine Frau ... *Kathy-Virus, Teil IV: Die Rache.*

Normalerweise würde ich mich für meine Dummheit verfluchen, die mich schon wieder dazu bringt, mich in einem Akt der Aussichtslosigkeit zu verrennen. In diesem Fall verhält es sich aber so, dass es sehr viel erträglicher wäre, wenn es mir gelänge, meine Michaela-Manie in eine Kathy-Manie zu verwandeln. Kathy zu begehren, sie aber nicht zu kriegen, wäre ein Lebensstil, mit dem ich mich arrangieren könnte. Mich dürstet nicht nach dem Duft ihres Halses und Schlüsselbeins, weil ich ihn nie gerochen habe. Zur Hölle, ich weiß noch nicht mal, ob sie überhaupt duftet.

Im Gegensatz dazu ist es nicht vertretbar, Michaela zu begehren und sie nicht kriegen zu können, nachdem ich mit ihr »ein eigenes kleines Universum« aufgebaut habe. So sieht's aus. Und heute Abend hat Kathy sogar über etwas besonders Witziges, was ich gesagt habe, gelacht und meinen Arm berührt. Boah! Ich brauch ein Bier. Wer was von mir will, findet mich in der Bar, wo ich meinen nächsten Schritt im Kathy-Manöver aushecke und dabei meinen imaginären Schnurrbart zwirble. Und dabei vermeide ich tunlichst jegliches Studieren.

Später:
Heute Nachmittag habe ich mir in der Küche gerade einen Kaffee gemacht, als Zoe hereinkam.

»Machst du mir auch einen?«, fragte sie.

»Klar.«

Sie setzte sich auf einen der Hocker mir gegenüber.

»Erinnerst du dich, wie ich meinte, ›Du kniest dich aber auch mächtig rein in dein Unglück‹, und du mir geantwortet hast: ›Wenn eine Sache es wert ist, ist sie es wert, gut gemacht zu werden‹?«

»Ja«, sagte ich leicht irritiert und dachte, sie würde mich gleich von Neuem wegen meiner (zugegebenermaßen) pathetischen Existenz angreifen.

»Mrs Mac hat das immer gesagt, stimmt's?«

Zoe und ich hatten in der Lucas-Street-Schule beide Mrs MacLaughlin in der zweiten Klasse, Zoe zwei Jahre vor mir.

»Genau«, sagte ich.

»Erinnerst du dich noch daran, wie sie dich vor die Tür geschickt hat, weil der Junge neben dir geflucht hat und sie dachte, du wärst es gewesen?«, fragte sie weiter.

»Klar.«

»Ich kam gerade an deinem Klassenzimmer vorbei, weil ich was zu erledigen hatte, und hab dich dort stehen sehen. Ich hab dich gefragt, was du da machst, und du bist in Tränen ausgebrochen. Ich musste dir versprechen, Mum nichts davon zu erzählen.«

»Diese Schande trage ich immer noch mit mir herum. Und die Ungerechtigkeit.« Ich rührte unseren Kaffee um.

»Ich hab Mum noch immer nichts davon erzählt.«

»Danke, Zo.« Ich schiebe ihr den Kaffee hin, in der Leunig-Tasse, die sie so gern mag. Wir heben gemeinsam die Tassen und pusten den Dampf von der heißen Flüssigkeit.

22. September

Auf mich wartet jede Menge Arbeit für die Uni. Man kann sich davor nur begrenzt drücken – nur so lange, wie es einem dabei gut geht und es einen nicht umhaut. An dem Punkt war ich letztes Jahr um diese Zeit und hab mir geschworen, es nie wieder so weit kommen zu lassen.

Dad war ziemlich sauer auf mich, wenn ich mich recht entsinne. Er hat das anscheinend persönlich genommen. Ich weiß auch nicht, warum. Ich bin schließlich derjenige, der den Studienkredit zurückzahlen muss für die Fächer, in denen ich durchrassle. Ich habe Anfang des Jahres den Vorschlag gemacht, ob er und Mum vielleicht meine Schulden im Voraus zahlen könnten, damit wir den Rabatt kriegen, wie sie es bei Zoe auch getan haben. Ich erinnere mich nicht mehr an die genauen Worte, aber es lief ungefähr darauf hinaus, dass Dad meinte, ob ich mich nicht lieber verpissen wolle.

Na ja, dann zahl ich den Kredit eben selbst zurück, vorausgesetzt ich finde jemals einen richtigen Job. Vielleicht liegt es in Wirklichkeit daran, dass Dad einfach total enttäuscht ist, dass sein Sohn einen Abschluss in Geisteswissenschaften anstrebt, anstatt sein Diplom in Betriebswirtschaft oder Ingenieurwesen zu machen.

Ich muss mal an meinem Aufsatz über das stalinistische Russland weiterschreiben. Als ich vor ein paar Tagen von den Säuberungsaktionen gelesen habe, hatten meine Tränendrüsen einen spontanen Überraschungsauftritt und es wurde feucht hinter meinen Augenlidern. Ich kann mir das gar nicht vorstellen und will es auch nicht.

23 Uhr
Manchmal hab ich das Gefühl, dass Stuart es nur auf Kathy abgesehen hat, weil er weiß, dass ich was von ihr will. So ein leidenschaftsloser Muskelberg: die vollkommene Coolness, ein Kraftprotz mit breiten Schultern. Er könnte gut meine Nemesis sein. Und meine Antithese! Na, wie klingt das?

Abgang Harvey.

PS: Meine Schultern sind mickrig.

PPS: Und ich hab kein Problem damit.

PPPS: Na ja, fast keins.

5. Oktober

Besoffen und völlig erledigt. Ich hatte die 16-bis-21-Uhr-Schicht und habe eine Neue Kleine an der Kasse eingearbeitet. Sie ist eine der interessanteren aus der Horde der Neuen, die sie gerade wieder eingestellt haben. Sie heißt Amelia und ist echt anders, die Kleine. Im Ein-Augenbrauen-Hochziehen hat sie schon jetzt den Fortgeschrittenenstatus erreicht. Sie ist amüsant, hat wilde Ringellocken und einen feurigen Blick. Ich würde ihr mal unterstellen, dass sie vollständige Sätze bilden und lesen kann. Da hege ich glatt die Hoffnung, dass sie die nichtssagende Leere ihrer kettenrauchenden fünfzehnjährigen Kolleginnen »ameliorieren« könnte *(Amelia-rieren* – klar? nichts geht über selbst gebaute Kalauer, oder?). Sie ist eine gesunde Mischung von Widersprüchen. Humor? Häkchen. Sehr ausgeprägt sogar für ihr Alter. Sie hat noch nicht gelernt, über den eigenen Tellerrand zu sehen und nicht alles auf sich zu beziehen – sie nimmt alles *furchtbar ernst.* Oh, traute Jugend, wie sehr ich dich *nicht* vermisse. Sie ist clever und braucht sich nicht zu verstecken. Aber sie hat diese Art, ihre Arme zu verschränken, dabei ihre Ellbogen zu umklammern und nach unten und zur Seite zu sehen, die regelrecht in die Welt hinausschreit: Ich fühle mich unwohl! Vielleicht braucht sie nur einen guten *Sensei*, einen Meister, der sie anleitet in Hinsicht auf, na ja, die Dinge eben. Vielleicht bin ich der Richtige dafür. Oder vielleicht sollte es mir am Arsch vorbeigehen.

Ich war nach der Arbeit noch bei Ed. Wir haben den letzten Bus verpasst und sind den ganzen Weg gelaufen, quer durch den Park, und haben uns die Hintern abgefroren. Ein wahrer Traum.

Kathy führt nach wie vor *das Feld* an. Und ich überlege, ob ich Lauren aus dem Soziologieseminar von der Liste streiche, nachdem ich sie händchenhaltend mit einem Typen auf dem Campus gesehen habe. Deli-Georgia ist noch immer eine Option und sie wäre wahrscheinlich mehr als bereit. Vielleicht sollte ich sie endlich nageln, nur um mir Ed mit seinen ewigen Sprüchen vom Hals zu schaffen. Wenn er so scharf darauf ist, dass Georgia flachgelegt wird, warum macht er es dann nicht selbst?

»Es ist Zeit, die Dürre zu beenden, Chris«, hat er heute Abend zu mir gesagt. »Es wird dir guttun.«

»Ich arbeite dran, dass Kathy mit mir ausgeht«, wandte ich ein.

Er sah mich mit hochgezogener Braue an – ein Fortgeschrittener, wie Amelia.

Stimmt schon. Die Chancen, jemals Kathy ins Bett zu kriegen, sind spärlich bis gar nicht vorhanden. Ed meint, er will

Deli-Georgia morgen Abend fragen, ob sie nach der Arbeit noch mitkommt.

Abgang Harvey.

Später am Abend
Als wir noch klein waren, hat uns Mum aus einem Buch vorgelesen, das *Amelia Bedelia* hieß. Die Hauptfigur darin ist ein Hausmädchen, das sich immer wieder Probleme einhandelt, weil sie sehr gegenständlich denkt und alles wortwörtlich nimmt. Sie wird richtig wütend, als sie etwas falsch gemacht hat, und läuft davon. Nein, eigentlich ist es anders, ihr Arbeitgeber wird richtig wütend und schickt sie weg. Nach vielen abenteuerlichen Seelenirrungen kehrt sie dann schließlich wieder zurück. Ihr Dienstherr empfängt sie freudig, seine Wut ist verraucht und er bittet sie, ihm eine Suppe zu kochen.

7. Oktober

Gestern Nacht hab ich einiges zu viel getrunken und Georgia, »die üppige Blonde aus der Deli-Abteilung«, genagelt, bei ihr zu Hause. Die anschließende Unterhaltung war eine eher magere Ausbeute. Ich fragte sie, ob sie Jeff Buckley mag. Sie fragte: »Jeff wer?« Das sagt schon alles.

12. Oktober

Die Termine für die Prüfungen und Abschlussarbeiten hängen aus. Mir bleiben noch sechs Wochen bis zu den Prüfungen. Ich werde übermenschliche Kräfte benötigen, damit ich es schaffe, alle Arbeiten rechtzeitig abzugeben und die Zinsen vom Studienkredit auf durchschnittlichem Niveau zu halten. Ich muss den Abschluss im nächsten Jahr schaffen. Das wird interessant. Im Sommer werde ich so viele Schichten wie möglich bei Woolies reißen, in der Hoffnung, genug zur Seite legen zu können, damit ich dann nächstes Jahr auf zwölf Stunden die Woche runterkann. Dann schaffe ich es vielleicht, ein bisschen mehr Zeit mit Studieren zu verbringen, den Abschluss zu machen und so. Wär schön, wenn das an erster Stelle käme.

O. K., Abschluss machen und dann? Ein viel zu unangenehmes Thema. Einen neuen Absatz, bitte.

Mick, Rohan und Suze warten auf mich in der Uni-Bar. Inzwischen ist es fast dunkel hier draußen auf dem Rasen. Ich geh besser mal los. Ich verstehe mich ganz gut mit zwei von den neuen Neuen auf der Arbeit, zwei, die ihr Wissen über Obst und Gemüse nur meiner harten, aber gerechten Einweisung zu verdanken haben.

Donna ist eine alte Seele und ganz schön reif für ihr Alter. Sie ist fünfzehn, wirkt aber wie fünfunddreißig und kommt aus einem ziemlich kaputten Zuhause. Immer scharf auf einen Drink nach der Arbeit, das ist Donna. Sie ist Biancas neueste Schmusepuppe. Die beiden sind richtig dick miteinander, rauchen zusammen im Hof und alles, was sonst noch dazugehört.

Die andere ist Amelia. Als meine Schwester und ich noch klein waren, hab ich sie manchmal so wütend gemacht, dass sie ein paar Schritte zurückgetreten ist, um dann Anlauf zu nehmen und mit erhobenen Fäusten auf mich loszugehen. Ich habe dann immer bloß den Arm ausgestreckt, die Hand flach auf ihre Stirn gedrückt und sie einfach zappeln lassen. Sie ruderte mit den Armen in der Luft und verfehlte ihr Ziel. Sie tobte so lange weiter, bis Mum von dem Radau aufgeschreckt ankam, uns auseinanderbrachte und mich in mein Zimmer schickte. Wenn ich mich mit Amelia unterhalte, erinnere ich mich irgendwie daran. Sie ist sehr direkt und geradeheraus. Wenn ich genauer nachdenke *(ganz* untypisch für mich), erkenne ich vielleicht sogar was von mir selbst in ihr. Zoe und ich haben die Rollen vertauscht, seit wir älter geworden sind – inzwischen bin ich meist derjenige, der mit den Armen rudert, während sie gelassen danebensteht.

Okay. Bierzeit.

22. Oktober

Die neue Kleine, Amelia, hat so etwas wie einen Fanklub um sich geschart, der – ich geb's ja zu – in erster Linie aus mir besteht. Ihre Nähe entspannt mich, weil man bei ihr nicht ständig irgendwelche Vermutungen aufstellen muss, was sie gemeint haben könnte. Ich werde versuchen, sie mit Ed zu verkuppeln. Ihm würde eine Freundin bestimmt guttun, besonders eine, die lesen und schreiben kann, und das kann Amelia, so viel ist sicher.

Das wird voraussichtlich das letzte Mal sein, dass ich was

in dieses Buch schreibe bis nach den Prüfungen. Im kommenden Monat werde ich kaum Zeit haben, mich auch nur zu kratzen, so viel hab ich zu tun. Aber darauf folgen drei prächtige Monate Sommerferien, die aus drei wesentlichen Elementen bestehen werden: Strand, dem *Land der Träume* und Bier. Also bis Dezember dann, vorausgesetzt ich sterbe nicht vorher an Herzversagen durch Koffeinüberdosis, womit ehrlich gesagt durchaus zu rechnen ist. Es ist schon spät. Entschuldigt mich, es ist Zeit, ins Bett zu gehen und ein wenig an die Decke zu starren.

2. Dezember

Willkommen auf der anderen Seite! Am liebsten würde ich sagen: Willkommen im Sommer der Liebe, aber das würde vielleicht etwas zu weit führen, wie sich zeigen wird, wenn ich auf *das Feld* zu sprechen komme. Wider alle Erwartungen habe ich meine sämtlichen Hausarbeiten abgegeben und alle Prüfungen überstanden, was zum dritten Mal in drei Jahren beweist, dass es einen Gott gibt und dass er mich liebt. Die letzte Prüfung war Soziologie, ein dreistündiger Hammer. Als der Prüfer um zwölf »Zeit zur Abgabe« ankündigte, fiel mir der Kuli aus den verkrampften Fingern und mein Kopf sank wie von selbst auf die Tischplatte. Eine eigenartige Montage des letzten Jahres wuselte mir durch den Kopf, viele Michaela-Szenen in verschiedenen Entwicklungsstadien dieser traurigen Angelegenheit; Kathy, wie sie draußen vor der Bibliothek Audienz hielt; Streit mit meiner armen Schwester, die meine nächtlichen Wutausbrüche anscheinend am meisten zu spüren kriegt; und seltsamerweise Amelia bei der Pause im Belegschaftsraum, wie sie auf dem Stuhl sitzt, die Knie zum Kinn hochgezogen, und dabei eine abgegriffene Ausgabe von *Herz der Finsternis* liest und Tee aus einem Styroporbecher nippt.

Anschließend habe ich Mick, Rohan und Suze in der Uni-Bar getroffen. Ich habe viel getrunken. Dann bin ich nach Hause gegangen und habe fünfzehn Stunden geschlafen. Und hier bin ich!

Also gut, machen wir eine Bestandsaufnahme. Zu den positiven Dingen zählt, dass ich drei Monate von der Uni freihabe und es gut aussieht für den Abschluss in Soziologie im nächsten Jahr. Zu den weniger schönen Dingen zählt, dass die Suche nach der perfekten Frau immer noch ergebnislos verläuft und ich von daher keine Freundin habe, mit der ich den Sommer verbringen könnte. Außerdem habe ich kein Geld und werde dreißig Stunden die Woche bei Woolies arbeiten müssen, um das Konto auszugleichen. Ich werde mich ernsthaft bemühen, meinen Lohn nicht zu vertrinken, aber ich verspreche nichts.

Rohan hat seinen Bachelor als Chemieingenieur gemacht und sich in Newcastle beworben. Das nächste Uni-Jahr ohne ihn wird ziemlich merkwürdig sein. Den Sommer über wird er auch kaum da sein, weil sein Dad ihm zum Examen eine Europareise geschenkt hat. Mein Dad dagegen hat mir angeboten, mir einen Teil zu der Surfer-Badehose, die ich mir diesen Sommer kaufen will, dazuzugeben. Einen Teil, wohlgemerkt.

Rohan wollte mir, während er weg ist, sein (von den Eltern gesponsertes) Auto leihen, aber seine Schwester hat so lange gezetert, bis er es ihr doch leihen musste. Ich versuche, Ro nicht zu beneiden, um all die Dinge, die ihm seine Eltern finanzieren, wie die Reise und das Auto, und die Tatsache, dass er so viel mehr Zeit für das Studium hat, weil er nicht arbeiten muss, während ich scheinbar jeden gottverdammten Tag im Bus zum Land der Träume sitze. Ich gebe mir echt *Mühe,* ihn nicht zu beneiden. Es ist abscheulich, seine Zeit mit Neid zu verbringen, wenn in Afrika gleichzeitig ganze Familien, ganze Stämme zu Tausenden abgeschlachtet werden, wenn in zerlöcherten Flüchtlingsbooten Hunderte auf offener See ertrinken oder verhungern und wenn die Kinder derer, die es bis hierher schaffen, hinter Stacheldraht aufwachsen und zusehen müssen, wie ihre Eltern langsam durchdrehen. Wenn Häuser, Familien, Städte innerhalb eines Tages zunichtegemacht werden. Ich finde mich selbst zum Kotzen, wenn ich Ro um die Dinge in seinem Leben beneide. Andererseits schmeckten die Kirschen des Nachbarn schon immer süßer als unsere eigenen. Im letzten Semester gab es in *Moderner Australischer Literatur* ein Seminar zu Kurzgeschichten. Meine Lieblingsgeschichte war von Kate Jennings. Sie erzählt darin von einem Schriftstellerkollegen, der phänomenalen Ruhm und Erfolg erntet, der weit über die eher bescheidene Anerkennung der Autorin selbst hinausreicht (wie ich vermute). »Neid«, schreibt Kate Jennings, »ist ein schmuddeliges kleines Gefühl.«

Wie auch immer…

Das Feld sieht folgendermaßen aus:

Kathy – normalerweise würde ich hier schreiben: *eher symbolisch vertreten, denn in einer Million Jahre nicht,* aber in letzter Zeit scheint mir das Glück ein wenig holder. Die üppige blonde Deli-Georgia hat es anscheinend auf mich abgesehen seit unserer »Jeff-wer?«-Affäre. Die kleine Donna von der Arbeit scheint auch nicht abgeneigt zu sein. Vielleicht hat das eine ja nichts mit dem anderen zu tun, aber Kathy war mir gegenüber definitiv weniger kaltherzig als sonst. Man kann es nie wissen in so einer großen Supermarktkette.

Donna – die abgefahrene Kleine. Jaja, stimmt schon, sie ist gerade erst sechzehn geworden, aber wie schon gesagt, sie ist sechzehn, geht aber stark auf die fünfunddreißig zu. Sie hängt oft nach der Arbeit noch mit uns rum. Im Pub fragt niemand nach ihrem Ausweis. Eine junge Frau, die Tattoos trägt, mit einem Glas Scotch in der einen, einer Zigarette in der anderen Hand, und die besagte Zigarette mit einem regelrechten Zippo-Flammenwerfer anzündet, die mehr Schmuckstücke trägt, als man zählen kann, und die beim Billard gewinnt, hat schon was. Würde ich ernsthaft in Erwägung ziehen, mit einer Sechzehnjährigen zu gehen? Das ist eine schwierige Frage. Ich bin ziemlich einsam und ziemlich verzweifelt. Demnächst mehr dazu.

Gestern an der Kasse schweifte mein Blick zu Kathy am Service-Schalter hinüber, als sich Amelia von der Kasse nebenan plötzlich zu Wort meldete: »Hey, warum liebt Gatsby eigentlich Daisy so abgöttisch? Sie ist ein oberflächliches Flittchen.« Und dann murmelte sie eher zu sich selbst: »Sie *liebt* ihn gar nicht.«

Sie nimmt selbst noch die Handlungen fiktiver Figuren persönlich. Über so was denkt sie nach, während sie den Kunden die Einkäufe in Tüten packt.

14. Dezember

Macht euch bereit für eine weitere ziemlich rührselige und angetrunkene Tränendrüsengeschichte. Es ist genau die richtige Tageszeit dafür – es ist spät, ich komme gerade vom Pub nach Hause und wie der Hochzeitsgast in Coleridges Ballade seid ihr gezwungen zuzuhören und ich zu erzählen. Oder vielleicht ist es auch nur besoffenes Gefasel, das niemals von irgendwem gelesen werden wird. Selbst wenn meine Tagebücher nach der Apokalypse gefunden werden sollten, würden die Leute wahrscheinlich die ersten Seiten durchblättern und den Kopf schütteln: »Was für ein Loser!«, und dann, was noch wesentlicher ist: »Wen interessiert das?«, und sie dann auf den postapokalyptischen Müllhaufen werfen. Aber wie auch immer, ich bin vom Thema abgekommen.

Ich hatte heute Abend auf Arbeit ein seltsames Erlebnis. Es war etwa Viertel vor neun und ziemlich ruhig. Ich habe mich ein bisschen mit der kleinen Amelia an der Kasse neben meiner unterhalten. Irgendwann ist unser Gespräch ins Stocken geraten. Sie war müde. Sie ist schon den ganzen Tag in der Schule gewesen und es war Ende der Woche. Sie legte beide Unterarme auf die Theke, ließ den Kopf einen Moment hängen, riss ihn dann hoch, um lauthals zu verkünden: »Ich bin am *Verhungern!*«

Sofort war ich ganz woanders.

Ich befand mich in dem Häuschen in Leura, wo ich mit Michaela den letzten März verbracht habe. Es ist später Nachmittag, fast Abend. Wir liegen im Bett, die Decken kreuz und quer über den Boden verteilt, sie quer auf dem Rücken. Ich liege mit dem Kopf auf ihrem Bauch und habe einen Arm über ihre Oberschenkel gestreckt. Ich lausche ihrem ruhigen Atem und betrachte den letzten Widerschein des rosa-orangen Sonnenlichts an der Wand, der Raum ist in dämmriges Halbdunkel gehüllt. Ich atme tief den Duft an ihrem Bauch ein, wodurch sie wach wird. Sie schiebt meinen Kopf sanft zur Seite, reckt sich ausgiebig, setzt sich dann mit einem Ruck auf und verkündet lautstark: »Ich bin am *Verhungern!«* Sie sieht mich an. Ich streiche ihr eine Locke aus dem Gesicht, die aus ihren zusammengebundenen Haaren gerutscht ist. Sie springt aus dem Bett, schlüpft in ihren Slip (Geburtstagsgeschenk von mir) und fängt an, etwas in der Pfanne zu brutzeln. Ich sehe sie an. Ich liebe sie.

Dann kehre ich gedanklich zu Woolworth zurück, noch ein wenig benommen, aber wieder hier. Ich bin mit einem detaillierten und gut ausgebildeten Langzeitgedächtnis bestraft, deshalb ist es mir nicht neu, von einer lebhaften Michaela-Erinnerung ausgeknockt zu werden. Ich versuche, sie so schnell wie möglich abzuschütteln, und meist gelingt mir das auch ganz gut. Aber diesmal war es anders: Es war kein bloßes Erinnern, es war ein Wiedererleben. Die Umgebung, die Gerüche, wie sich die Laken anfühlten, die Wärme von Haut auf Haut. Das war so real. Unvermittelt.

Fast schon beunruhigend.

Ich werde mich gleich mit einem Bier in den Garten raussetzen. Es ist bereits nach Mitternacht. Dort ist es jetzt ruhig und der Mond steht am Himmel. Unser Garten ist ziemlich unansehlich und nicht besonders einladend, aber in einer Mondnacht glitzert sogar das rostige Blechdach der Garage und ganz Eastlakes ist in ein stilles Licht getaucht.

20. Dezember

Auf der Arbeit ist es echt chaotisch. Vier Tage noch bis Weihnachten. Ich setze besser mal meinen Arsch in Bewegung und besorge ein paar Weihnachtsgeschenke. Ich werde noch eine Münze werfen müssen, ob ich Michaela zu Weihnachten schreibe oder ihr was schenke oder so. Ich habe in einem Laden namens *Kashgar* ein paar Ohrringe gesehen, die ihr sicher gefallen würden. Bist du *völlig irre*, Chris? Das Miststück hat dir den Laufpass gegeben, dir das Herz gebrochen und dich seit Monaten nicht mehr angerufen. Das hat zwar ganz bestimmt was damit zu tun, dass du ihr, als sie dich das letzte Mal angerufen hat, gesagt ... nein, dass du sie angeschnauzt hast mit so was in der Art wie: »Ruf mich bloß nicht mehr an, Schlampe!« Aber sie wird doch wohl hoffentlich kapieren, dass das nur mein blutendes, wundes Herz war, das da gesprochen hat?

Wie auch immer, ich bin dann mal weg, so schnell, wie man »weg« sagen kann, um die Clique in der Stadt zu treffen. Wir wollen Rohans Abschied feiern; er fliegt morgen Abend los.

21. Dezember

Ich hab Mist gebaut. Ich bin gestern Nacht sturzbesoffen nach Hause gekommen und habe *Romeo and Juliet* gesungen, dann bei Interflora angerufen und 400 Dollar für einen Riesenblumenstrauß für Michaela zum Fenster rausgeworfen – ihn nach Perth (!) verschickt, zusammen mit einem unter starkem Alkoholeinfluss verfassten Weihnachtsgruß.

Das Ganze habe ich natürlich mit der Kreditkarte meiner nichts ahnenden schlafenden Mutter bezahlt. Als ich heute Morgen zu mir kam, hatte ich eine vage Erinnerung daran, aber die starke Hoffnung, es möge nur ein Traum gewesen sein. Ihre Kreditkarte neben dem Telefon auf meinem Nachttisch gab dann Aufschluss genug. Ich habe meiner Mutter heute das Geld zurückgegeben, was einen neuerlichen Tiefstand auf meinem Bankkonto bedeutet. SCHEISSE. Chris, es wird höchste Zeit, dass du über das Mädchen hinwegkommst.

24. Dezember

Holla! Schon wieder fast Mitternacht. Komme gerade von der Arbeit nach Hause, wo die Hölle los war. Warum warten die Leute immer bis zur letzten Minute mit allem? Ich mache das auch. Natürlich. Ich war heute in der Mittagspause bei Go-Lo und habe billige kleine Geschenke für meine Familie besorgt, mit dem bisschen, was noch von meinem Geld übrig war. Mir bleiben nur noch wenige Hirnzellen, aber was ist die Entschuldigung für alle anderen?

Als Zeugnis dessen, liebe Leser, habe ich heute Abend etwas getan, für das ich keine Rechenschaft ablegen kann. Ich habe heute bei der Arbeit eine Stunde früher Schluss gemacht, bin noch eine Weile dort geblieben und hab allen Frohe Weihnachten und so was gewünscht. Ich habe die Gelegenheit genutzt, Kathy auf die Wange zu küssen. Sie hat mir keine Ohrfeige gegeben, was schon mal gut ist, doch darum geht es nicht. Ich habe gerade mit Vic gequatscht, während sie Blumensträuße mit einem »Reduziert«-Sticker versehen hat. Ich sah ihr über die Schulter und habe Amelia an Kasse 7 entdeckt. In dem Moment hat sie sich gerade mit dem Handrücken den Schweiß von der Schläfe gewischt. Die verfluchte Klimaanlage ist kaputt. Aber das ist eine andere Geschichte.

»Hey, Vic«, sagte ich, »ich nehme einen.«

Ich wünschte ihr noch Frohe Weihnachten, während meine Beine mich schon zur Kasse 7 hinübertrugen, wo ich Amelia die Blumen überreichte. Wenn ich sage ›überreichte‹ meine ich eigentlich, ich warf sie ihr hin, murmelte etwas und machte mich aus dem Staub.

Das soll einer verstehen.

Auf jeden Fall sind Mum, Dad und Zoe draußen auf der Terrasse und trinken ein Entspannungsbier, nach den ganzen hektischen Weihnachtsvorbereitungen, denen ich erfolgreich entkommen bin, indem ich bei der Arbeit war. Ein Dankeschön ans Land der Träume! Ich werd mich jetzt draußen zu ihnen gesellen, zu dem einfinden, was ein seltener Familienmoment sein könnte.

Verfluchte frohe Weihnachten.

Abgang Harvey.

15. Januar

Die Wochen beginnen zu verschwimmen. Sie bestehen aus Strandleben mit Mick und Suze, Arbeiten, daraus, abends ein paar kalte Drinks mit Mum oder Zoe im Garten zu kippen, mit Dad hin und wieder Tennis zu spielen, meine Seminartexte für die Uni vorzubereiten, Zeitung zu lesen, lange aufzubleiben, Schrott im Fernsehen zu gucken, ganze Tage mit Kricket zu verplempern und noch mehr Hirnzellen an den stetig fließenden Bierstrom zu verlieren.

Dad und ich erfüllen voll und ganz das Klischee, dass sich Männer nicht über Gefühle oder persönliche Dinge unterhalten können und der Sport dafür herhalten muss. Wenn wir zusammen Tennis spielen, gehen wir beide vollkommen im Spiel auf und der »Wer zum Teufel bist du denn«-Argwohn, der sich so unangenehm anfühlt, wie wenn man mit den Fingernägeln über eine Tafel kratzt, mit dem wir uns sonst beäugen, ist weg. Weil er so viel besser spielt als ich, gibt es kein destruktives Konkurrenzdenken. Wir haben beide etwas davon, wenn er mir Tipps gibt, und er freut sich riesig darüber, wenn ich hinterher auch nur ein bisschen besser spiele.

Genauso können wir den ganzen Tag schweigend vorm Fernseher beim Kricket verbringen. Es besteht keinerlei Zwang zu tiefschürfenden Gesprächen, die von vornherein dazu verurteilt sind, in Flammen aufzugehen. Wir kommunizieren wortlos. Durch Grunzen oder Gestikulieren fragen wir den anderen, ob er noch ein Bier will. Wir machen uns genüsslich im Wohnzimmer breit, Tag für Tag. Wenn einer von uns aus dem Raum muss, weil er etwas anderes im Haus zu erledigen hat, ruft er zwischendurch immer wieder »Wie steht's?«, von wo auch immer er sich gerade befindet.

»Stand?«

»Sieben zu vier!«

»Wow!«

»Volltreffer!«

»YEEAAHH!«

Und so weiter.

21. Januar

Habe eine Postkarte von Rohan bekommen. Er ist jetzt auf Mykonos. Der hat einen Mordsspaß. Trifft sich gut, dass ich mich inzwischen darüber freuen kann, wenn es ihm gut geht, anstatt ihn um sein Glück zu beneiden. Er kommt Ende des Monats zurück und muss sich in Newcastle eine Wohnung suchen. Er hat die Stelle bekommen, für die er sich beworben hat. Na, war doch klar. Es gibt Leute, die haben ihr Leben im Griff und sind dabei, es zu leben. Und wisst ihr was? Ich freue mich für sie. Ehrlich.

25. Januar

Die Arbeitstage ziehen sich, ganz besonders wenn draußen die Sonne scheint. Ed und ich haben uns vorgenommen, am Anfang jeder Woche einen neuen Insider-Witz zu erfinden und ihn bis zum Ende der Woche unter den Aushilfen etabliert zu haben. Die kleine Amelia ist dabei die Schnellste, mit Abstand.

Es gibt da diesen kleinen egoistischen Scheißkerl namens Jeremy. Er ist gerade mal fünfzehn oder sechzehn und hält sich für total cool. Er empfängt am Donnerstagabend immer eine schier endlose Schlange von Mädels aus der Privatschule. Garantiert verkauft er ihnen Zigaretten und außerdem flirtet er mit ihnen, als gäbe es kein Morgen mehr. Bianca flirtet ihn schamlos an, was seinem Ego noch mehr Futter gibt.

Ich dachte eigentlich immer, dass Oberflächlichkeit eher

das Spezialgebiet von Frauen sei. In meinen seltenen klaren Momenten ist mir vollkommen bewusst, dass Bianca, Celene und auch Kathy ziemlich künstlich sind, wenn man es mal auf einen Nenner bringen will. Jeremy ist das männliche Gegenstück zu ihnen. Ich kann ihn nicht ab. *Er* hat keine Brüste, die mich mit ihm versöhnen könnten. Nach der Arbeit hängt er mit seinen unterwürfigen Flittchen im Restaurantbereich rum und *er trägt seine Baseballkappe verkehrt herum* – ohne Scheiß!

Amelia wiederum ist das genaue Gegenteil von Jeremy. Sie ist echt. Sie ist belesen. Ich mag sie richtig gern. Oder vielleicht ist es ja auch nur meine Vorstellung von ihr, die mir gefällt. Sie ist so jung, dass sie überhaupt nicht in Betracht kommt, deshalb kann ich in meiner Vorstellung aus ihr Die-in-ein-paar-Jahren-perfekte-Frau machen. Ist es das, was ich gerade mache?

Mal schnell weiter im Text.

Gestern Morgen hab ich um 7 Uhr angefangen zu arbeiten und bei der Frischkostabteilung ausgeholfen, bis der Laden um 8 aufgemacht hat. Ich habe fast bis 21 Uhr durchgearbeitet. Dann war ich kurz davor, die Wände hochzugehen. Um 20.55 stand ich an der Service-Theke, während Ed draußen eine geraucht hat. Bianca war mal wieder dabei, Jeremys Fliege zurechtzurücken, und gab mir das Zeichen, die Feierabend-Ansage über Lautsprecher zu verkünden, meist irgendwas in der Form von: »Achtung, liebe Kunden, es ist kurz vor neun, wir schließen in fünf Minuten. Bitte beenden Sie Ihre Einkäufe und begeben Sie sich zu den Kassen. Danke, dass Sie bei Woolworth eingekauft haben, dem Laden mit dem Frischesiegel.« Manchmal werde ich nachts davon wach, dass ich es vor mich hinmurmele. Auf jeden

Fall habe ich mir das Mikrofon geschnappt, und anstatt die Feierabend-Ankündigung zu machen, habe ich die Vietnam-Veteranenhymne *Khe Sanh* hineingeschmettert. Ich bin bis zu der Stelle mit »1973 gab es keine V-Day-Helden mehr« gekommen, als Bianca mir das Mikro aus der Hand riss und mich zur Schnecke machte.

Während sie mich anschrie und Jeremy hinter ihr breit grinste, knisterte es abermals im Lautsprecher und kurz darauf dröhnte Eds Stimme durch den Laden. Er sang an der Stelle weiter, wo ich aufgehört hatte, bis jemand ihm das Mikro entriss. Ed und ich sind eins.

Am Ende stellte sich heraus, dass eh keine Kunden mehr im Laden waren.

30. Januar

Rohan ist aus Europa zurück. Ich gehe mit ihm, Mick und Suze in den Pub. Und zwar jetzt.

8. Februar

In drei Wochen geht die Uni wieder los. Rohan hat in Newcastle eine Wohnung gefunden. Nächste Woche ist die Einweihungsparty. In zwei Wochen geht sein Job los. Ich arbeite immer noch 25 bis 30 Stunden bei Woolies, hoffe aber, bis die Uni wieder anfängt, auf zwölf runtergehen zu können. Zoe hat eine Graduiertenstelle bei einem Wirtschaftsprüfungsunternehmen gefunden und Dad ist hocherfreut darüber. Sie hat vor auszuziehen, sobald sie sich die Kaution und eigene Möbel leisten kann. Schön für sie. Mum und Dad hat sie noch nichts davon erzählt. Dad wird einen fürchterlichen Aufstand machen und ihr nahelegen, zu Hause zu bleiben, solange sie sich kein eigenes Zuhause leisten kann. »Warum willst du das Geld für die Miete aus dem Fenster werfen?«, ist sein Standardargument. Ich dagegen betrachte Mietzahlungen eher als Investition für die psychische Gesundheit und Unabhängigkeit.

14. Februar

Bin in Rohans Wohnung in Newcastle. Heute Abend steigt die Fete. Er, Mick und Suze sind gerade los und machen die letzten Eiswürfel-und-Teelichter-Besorgungen. Ich habe um Nachsicht gebeten und mir's mit einem Bier auf Rohans Balkon gemütlich gemacht. Ich kann Ausschnitte vom Hafen erspähen. Da draußen liegen ein paar riesige Tanker vor Anker, die so aussehen, als ob sie geduldig darauf warteten, Einlass in den Hafen zu erhalten. Ich frage mich, wie lange sie noch ausharren müssen. Ich frage mich, wie sich die Besatzung die Zeit vertreibt. In meiner Vorstellung spielen sie Karten. Gegenüber von Ros Wohnung stehen sechs prächtige alte Reihenhäuser, samt fünf Schornsteinen auf jedem Dach. Sie sind wirklich eindrucksvoll. Eine ruhige Straße – bald nicht mehr.

Wir sind schon gestern hier angekommen, mit dem Land Cruiser von Micks Dad. Was für ein Monster. Nach dem üblichen zäh fließenden Verkehr auf dem Pacific Highway aus der Stadt heraus sind wir mit Vollgas und voll aufgedrehter Musik über die F3 nach Newcastle gebrettert. Während wir an der Kanalmündung mit diesen riesigen Windsäcken erst hinauf- und dann wieder hinuntergefahren sind, erlebte ich plötzlich einen dieser Momente, in dem man wehmütig über etwas wird, was gerade erst passiert – eine Art vorzeitige Nostalgie. Wir fuhren sehr schnell. Irgendwo in der Nähe der Peat's-Ridge-Abfahrt hatte ich eine von Micks *Kings of Leon*-CDs herausgefischt und wir quatschten und sangen abwechselnd mit. Suze nahm mir das CD-Cover aus der Hand und betrachtete es genauer. »Das sind mal ein paar verdammt enge Hosen«, sagte sie zu niemandem bestimmten. »Und *wie* verdammt eng die sind.« Wir fuhren zum Kanal hinunter, den Kopf in den Nacken gelegt, aus voller Kehle grölend. Und dann ging es auf der anderen Seite wieder hoch, mit dem Schwung, den wir auf dem Weg nach unten gewonnen hatten.

Jahre später, wenn Mick, Suze, Rohan und ich erwachsen geworden sind, mit unseren Ehepartnern und Kindern irgendwo über die Vorstädte versprengt leben, die Köpfe tief in den Kragen gezogen vom langen Marsch durch unsere 50-Jahres-Pachtverträge, und wir uns immer seltener sehen, werde ich ein paar Kisten mit alten CDs durchstöbern und auf die *Kings of Leon* stoßen. Ich werde sie einlegen und mich zurückversetzt fühlen an den Tag, als ich mit meinen Freunden Mick und Suze die F3 hinuntergedüst bin, auf dem Weg zu Rohans Einweihungsparty in Newcastle, und wir dabei so laut gesungen haben, dass wir hinterher heiser waren.

Und was für ein vielversprechender Abend das werden wird! Die Wodkawackelpuddings stehen schon im Kühlschrank, und wenn das Eis da ist, werden wir einen Riesenbottich Blue Lagoon mixen. Wir haben drei Kästen Bier, die nur noch im Bad kaltgestellt werden müssen. Wir haben für 20 Uhr Türkische Pizza bestellt und bis dahin gibt es Chips mit Dips. Es werden haufenweise Ingenieurkumpels von Rohan kommen, einschließlich der reizenden Stella, die für eine Ingenieurin unglaublich zierlich und extrem hübsch ist. Haltet euch fest: Sie fängt jetzt mit ihrem Masterstudium in Chemietechnik an und danach darf sie sich Meisterbrauerin nennen. Gibt es was Cooleres als das? Gibt es das?

Ros Cousins und deren Freunde, die hier oben wohnen, wollen auch kommen und wahrscheinlich noch ein paar andere von der Uni. Vielleicht ist Die Perfekte Frau gar nicht mehr weit weg und steht gerade vor ihrem Kleiderschrank, im Bademantel, noch erhitzt von der Dusche, und überlegt, was sie heute Abend anziehen soll. Viel Glück bei der Klamottenwahl, Ms Perfect!

Es ist verdammt heiß, weit über dreißig Grad. Wir haben den Morgen am Nobby's Beach verbracht, mit Surfen und Frisbeespielen, aber ab elf haben wir uns auf heißen Sohlen davongemacht – buchstäblich heißen Sohlen, denn der Sand war definitiv zu heiß, um barfuß darauf zu laufen.

Ich hör dann mal auf. Will mich noch ein wenig zurücklehnen und die Aussicht genießen und dabei mit dem Daumennagel das Etikett der Bierflasche abkratzen. Ein kleines schwarzes Lotsenboot setzt sich Richtung Tanker in Bewegung. Ein Stück weiter die Straße hinunter steht eine große alte Kathedrale. Ich kann die Türme sehen. Die Glocken läuten gerade.

Fünf Uhr morgens? Im Osten färbt sich der Himmel gerade orange.

Allein, allein und ganz allein
Auf weiter, weiter See.
Nicht lindert meine Todesangst
Ein Heil'ger in der Höh'.

Bitte, lieber Gott, lass mich nicht kotzen.

15. Februar, 23 Uhr

Zu Hause in meinem Zimmer. Heute ist mein erster alkoholfreier Abend seit wer weiß wie lang. Mein Magen hat schon bei der bloßen Erwähnung von Alkohol rebelliert – auweia, 'tschuldige, Magen, ich meinte das A-Wort. Die Stimmung auf der Fahrt zurück nach Sydney war etwas gedämpft. Ich weiß nicht, wer von uns am meisten verkatert war. Wir sahen alle aus wie ausgekotzt. Als ich zum Abendessen nach Hause kam, war Onkel Jeff da und wollte wieder mal anfangen. Wie üblich verkleidete er sein Vorhaben als kumpelhafte Fragen über mein Leben oder das aktuelle öffentliche Geschehen. Onkel Jeff hat etwas an sich, was ich absolut nicht abkann. Seit seiner Scheidung ist es noch schlimmer geworden. Oder vielleicht fiel seine Scheidung auch einfach nur mit dem Zeitpunkt zusammen, an dem ich anfing, eine Persönlichkeit zu entwickeln.

Wie dem auch sei, ich entschuldigte mich damit, dass mir übel sei, und torkelte direkt in mein Zimmer. Paracetamol,

Ibuprofen, Aspirin, Ei mit Speck, Tee und Kaffee – nichts hilft gegen den Schmerz an meiner Schädelbasis, den miesen Geschmack im Mund oder die Rebellion meiner inneren Organe.

Ich bin gestern Nacht vielleicht etwas zu weit gegangen, wie die obigen Zeilen, die offensichtlich aus Coleridges *Ballade vom alten Seemann* stammen, vermuten lassen. Eigentlich unnötig zu erwähnen, dass Die Perfekte Frau nicht auf Rohans Einweihungsparty erschienen ist. Einige von Rohans Kumpels tauchten erst kurz vor Mitternacht auf; sie waren noch auf dem Konzert einer Band in der Uni-Bar gewesen. In meinem Rausch kam dann all das wieder hoch, wofür ich die ganze Zeit mächtig viel Energie aufgebracht hatte, um es zu verdrängen. Nämlich das andere Mal in Newcastle.

Gleich nach den Zwischenprüfungen im letzten Jahr waren Michaela und ich hierhergefahren, um eine ihrer Freundinnen zu besuchen, die dort ein Semester an der Uni studierte. Ein »Perth-Mädchen«. Perth und die Mädchen von dort sind echt so eine Sache für sich. Sie kennen sich anscheinend alle untereinander. Wie ein einziges großes Dorf. Aber ich schweife ab. Wir kamen hierher und wohnten bei ihrer Freundin in diesem riesigen Haus. Studenten-WGs üben auf Menschen wie mich, die zu Hause wohnen müssen, damit sie studieren können, eine ungeheure Faszination aus.

Bernadette, Michaelas Freundin, wohnte mit acht anderen zusammen. Es gab zwei große Wohnzimmer, mit Couchtischen aus Milchkisten und riesengroßen vergilbten Tarantino-Postern an den Wanden. Wir schliefen auf dem Fußboden ihres großen feuchten Zimmers, in dem sich die Tapete von den Wänden löste und ein schäbiger Teppich lag. Am Samstagnachmittag gab es hinten im Garten ein großes Grillfest mit einem Haufen weiterer Studenten. Danach gingen wir in die Uni-Bar, um *Augie March* zu sehen. Noch drei Wochen, bis Michaela zurück nach Hause musste. Mir graute es vor ihrer bald bevorstehenden Abreise, aber nicht eine Sekunde lang hätte ich gedacht, dass das mit uns vorbei sein würde, wenn sie zurückging. So ziemlich die einzigen Momente, in denen wir uns nicht ständig berührten, war, wenn einer von uns aufs Klo musste. Dieses verzweifelte Aneinanderklammern beruhte auf Gegenseitigkeit. Sie muss sich mit aller Macht an mir festgehalten haben, weil sie genau wusste, dass sie bald zu Brad zurückkehren würde. Weil sie überlegen musste, wie um alles in der Welt sie das durchziehen soll.

Im Nachhinein fällt mir auf, dass Bernadette ein bisschen irritiert schien und sich über unsere Pärchenhaftigkeit amüsierte. Einmal stand sie mit Michaela in der Küche. Ich hörte sie gerade fragen: »Hast du in letzter Zeit mal mit Brad gesprochen?«, worauf Michaela antwortete: »Äh ja, letzte Woche.« Beide zuckten kaum merklich zusammen, als ich eintrat.

»Wer ist denn Brad?«

»Ein Freund zu Hause«, entgegnete Michaela, ohne zu zögern.

»Gibt es tatsächlich Leute, die so heißen?«

»Mindestens einen.« Sie lächelte, aber sah mir dabei nicht in die Augen. »Tee?«

Bei dem Konzert waren wir eines dieser typischen Paare, die einem immer bei Gigs begegnen. Sie stehen ungerührt von den Pöbeleien der anderen da, selbstvergessen inmitten des Heers von hampelnden Besoffenen. Meist steht der Typ hinter der Frau, die Arme um sie gelegt, und stützt und beschützt sie quasi vor den Massen. Von Zeit zu Zeit flüstern sie sich gegenseitig was ins Ohr. Der Typ trommelt mit seinen Fingern oftmals den Takt auf den Hüften der Frau mit. Und natürlich werden sie nach dem Konzert sofort zu Hause übereinander herfallen. Wie dem auch sei – ein paar Monate lang war ich Teil eines dieser typischen Paare.

Später in jener Nacht bin ich auf dem staubigen Boden in Bernadettes Zimmer aufgewacht und hab Michaela dabei ertappt, wie sie mich auf den Ellbogen gestützt beim Schlafen beobachtete.

Allein, allein und ganz allein
Auf weiter, weiter See.

28. Februar

Ed war gestern auf der Arbeit ausnahmsweise mal etwas besser drauf und ich habe die Gelegenheit ergriffen, ihm ein paar Vorschläge zu machen. Erstens, er sollte etwas weniger Gras rauchen. Zweitens, er sollte mal mit der kleinen Amelia ausgehen. Sie ist nicht mal drei Jahre jünger als er und dazu noch eine Superbraut, das habe ich ihm versucht nahezulegen. Sie ist clever, sie hat Sinn für Humor, sagte ich. Sie ist süß und sie nimmt kein Blatt vor den Mund, sagte ich. Du wirst dich gut mit ihr verstehen, sagte ich.

Ed zuckte nur mit den Schultern und gab ein paar unverbindliche Geräusche von sich.

»Was? Was?«, drängte ich. »Warum denn nicht?«

Er stellte die Kiste mit Kassenbonrollen ab und wandte sich mir zu. »Chris. Sie ist wirklich sehr nett, aber ich bin ein nicht mal halb so großer Fan wie du.« Na ja, ist schließlich sein Leben. Ich hab's wenigstens mit Deli-Georgia probiert.

3. März

Okay. Bestandaufnahme: Ich arbeite nur noch fünfzehn Stunden die Woche, sodass sich die Uniarbeit mehr oder minder gut anlässt. Heute Morgen habe ich erst um elf angefangen. Bis ich meinen Hintern aus dem Bett hievte, waren alle anderen schon weg. Auf dem Tisch lag eine Zeitschrift. Ganz zufällig war ein Artikel aufgeschlagen mit der Überschrift: »Werden Ihre Trinkgewohnheiten zum Problem?« Mum und Zoe stecken unter einer Decke.

Werfen wir mal einen Blick auf *das Feld:*

Kathy – seit etwa drei Jahren ist der Kathy-Virus immer wieder mal mehr, mal weniger am Abklingen. Vielleicht werde ich dieses Jahr eine endgültige Entscheidung treffen und sie endlich mal eindeutig anmachen. Mal sehen, was dann passiert. Kathy ist selbstverständlich das Recht vorbehalten, mir eine Abfuhr zu erteilen. Aber wenigstens weiß ich dann, dass ich nicht kampflos aufgegeben habe.

Stella, die Meisterbrauerin – die hübsche Chemieingenieurin. Obwohl ich gesehen habe, dass Rohan und sie auf der Einweihungsparty ziemlich eng beieinanderstanden. Vielleicht sollte ich erst mal mit ihm darüber sprechen, bevor ich ihn nach ihrer Nummer frage.

Die abgedrehte kleine Sveta Tarasova, sechzehnjährige Kassiererin – immerhin völlig legal. Hat umwerfende Beine. Hab sie selbst ausgebildet. Sie ließe sich bestimmt nach ein paar Einladungen zum Kaffee von mir flachlegen. Sie schauen alle so bewundernd zu mir auf, die Kleinen. Ich errege sie. Ich wünschte, ich würde auf die Kathys und Michaelas auch so unwiderstehlich wirken.

15. März

Gestern Nacht hat es in der Tip-Top-Eisfabrik gebrannt. Tausende sind ohne Arbeit. Man munkelt was von Brandstiftung.

18. März

Sonntagabend. Onkel Jeff war schon da, als ich von der Arbeit nach Hause kam, und offensichtlich wollte er auch zum Abendessen bleiben. Er saß mit meinen Eltern unter der Markise hinten im Garten. Auf der Küchenbank standen aufgereiht die leeren Bierflaschen. Oh *Mann.* Ich habe mich in meinem Zimmer versteckt und vorgegeben, für die Uni büffeln zu müssen. Da kam Mum rein und sagte, ich solle mich mit ihm unterhalten. Es ist SO dermaßen erniedrigend, wenn sie das macht. Ich bin einundzwanzig Jahre alt. Ich darf wählen, mich freiwillig zur Armee melden, in den USA legal Alkohol trinken und wie in einem Jane-Austen-Roman »mein Erbe antreten«. Ich habe einen Hochschulabschluss. Aber ich kann nicht einfach von der Arbeit nach Hause kommen und mich in Ruhe auf mein Bett fallen lassen, wenn ich es will. Das geht nicht. Gott, wie sehr ich mir wünsche auszuziehen. Wenn ich den Abschluss vorzeitig abbrechen würde und Vollzeit bei Woolies arbeitete, könnte ich mich nach einem Monat nach einer eigenen Wohnung umsehen. Der Manager aus der Frischkostabteilung würde mich mit Kusshand einstellen.

Also bin ich doch runtergegangen und habe mit Onkel Jeff geplaudert, dem fünf Jahre älteren Bruder meines Vaters und seines Zeichens einer der schlimmsten Vertreter der Nachkriegsgeneration. Er macht irgendwas mit Umweltmanagement. Niemand weiß so ganz genau, was er eigentlich macht. Er hat jahrelang beim Amt für Infrastruktur, Planung und Ressourcen gearbeitet. Dann hat er dort aufgehört und ist in »die freie Wirtschaft« gegangen. Früher hat er mit Tante Jo und seinen Kindern in Lane Cove gewohnt. Nach der Scheidung hat er sich eine Wohnung in Rose Bay genommen, wo er immer noch wohnt. Sein unverhohlener Zorn auf mich schließt »meine gesamte Generation« mit ein, was auch immer das bedeuten mag. Ich vermute, dass Onkel Jeff mir derart an den Karren fährt, weil seine eigenen Kinder es vorgezogen haben, bei ihrer Mutter zu bleiben. Heute hat er mir – wie erwartet – vorgehalten, wie apathisch »meine« Generation doch sei und dass sich keiner mehr gegen etwas auflehne.

»Ja …«, sagte ich. »Also …«

Meine Mutter warf mir einen flehenden Blick zu. *Lass es ihm bitte durchgehen, mein Sohn.*

»Als ich studiert habe«, fuhr Jeff fort, »sind wir auf die Straße gegangen und haben für alles demonstriert, was wichtig war. Wir haben unsere Meinung kundgetan. Wir haben uns nicht unterkriegen lassen. Wir haben Veränderungen herbeigeführt.« Er hielt einen Moment lang inne, um Luft zu holen, und sah sehr zufrieden mit sich aus.

»Ihr seid gegen das Vergehen der Zeit auf die Barrikaden gegangen«, fügte ich hilfreich hinzu.

Meine Mutter wirkte unsicher und Onkel Jeff unschlüssig.

»Chris, musst du nicht noch eine Hausarbeit für die Uni schreiben?« Mum entließ mich, denn sie wusste genau, dass ich das hier nicht ewig aushielt.

»Ja.«

»Na, dann mach dich besser mal wieder an die Arbeit.«

»Worüber denn?«, fiel Onkel Jeff gleich ein, lauter als nötig und voller Streitlust. »Über das erbärmliche Schwuchteldasein von John-Schwuchtel-Keats?«

Oh, welch wahre Freude.

Augen zu und durch, dachte ich in meinem Zimmer, Augen zu und durch, wie im Land der Träume.

2. April

Bianca schmeißt eine Party bei sich zu Hause – ihr Zuhause ist eine Villa mit Seeblick in Rose Bay, wohlgemerkt. Ich war schon ein paar Mal da. Man kann von dort aus nach Shark Island rüberschwimmen.

Es ist an der Zeit, das Schicksal ein wenig herauszufordern und reinen Tisch mit Kathy zu machen. Der Kathy-Virus ist so eine Sache, schwer zu verstehen. Hat es mich erwischt, weil sie so hübsch ist und sich nicht für mich interessiert? Geht es nur um die Eroberung? Den masochistischen Kitzel, möglicherweise abgelehnt zu werden? Hängt es mit meiner

Einsamkeit zusammen oder mit meiner Unfähigkeit, mich festzulegen? Was immer es auch sein mag, es ist zu stark, um sich dagegen zu wehren, und hat schon lange genug angedauert. Ich muss etwas unternehmen – dann weiß ich wenigstens, woran ich bin. Nach etlichem Grübeln und Gezwirbel meines imaginären Schnurrbarts habe ich Folgendes beschlossen:

An der Uni scheint sie von ziemlichen Langweilern umgeben, die aber mit Betriebswirtschaft und Ingenieurwesen (Hallo Stuart Green!) ziemlich gute Zukunftsaussichten haben dürften, was das Gehalt angeht. Ich schätze, meine einzige Chance ist, auf meiner sensiblen Geisteswissenschaftler-Saite zu spielen. So könnte es funktionieren, wenn ich es mit diesen Deppen aufnehmen will. Denn obwohl Kathy und ich wissen, dass sie eines Tages einen von ihnen wählen wird, damit er in der Zukunft für sie sorgen kann, will sie vielleicht vorher noch mit dem sensiblen Typen ein bisschen Spaß haben. Einfach nur so, der Erfahrung halber. Jahre später, wenn sie über ihren akkurat geschnittenen Rasen hinweg aufs Meer blickt, während die Kinder ihr Abendessen hinunterschlingen, wird sie sich an die Affäre aus längst vergangener Zeit erinnern – an Christopher Harvey, der ihr Gedichte schrieb und sie leidenschaftlich liebte. Sie wird sich fragen, wo er sich wohl aufhält. Tja, und wo werde ich dann wohl sein? Das ist eine gute Frage. Wahrscheinlich in der Frischkostabteilung im *Land der Träume.*

Doch ich greife voraus.

Ich werde ihr ein Gedicht schreiben. Der Anfang geht mir schon eine Weile im Kopf herum und heute Abend werde ich es zu Papier bringen. Dann werde ich es ihr am Abend vor der Party zusammen mit einem Blumenstrauß schicken, ohne Absender. Sie hat dann die ganze Nacht Zeit, wach zu liegen und sich den Kopf darüber zu zerbrechen, wer wohl der leidenschaftliche Wörterschmied sein könnte. Am nächsten Abend bei Bianca werde ich sie dann zur Seite nehmen – und wumm! gestehen! Ich werde ihr meinen ganzen Charme und meine gesamte Überzeugungskraft widmen.

Jetzt muss ich nur noch ein Gedicht schreiben.

9. April

Hier schon mal der vorläufige Entwurf des Gedichts, der den Kathy-Virus hoffentlich in eine nützliche Bakterie verwandeln wird:

Die Sonne hat das Meer entzündet
In Gold und Rosé
Millionen tanzender Funken.
Sie scheint, weil du gelächelt hast.
In ihrer Wärme betrachte ich
Die Farben deines Gesichts,
So jung und doch so alt.
Strahlend grüne Augen, wie das seichte Meer
An einem Sonnentag, umrankt vom
Dunklen Grün eines Kiefernwaldes.
Seit Jahren liebe ich diese Augen,
Habe mich danach gesehnt,
Von ihnen angeschaut zu werden
Und ihre Lider zu küssen.
In ihrer Mitte liegt das Versprechen

Eines langen tiefen Schlafs.
Dunkle Wolken ziehen auf.
Sie vertreiben die Sonne.
Dein Stirnrunzeln hat sie herbeigerufen.

Wenn mich das nicht weiterbringt, und zwar schleunigst, dann werde ich akzeptieren, dass mir das Universum diesen besonderen Wunsch verwehrt, und meine Aufmerksamkeit einer anderen sinnlosen Übung zuwenden.

16. April

Das Gedicht und die Blumen sind gut angekommen. Was für eine großartige Idee! Ein Geniestreich der Romantik! Die einzige bittere Pille an diesem Abend war, dass Stuart Green mir in die Quere kam, bevor ich Gelegenheit hatte, ihr zu gestehen.

Ich bin mir sicher, Kathy wäre in meinen Armen dahingeschmolzen, wenn sie nicht so sehr damit beschäftigt gewesen wäre, es mit Stuart Green zu treiben, der die Lorbeeren für die Blumen und mein Gedicht eingeheimst hat und dann mit Kathy verschwunden ist. Es gibt keine Gerechtigkeit auf dieser Welt. Das habe ich schon lange geahnt und jetzt bin ich davon überzeugt, dass man zu gar keiner anderen Schlussfolgerung kommen kann.

Und wie zum Hohn auf diese narzisstische Verletzung hat Amelia auch noch mit diesem halbstarken Vollpfosten Jeremy Horan rumgeknutscht. Dabei hatte ich in ihr eigentlich das genaue Gegenteil von Daisy in *Der große Gatsby* gesehen. Ich hatte sie für den ultimativen Triumph des Guten über das Böse gehalten. Nach all ihrem Gemecker und ihren wohlüberlegten Meinungsäußerungen hatte sie mir echt den Eindruck vermittelt, dass sie etwas darstellt. Ich weiß nicht genau, was. Aber eines weiß ich mit Sicherheit: Sie ist *clever.* Trotzdem brauchte er ihr nur ein paar Gläser Wein einzuschenken und eine Stunde Unterhaltung zu investieren.

Ich muss heute Abend arbeiten. Sie wird wahrscheinlich auch da sein. Ich halte es für meine Pflicht, ihr bessere Manieren beizubringen. So weit kommt's noch, dass Typen wie Stuart und Jeremy auch noch für ihr dummes Flachwichsergeteue belohnt werden. Wenn sich jemand wie Amelia ernsthaft etwas aus jemandem wie Jeremy Horan macht, können wir alle einpacken und nach Hause gehen. Verdammte Scheiße! Das Land der geplatzten Träume.

Ich fang jetzt besser mal an zu lernen.

Das Feld sieht folgendermaßen aus:

Ja, nee, ich musste nicht mitten beim Schreiben schnell irgendwohin. Ich habe nur eine Lücke gelassen, um rüberzubringen, dass es gerade KEINERLEI Optionen gibt. Ganz schön tiefsinnig, oder?

Amelia wird noch den Tag bereuen, an dem sie seine Zunge auch nur in ihre Nähe gelassen hat. Ich werde es ihr schon ordentlich zeigen.

19. April, Mitternacht

Mitternacht war die »Geisterstunde« in *Sophiechen und der Riese* von Roald Dahl, wenn ich mich recht erinnere. Meine Mutter hat Zoe und mir daraus vorgelesen, als wir klein waren. Ich erinnere mich, wie Sophiechen hinter den Vorhängen im Waisenhaus hervorgelinst hat, um einen Blick auf die Straße zu erhaschen. »Jetzt war die Geisterstunde gekommen.« Alles sah so unheimlich aus, so gespenstisch und milchig weiß … und dann! Erhascht sie den ersten Blick auf den *GuRie, den Guten Riesen,* wie er in seinem langen schwarzen Mantel und mit seinem Traumblasrohr immer näher kommt. Zoe und ich hielten uns unter der Bettdecke an den Händen. Wir waren genauso ängstlich wie Sophiechen.

Ich komme gerade von einem durch und durch schönen Abend mit Amelia zurück, meine Mitgliedschaft in ihrem Fanklub ist auf unbestimmte Zeit verlängert. Wenn ich nicht so ein Scheißkerl wäre, würde ich mich bestimmt ein bisschen dafür schämen, wie ich sie gequält habe diese Woche. Aber ich glaube, wir haben alle etwas daraus gelernt. Ich hab sie nach der Arbeit auf eine Pizza eingeladen und ihr Große-Mädchen-Drinks spendiert. Ich weiß, ich weiß, aber wenn selbst *ich* sie nicht zum Bösen verleiten darf, wer denn sonst?

Irgendwie hab ich dann angefangen, Amelia von Michaela zu erzählen. Ich muss völlig vergessen haben, wie jung sie ist und dass ich sie entsprechend behandeln sollte. Ganz der Gentleman habe ich sie dann noch nach Hause begleitet. Als wir bei ihr ankamen, hat sie erst mal durch die Vorhänge gespäht, bevor sie die Tür aufschloss. Das war es, was mich an *Sophiechen und den GuRie* erinnert hat.

Ich unterhalte mich wirklich gern mit ihr. Ich mag es, wie sie gedanklich alles noch mal und noch mal durchkaut und dabei ihre Gedanken nicht zensiert. Es ist entspannend, mit ihr zusammen zu sein. Ich genieße es.

So wie's aussieht, bin ich ihr einen Brief schuldig. Eine kurze Abhandlung mit dem Titel *Was ich hasse.* Ich habe den letzten Bus nach Hause gekriegt und mir einen (ordentlichen) Schlummertrunk gegönnt. Ich werd noch eine Weile hier sitzen. Den Brief schreib ich morgen.

1 Uhr
Wenn sie nur zwei Jahre älter wäre, würde sie *das Feld* anführen.

1.30 Uhr
Ist sie aber nicht.

2 Uhr
Ich werde die Jeremy-Nummer auf sich beruhen lassen. Sie ist ja noch ein junges Ding. Sie wusste es nicht besser. Außerdem könnte sie anfangen zurückzufeuern.

26. April

Morgens und abends ist es kalt, tagsüber warm. Das macht es schwerer, aus dem Bett zu kommen. Kaum zu glauben, aber ich habe mein Schlummertrinken etwas reduziert. Vielleicht hat es mit Rohans Wegzug zu tun. Mick und Suze sehe ich zwar noch öfter, aber lange nicht so oft wie letztes Jahr. Durch Ros Umzug ist unser Kontakt etwas eingeschlafen. Außerdem konnten wir uns dank seines Autos einfacher verabreden. Mick und Suze wohnen im gleichen Vorort, deshalb treffen sie sich häufiger.

In den letzten zwei Wochen hab ich mich nicht komplett gehen lassen. Seltsam. Heute Morgen habe ich mich gefragt, was ich wohl ohne mein ständiges Getorkel, meine Kopfschmerzen, die Gereiztheit und das ständige Gejammer über Michaela tun würde? Würde ich mich vielleicht total langweilen? Scheiße, vielleicht sollte ich heute Abend mal so richtig die Sau rauslassen. Morgen ist Samstag. Ich werde den ganzen Tag arbeiten, wie fast alle anderen auch. Danach gehen wir in den Pub. Ich werde mit Ed Sport auf Fox gucken und mit Donna und Bianca Billard spielen, Bier trinken und irgendwann vier Stunden älter sein. Immer das gleiche. Rohan hat es schon richtig gemacht. Wie lange kann man es denn an ein und demselben Ort aushalten? Mein Leben hier erinnert mich sowieso nur an Michaela. Ich glaube, ich sollte verdammt noch mal von hier abhauen. Ich brauch mal einen Tapetenwechsel. Brauch eine Routine, die noch keine fünf Jahre alt ist. Brauche eine eigene Wohnung und muss einen Weg einschlagen, der allein mir gehört.

Meine Eltern kann ich momentan nur schwer ertragen,

dabei sind sie ja keine schlechten Menschen. Aber ich will nicht mehr der Sohn unter ihrem Dach sein. Ich will nicht dazu aufgefordert werden, rauszukommen und mich mit Onkel Jeff zu unterhalten. Oder wer immer gerade zu Besuch da ist. Oder dass mein Dad bei mir anklopft, um mir mitzuteilen: »Es wird Zeit, dass du den Rasen mähst, Sohn.« Ich streite ja gar nicht ab, dass der Rasen dringend gemäht werden müsste oder dass es nur gerecht ist, wenn ich einen Teil der Hausarbeit übernehme. Aber ich hasse es, wenn er mir sagt, was ich zu tun und zu lassen habe. Verdammt, ich bin schließlich erwachsen!

Wenn ich eine eigene Wohnung hätte, würde ich Mum und Dad bestimmt oft besuchen – ich liebe sie ja. Aber für unser Zusammenleben müssten andere Bedingungen herrschen. Der nächste Lebensabschnitt kann gar nicht früh genug kommen. Ich bin mal wieder auf Rohan eifersüchtig. Er hat einen Kurs angesteuert, der ganz eindeutig auf einen Job nach der Uni abzielte, und schon hat er einen und seine eigene Wohnung in Newcastle noch dazu. Und was fang ich mit einem Abschluss in Soziologie an? Selbst wenn ich es mir leisten könnte, wollte ich eh nicht noch meinen Master dranhängen. Ich brauch erst mal eine Pause vom Studieren. Was soll bloß aus mir werden?

28. April

Ich schreib jetzt den Brief an Amelia. Hier ist er:

Hallo Kleine,

was ich hasse, könnte ein ganzes Buch füllen. Und vielleicht wird eines Tages ja eins daraus. Hier eine kurze Zusammenfassung:

1) Oh-Brad. Ich habe keine Ahnung, wie er aussieht, aber in meiner Vorstellung ist er groß, breitschultrig, durchtrainiert, braun gebrannt und gut aussehend. Ich kann mir auch vorstellen, dass er einen Uniabschluss macht, der eine besonders gut bezahlte Stelle bringt. Er hat täglich uneingeschränkten Zugang zu der Frau, die ich liebe. Aber das Schlimmste daran ist, dass ich Michaela gut genug kenne, um zu wissen, dass sie mich nicht immer wieder angelogen und mich dann sitzen gelassen hätte, wenn sie diesen Typen nicht wirklich lieben würde. Ich kann noch nicht mal sagen, sie hat mich wegen Brad abserviert, denn wenn sie nie wirklich mit ihm Schluss gemacht hatte, waren wir auch nie wirklich zusammen.

2) Stuart Green. Stuart Green steht für alle Ungerechtigkeiten dieser Welt. Wenn es nach ihm ginge, würde er die Welt einfach komplett ausplündern. Er will nur absahnen. Früher dachte ich, aus seinem Blick spräche ein Meer von seelenlosem Nichts. Aber im letzten Jahr habe ich meine Meinung geändert: Sein Blick verrät gut getarnte Bösartigkeit. Mit der Kathy-Nummer hat er bei mir einen neuen persönlichen Tiefstand erreicht.

3) Ich befinde mich momentan in einem merkwürdigen Lebensabschnitts-Fegefeuer. Ich bin weit über einundzwanzig, aber ich wohne noch bei Mummy und Daddy in meinem Kinderzimmer. Die netten Leute bei Centrelink, dem staatlichen Kreditgeber, betrachten mich erst mit fünfundzwanzig als unabhängig. Bitte, lieber Gott, lass mich bis dahin längst über alle Berge sein. Wie auch immer, Kleine, es ist ein besonders demütigendes Dasein, das ich hier in der Acacia Terrace 16 hege, und es macht die Beziehung zu meinen Eltern beschissener, als sie sein sollte. Demnächst mehr dazu. Was mich zu meinem nächsten Punkt führt.

4) Sobald ich mit der Uni fertig bin, ziehe ich hier aus. Wenn es sein muss, werde ich noch mehr Stunden im Land der zerplatzten Träume abreißen, um die Miete zahlen zu können. Ich will irgendwohin, wo es erschwinglich ist, aber nicht ans Ende der Welt. Wer weiß, was mich an der Karrierefront noch alles erwartet. Eines jedenfalls ist jetzt schon absehbar: Irgendwann in den nächsten Jahren werden mir mein Vater, mein Onkel und diverse andere damit in den Ohren liegen, ich müsse mir ein Haus kaufen. »Ich habe dieses Haus gekauft, als ich so alt war wie du jetzt«, »Mieten ist rausgeschmissenes Geld« usw. usw. Weißt du, Kleine, ich betrachte Mietzahlungen als den Preis für die Freiheit und nicht als totes Kapital. Wie kann man nur Dads in den 70ern getätigten Kauf unseres Vierzimmerhauses für 24.000 $ mit dem Kauf eines Vierzimmerhauses in irgendeinem halbwegs netten Vorort für heutzutage mindestens 600.000 $ vergleichen? Halten sie das wirklich für fair? Und dazu kommen noch

die Rückzahlungen für den Studienkredit. Ich krieg schon Schweißausbrüche, wenn ich nur daran denke. All das hast du noch vor dir, Kleine.

5) Ich glaube, die Kirschen der Nachbarn schmecken viel süßer als meine eigenen. Ich bin nicht gerade glücklich darüber, dass andere ihr Leben im Griff haben und es genießen, dass sie Geld, Unabhängigkeit, Intelligenz, Einfluss und heiße, verdammt heiße Freundinnen ihr Eigen nennen. Mein Kumpel Rohan hat vor ein paar Tagen angerufen und mir mitgeteilt, dass er grad die Anzahlung für ein Haus in Merewether, einem Stadtteil von Newcastle, gemacht hat. Er arbeitet gerade mal seit zwei Monaten. »Woher hast du denn die Anzahlung?«, konnte ich nicht umhin, ihn zu fragen, obwohl ich die Antwort schon kannte. »Von meinem Dad.« Na klar, woher auch sonst. Schön für dich, Ro. Bin ich nicht widerwärtig? Mehr solcher Beispiele gebe ich dir nicht, was würdest du sonst von mir denken? Das Fazit ist, ich kann einfach nie zufrieden sein mit dem, was ich habe. Ich vergleiche mich ständig mit den anderen.

6) Ich bin jung; ich bin gesund (oder so was in der Art); ich hab ein Dach überm Kopf, Essen auf dem Tisch, es ist warm; ich habe Freunde; ich darf studieren; ich wohne in einer sicheren Stadt mit sauberen Stränden – und mir geht's die meiste Zeit ziemlich miserabel. Einen Großteil meiner Zeit verbringe ich damit, mir die Schläfen zu massieren und mich über die verschiedensten Missstände aufzuregen. Wenn du mich jetzt entschuldigen würdest, ich hör hier mal auf, damit ich beobachten kann, wie der letzte Widerschein des rosa-orangen Sonnenlichts, das den Raum in dämmriges Halbdunkel hüllt, an der Wand erlöscht.

Chris

Lug und Trug

Der Beethoven-Tanz

Als Lizey und ich noch klein waren, vielleicht neun und fünf, hat Dad nach dem Abendessen eine Ruhe-Zeit eingeführt. Wenn wir mit dem Essen fertig waren und Mum (immer Mum) den Tisch abgeräumt hatte, sollten ich und Lizey drüben bei der Couch auf der anderen Seite des Raums »in Stille lesen, spielen und verdauen«. Fernsehen war »STRENG VERBOTEN«. Wir konnten tun und lassen, was wir wollten, solange wir dabei still waren und uns in die Wohnzimmerecke zurückzogen. Mum und Dad blieben am Tisch sitzen und Dad schenkte Wein nach, zündete Mum und sich selbst zwei Zigaretten an und legte klassische Musik auf. Er und Mum saßen schweigend da und lasen, während Lizey und ich die Uhrzeiger beobachteten. Die Musik, die Dad meist – und manchmal auch heute noch – aussuchte, war laut und aufbrausend, durchdringend und düster. Er legte immer wieder eine bestimmte Auswahl von Beethoven, Liszt und Chopin auf. Hin und wieder war etwas von Sibelius dabei, was weniger nervtötend war und meist davon zeugte, dass er gute Laune hatte. Mum gefielen Klavierstücke besser, sie zog sie Dads donnernder Orchesterauswahl vor. Sie mochte Granados, Rodrigo, Mompou. Aber in unserer Ruhe-Zeit hörten wir sie fast nie. Sie legte sie zum Kochen und Saubermachen auf, wenn sie in der Küche war. Natürlich allein.

Lizey war die frechere von uns beiden, sie hatte eine kürzere Aufmerksamkeitsspanne und war eine wilde Tänzerin. Ich war »leicht beeinflussbar«. Diese beiden Umstände zusammen führten zu einem unserer Lieblingsspiele in der Ruhe-Zeit, dem Beethoven-Tanz. Der Beethoven-Tanz entstand in der Zeit, als gerade Beethovens Neunte angesagt war, auch wenn sich das Spiel nicht nur auf Beethoven beschränkte. Das wilde Tempo, die Ernsthaftigkeit und Intensität des zweiten Satzes und Dads innige Freude daran forderten einen gewissen Spott geradezu heraus.

Lizey war die Choreografin des Beethoven-Tanzes und beschränkte sich dabei ausschließlich auf Bewegung und Mimik, da jegliches Geräusch untersagt war. Wir marschierten mit konzentriertem Gesichtsausdruck auf völlig übertriebene Art im Takt der Musik durchs Zimmer, änderten mit einem jeden Paukenschlag die Richtung. Wenn die Musik an Tempo und Intensität zulegte, durchbrachen wir den Marschkreis und galoppierten auf unseren Fantasiepferden umher. Wir ritten in einer Acht durchs Zimmer, selbstverständlich immer zum Takt der Musik, und trieben die Pferde gelegentlich mit imaginären Gerten an.

Lizey erfand noch ein paar Extraschritte, die wir abwechselnd zum Takt der Paukenschläge machten. Jedes Mal wenn der Schlussakkord erklang, ließen wir uns auf den Boden fallen und lachten uns kringelig, aber strikt nach Vorgaben der RZ – ohne einen Ton von uns zu geben. Zu mindestens achtzig Prozent hatte der Beethoven-Tanz das Ziel, bei Dad eine Reaktion hervorzurufen. Er tat, als ob er nichts bemerkte, voll konzentriert in seine Zeitung/das Drehbuch/den *New Yorker* vertieft sei, mit der Brille vorn auf der Nasenspitze. Aber wenn das Finale nahte, umspielte manchmal das leiseste Lächeln seine Mundwinkel, und hin und wieder konnte er sich ein leichtes Kopfschütteln nicht verkneifen.

»Mädchen«, ermahnte uns Mum dann und verbarg ihr Lächeln, indem sie einen Schluck Wein trank.

Heute ist Donnerstag, einer der beiden Abende in der Woche, an denen ich nicht arbeite. Dad ist mindestens noch den ganzen nächsten Monat zu Hause. Jess liegt seit sieben im Bett und Mum, Dad und ich haben gerade zu Abend gegessen. Es ist gleich halb neun. Ich schiebe den Stuhl zurück und begebe mich auf die Couch. In unserem kleinen Haus ist das Esszimmer zugleich das Wohnzimmer, das Fernsehzimmer und natürlich auch der Rauchsalon. Die Ruhe-Zeit gibt es schon lange nicht mehr und ich mache es mir vor *Greys Anatomy* gemütlich.

»Amelia«, sagt da mein Vater, »wollen wir stattdessen nicht lieber Musik hören?«

Ich werfe ihm einen finsteren Blick zu. »Wenn ich es aufnehmen und später ansehen könnte, nachdem die Raucher zu Bett gegangen sind, würde ich das vielleicht tun. Da wir aber kein entsprechendes Gerät besitzen, muss ich es mir wohl live ansehen.«

Unser Video-/DVD-Player hat schon vor über einem Jahr den Geist aufgegeben und seitdem haben wir keinen neuen gekauft. Dazu fällt ihm nichts mehr ein, aber er ermahnt mich, den Ton leiser zu stellen. Beim Vorspann kehre ich den beiden den Rücken zu. Ich höre das verhasste Tock-tock, als er eine Zigarette aus der Schachtel klopft, sie Mum reicht und dann eine weitere für sich herausklopft. Ich rüste mich für das Klicken und Aufflammen des Feuerzeugs. Als mir der ätzende Rauch in die Nase steigt, ziehe ich mir den T-Shirt-Kragen über das Gesicht. Es nützt nichts. Ich konzentriere mich auf die Dialoge im Fernseher und versuche, Mums und Dads Stimmen auszublenden.

In der ersten Werbepause drehe ich mich um und werfe Dad einen meiner besten bösen Blicke zu. Starren ist das Einzige, was ich mich als Protest gegen das Rauchen noch traue. Wie ich Chris schon in dem Brief geschrieben habe, kann Dads Zorn beängstigend sein, und wenn ich über das Rauchen meckere, kann ich mir sicher sein, dass ich ihn auf mich ziehe.

Es war vor sieben Jahren, ich war acht, als sein unbändiger Zorn das erste Mal über mich hereinbrach. Ich hatte überall im Haus Rauchverbotsschilder aufgehängt, wie ich Chris schon erzählt habe. Dann stibitzte ich alle Zigaretten im Haus (einschließlich des Geheimvorrats von zwei Stangen zollfreier Winstons) und entsorgte sie in einem Container hinterm Haus.

Als es auf 18 Uhr zuging, war Dad außer sich vor Wut. Er tobte wegen des Nikotinentzugs und war absolut nicht in der Stimmung, seine protestierende achtjährige Tochter irgendwie niedlich zu finden. Wenn er schreit, ist es nicht die Lautstärke, die mich in Angst und Schrecken versetzt. Er schafft es irgendwie, einen Ton zu treffen, der jeden Widerstand im Keim erstickt, der den Versuch, sich zu wehren, von vornherein ausschaltet. Er ist das verbale Gegenstück zu diesen Dinosauriern aus *Jurassic Park,* die ihre Beute mit lähmendem Glibber bespucken. Wenn man erst mal lahmgelegt ist, weiß man genau, dass man ihnen ausgeliefert ist – und das ist ätzend. Merkwürdig ist auch, worüber er sich manchmal aufregt und ein anderes Mal nicht.

Als Lizey das letzte Mal in den Semesterferien hier war, lieh sie sich das Auto unserer Eltern und hat beim rückwärts Ausparken einen Pfeiler gerammt. Es hat mächtig gekracht. Sie ist direkt nach Hause gefahren und hat Dad stockend ihr Herz ausgeschüttet. Sie machte sich fast in die Hose vor Angst davor, wie er reagieren würde. Er untersuchte ganz ruhig die Kratzer im Lack, das eingedrückte Rücklicht und die riesige Delle am Kofferraum.

Lizey brach in Tränen aus und betete Entschuldigungen herunter.

»Aber mein Liebling«, sagte er und tätschelte ihr die Schulter. »So was kann mal passieren. In Zukunft wirst du wohl besser aufpassen müssen.«

Und das war's.

Meinen finsteren Blick während der Werbepause in *Greys Anatomy* erwidern weder Mum noch Dad. Mein Vater pustet den Rauch aus, während er von dem Bühnenautor berichtet, der das Stück, das er gerade am Brooke Street Theatre inszeniert, geschrieben hat.

»Er kommt zu fast allen Proben und beobachtet mich mit Argusaugen. Er unterbricht die Schauspieler, wenn sie das falsche Wort betonen oder es nicht so betonen, wie er sich das vorstellt. Er scheint nicht zu kapieren, dass, nachdem er das Stück geschrieben hat, seine Arbeit beendet ist und meine beginnt.«

»Ojemine«, murmelt Mum und nimmt verständnisvoll nickend einen Zug von ihrer Zigarette.

»Im dritten Akt versuche ich, das Tempo rasant zu steigern, was zum größten Teil durch den Dialog passiert. Wenn ich mich an jedes Komma und Apostroph halten würde, das er eingefügt hat, beeinträchtigt es das Tempo. Also sage ich den Schauspielern, dass die Energie untereinander und die Dynamik wichtiger sind, als sich exakt an Satzzeichen und Klammern zu halten, die dieser Mann wie besessen eingestreut hat. Teile seines Skripts widersprechen dem, was er – glaube ich – eigentlich erreichen will. Wie dem auch sei, er dreht vollkommen durch, weil er Angst hat, sein Dialog könne untergehen. Der Dialog bedeutet *alles!* Für ihn vielleicht, aber ich muss zusehen, dass das Ganze auch auf der Bühne funktioniert.«

»Na klar.«

»Ein guter Dialog ist das A und O. Ein funktionierender Dialog ist alles. Aber nicht der Dialog für sich genommen.«

»Genau.«

»Nach der Probe gestern Abend habe ich mit der Truppe im Foyer noch was getrunken. Er sah noch betrübter aus als sonst. Er drängte mich in die Ecke und fragte mich: ›Also Robert, mal ganz ehrlich, was hältst du eigentlich von dem Manuskript?‹ – ›Na ja, Peter‹, habe ich ihm geantwortet. ›Es *schreit* geradewegs nach einem verdichtenden Moment.‹«

»Ach Liebster!« Mum schüttelt den Kopf und streift die Asche von ihrer Zigarette.

»Also mal ehrlich, was für ein Jammerlappen! Ich

werde von einem Sechsundzwanzigjährigen verfolgt, der noch jede Menge über das Theater lernen muss, und soll dabei noch meine Arbeit machen. Er hält mich davon ab, vergrätzt die Schauspieler und in zwei Wochen soll die Premiere sein.«

»Ja, aber warum schließt du ihn so dermaßen aus? Warum bist du so rabiat? Noch dazu, wo dieser junge Mann doch als *der* beste zukünftige Bühnenautor seiner Generation gehandelt wird?«

»Ist mir völlig schnuppe, als was er gehandelt wird. Er soll mich meine Arbeit machen lassen.«

»Hmmmm.«

Mums Missbilligung ist ungefähr so ernst zu nehmen wie Dads Missbilligung des Beethoven-Tanzes. Man kann heraushören, dass es ihr durchaus gefällt, wenn er niemandem die Füße küsst. Obwohl er längst eine bequeme Festanstellung beim Sydney Theatre hätte haben können, wenn er sich hin und wieder den richtigen Leuten gegenüber umgänglicher gezeigt hätte. Stattdessen muss er ständig von einer Produktion zur nächsten reisen.

»Möchtest du noch eine Zigarette, Liebling?«

»Ja, gern.«

Jetzt reicht's. Ich erhebe mich, schalte den Fernseher aus und marschiere demonstrativ hinaus. Es war sowieso eine blöde Folge.

»Sieht so aus, als ob Amelia eingeschnappt abgerauscht wäre«, höre ich ihn feixen. Das ist einer seiner Lieblingssätze. Ich biete ihm viele Gelegenheiten, ihn anzubringen.

Ich sitze oben in meinem kleinen Zimmer auf dem Bett mit dem Rücken gegen die dünne Wand, die mein Zimmer von Jessies trennt. Meine Kleidung und meine Haare riechen nach Rauch. Auch meine Wut ist noch nicht verraucht. Es ist schon interessant, wie das Dampfablassen oder Wut im Allgemeinen sich als derart körperlicher Vorgang zeigen, ähnlich wie eine Welle, die an den Strand rauscht und wieder zurückweicht.

Es bedarf einer gewissen Weisheit, bestimmte Leute nicht zu vergraulen. Ich weiß, dass meine Eltern mir in dieser Sicht der Dinge nicht beipflichten würden. Zu dieser Weisheit gehört meines Erachtens auch, sich mit den richtigen Leuten gut zu stellen, wodurch sich Türen öffnen, die mit »kompromisslos sein« verschlossen blieben.

Das trifft zumindest auf mich zu. Wenn man sich zum Beispiel Woolies ansieht: Bianca hat die Diensteinteilung in der Hand. Sie beherrscht den sozialen, aber auch den praktischen Bereich, weil sie die dienstälteste Leiterin ist. Sie hat eine feste Schar von Anhängern um sich versammelt – Jeremy Horan, Street-Cred-Donna und ein paar andere. Sie sind alle ungefähr so alt wie ich. Sie halten sich an einen bestimmten Kodex aus Einschmeicheln, Unterwerfung, Raucherpausenritualen und verschiedenen Graden von Flirtverhalten.

Als Vorgesetzte entscheidet Bianca, wer an der Kasse sitzt und wer, wenn es mal ruhiger ist, sich davon entfernen darf, um »offiziell« Einkaufswagen einzusammeln und Ware nachzufüllen, aber eigentlich nur von den Kassen abberufen wird, um sie zu unterhalten. Ganz offensichtlich bevorzugt sie ihre Zöglinge. Sie sitzen deutlich am wenigsten Zeit an der Kasse ab. Sie verbringen zugleich weitaus mehr Zeit bei Bianca zu Hause, in der Villa ihrer Eltern, wo sie nach und nach den Weinkeller ihres Vaters leer trinken. Chris, Ed und Kathy gehören auch dazu, aber stehen mit Bianca auf einer Stufe, nicht unter ihr, weil sie im selben Alter sind.

Ich nehme bei Woolies in gewisser Weise einen Platz im Niemandsland ein. Ich zähle auf jeden Fall nicht zu Bianca und ihrer Gefolgschaft. Ich könnte natürlich behaupten, ich wäre so integer, dass ich mich weigere, mich bei ihr einzuschleimen. Etwas näher an der Wahrheit wäre, dass ich einfach nicht weiß, wie. Mal ganz ehrlich, es gibt einen Teil in mir, der gerne mit ihnen herumhängen würde, draußen vor der Hintertür, im eingeschworenen Kreis rauchen und lachen und nach der Arbeit noch in den Pub gehen. Der einzige Grund, warum sie mich nicht komplett abschotten, ist meine Freundschaft zu Chris, die wahrscheinlich für die meisten ein völliges Rätsel ist. Sie schleichen skeptisch lächelnd um mich herum und sind sehr bemüht, nicht geradeheraus unfreundlich und abweisend zu mir zu sein, weil man ja nie wissen kann, was ich möglicherweise noch an gesellschaftlichem Kapital einbringen könnte. Chris schleimt sich im Grunde genommen nirgendwo ein. Er braucht bloß seine Charmeoffensive zu starten und die Leute mögen ihn, weil er sie zum Lachen bringt und dafür sorgt, dass sie sich gut fühlen. Er ist selbstbewusst. Wo er das wohl herhat? Kann *ich* auch was davon haben?

Ich bin müde. Morgen ist Freitag. Netzball-Training um 7.20. Doppelstunde Geschichte, Doppelstunde Mathe. Nach der Schule muss ich von 16 bis 21 Uhr arbeiten. Um 6.20 gehe ich in Sportsachen aus dem Haus. Und um 7.20 kommt der Bus an der Schule an. Inzwischen ist es zu kalt zum Laufen. Es ist Winter.

Ich stopfe den Schulrock, die weiße Bluse, Pullover, braune Schuhe und Strumpfhose in einen Stoffbeutel. Dann packe ich meine Arbeitsklamotten ein: schwarze Cargohose, schwarze Schuhe, Socken, rote Fliege und Namensschild. Ich kämpfe mit dem Reißverschluss und prüfe das Gewicht der Tasche. Auweia.

Ich suche meine Hefter und Bücher zusammen und packe sie in meinen Rucksack: das fette Mathe-Buch, den gewaltigen Geschichtsordner und das dazugehörige Buch *The Great War,* das wir gerade lesen, Taschenrechner, Französisch- und Englischhefter, Französisch-Wörterbuch, *Macbeth*. Ich kämpfe auch mit diesem Reißverschluss und muss am Ende den Geschichtsordner wieder auspacken. Ich werde die Schulsachen auf dem Rücken tragen müssen, den Stoffbeutel über der Schulter und den Geschichtsordner unterm Arm. Ich muss dran denken, die Monatskarte in die Tasche meiner Trainingshose zu stecken, damit ich nicht alles abstellen und danach im Rucksack kramen muss, wenn der Bus kommt.

Ich zieh den Schlafanzug an, putze mir die Zähne, wasche das Gesicht und creme es ein. Dann tapse ich zu der schlafenden Jess ins Zimmer, beuge mich behutsam über sie und lausche ihrem Atem. Ich lege ihren Teddybär wieder ordentlich neben sie. Sie haben noch keine Nacht getrennt voneinander verbracht. Ich küsse sie auf die warme, kleine Wange, atme den köstlichen Duft von schlafendem Kleinkind ein und tapse wieder hinaus.

In meinem Zimmer bleibe ich lange genug vorm Spiegel stehen, um mir zu versichern, dass ich noch genauso aussehe wie gestern. Im Bett ziehe ich die Nachttischschublade auf und hole Chris' Brief heraus. Mein Blick huscht über seine Schrift. Ich reibe die Füße aneinander, um sie zu wärmen. Ich rolle mich zusammen und denke: Die Sonne geht auf, die Sonne geht unter, und immer noch kein Chris.

Schwesternschaft

Ich weiß nicht mehr genau, wie es dazu kam, aber irgendwann sind dort, wo ich mit Penny und den anderen immer mittags esse, ein paar Jungs aufgekreuzt. Sie unterhalten sich mit uns. Na ja, mit mir nicht, aber mit den meisten anderen und am meisten eigentlich mit Penny. Die Jungs sind alle im selben Jahrgang wie wir. Keiner von ihnen ist einer der Rugby-Spieler, die ich schon mal erwähnt habe. Unsere Clique wäre ihrer gar nicht würdig. Ich schnappe ein paar ihrer Namen auf: Daniel, Leonard, Sam, James. Sie werden von einem Scott angeführt, den ich nicht abkann. Ich habe ihn dabei beobachtet, wie er dieses Jahr schon andere Mädchengruppen abgegrast hat. Er hält sich anscheinend für ganz besonders toll, ein echter Aufreißer. Einige der Jungs könnten Shampoo vertragen, andere ein Deo, wieder andere Clearasil. Sie sind sehr darum bemüht, cool rüberzukommen. Das Lachen klingt oft aufgesetzt. Manche nicken Penny zu, als würden sie sie kennen. Sie kennt sie offenbar ebenfalls.

»Woher kennst du die denn?«, raune ich ihr am ersten Tag, nachdem sie sich zu uns gesellt hatten, zu.

»Sie fahren mit dem gleichen Bus wie ich«, entgegnet sie, richtet sich auf und packt die Sandwiches aus, die ihr Dad gemacht hat.

Scott setzt sich neben sie auf die andere Seite und sie unterhalten sich fast die gesamte Mittagspause hindurch.

Ich weiß meist nicht so genau, was ich machen soll, wenn Penny mit jemand anderem beschäftigt ist. Ich bin auch mit anderen in unserer Clique befreundet, aber ich fühle mich unsicher ohne unseren gewohnten Doppelakt. Verwirrt. Ich unterhalte mich mit Eleni und Nicola – noch so ein Zweiergespann innerhalb der größeren Gruppe –, aber ich kann mich nicht so richtig auf unser Gespräch konzentrieren. Am Ende der Mittagspause empfinde ich einen gewissen Ärger, den ich versuche zu verdrängen.

Es gibt Wichtigeres, sage ich mir.

Als ich an diesem Nachmittag zur Arbeit komme, sitzt Chris bereits an einer Kasse. Kathy treibt sich in seiner Nähe herum, aber ich kann sehen, dass der Kathy-Virus heute auf dem Rückzug ist, hoffentlich ein für alle Mal.

Ich schließe meinen Schrank im Belegschaftsraum auf, um meinen Rucksack und den Stoffbeutel hineinzustellen. Im Spind liegt ein zusammengefaltetes gelbes Papier, das, wie sich herausstellt, mehrere mit blauem Kugelschreiber beschriebene Seiten in Chris' Handschrift sind. Ich lächle und stehe reglos da, meine Daumen streichen zärtlich über das Papier. Ich stelle mir vor, wie ich

Chris' Hand halte – nicht wie einen die eigene Mutter bei der Hand hielt, sondern mit ineinander verschränkten Fingern – und wie ich mit dem Daumen über die Vertiefung zwischen seinem Daumen und Zeigefinger streiche.

Der Aufenthaltsraum ist plötzlich voller Geplapper und schrillem Gelächter – es sind Alana und Kelly, die auch gerade aus der Schule kommen und nach Rauch riechen.

»Hi«, sage ich, aber sie scheinen mich weder zu hören noch zu sehen. Ich gehe an meine Kasse. Es gibt Wichtigeres, sage ich mir noch einmal.

»Wie zum Teufel geht's dir, Kleine?«, begrüßt mich Chris freudig, während ich das Geschlossen-Schild vom Warenband neben seinem nehme. »Hast du's gefunden?«

»Na klar, und ich freu mich schon, es zu lesen.«

»Wie war's heute in der Schule?«

»Na ja«, entgegne ich. »Neuerdings kriegen wir Jungsbesuch in der Mittagspause.«

»Wie aufregend!«

»Nicht wirklich. Sie sind nicht besonders aufregend.«

»Hey, sei nicht zu streng mit fünfzehnjährigen Jungs, Kleine. Sie geben ihr Bestes.«

»Ich wünschte, sie würden es anderswo tun.«

Wie auf Befehl kommt Jeremy Hogan auf dem Weg zum Belegschaftsraum vorbei und ignoriert Chris und mich geflissentlich. Höchstwahrscheinlich aber nur mich.

»Hallo Jeremy!«, ruft Chris mit gefährlich klingender aufgesetzter Freundlichkeit.

Jeremy bleibt nichts anderes übrig, als rüberzusehen und »Tag, Chris« zu murmeln.

»Und an Amelia erinnerst du dich doch sicher auch noch?«

Jeremy wirft Chris einen wütenden Blick zu. »Klar«, bringt er hervor. »Wie geht's denn?«

»Supergut, danke, Jeremy«, strahle ich und unterdrücke ein Kichern.

»Dann lass dich mal nicht weiter aufhalten, Tiger«, sagt Chris. »Heute solltest du besser nicht zu spät an deine Kasse kommen – Bianca ist nicht da.«

Jeremy trollt sich.

Chris lächelt mir zu. »Wenn's nach ihm geht, hat dieser besondere Moment zwischen euch nie stattgefunden.«

»Wie kann er nur?«, sage ich mit gespielter Empörung. »Vielleicht … vielleicht, war es auch einfach nicht *sooo besonders.«*

»Aber wir wissen doch beide, dass das vollkommener Quatsch ist!«

In falscher Verzweiflung schlage ich die Hände über dem Kopf zusammen.

»Armer Jeremy, arme Alana und Kelly«, sagt Chris, während wir zusehen, wie die drei an uns vorbeischleichen. »Wenn Bianca nicht da ist, müssen sie tatsächlich mal arbeiten.«

»Das ist *so* gemein.«

»Und wie. Ich frage mich, ob Amnesty International schon informiert ist.«

»Wie kommst du mit deiner Abschlussarbeit voran?«, wechsle ich das Thema.

»Ach, diese olle Kamelle. Ich hab sie noch nicht im Griff. Aber ich habe diese Woche mit einem sehr interessanten Experiment angefangen.«

»Welche Hypothese hat dein Experiment?«

»Ich versuche herauszufinden, ob ein Zwanzigjähriger dauerhaft von schwarzem Kaffee, Rotwein, Bio-Datteln und Paracetamol leben kann.«

»Hmmm.«

»Es ist schon Mittwoch und ich bin noch immer putzmunter.«

Ich sehe ihn mir genauer an. Die dunklen Ringe um die Augen sind noch dunkler als sonst, seine Lippen sind spröde und aschfahl, genau wie sein Gesicht. Der letzte Haarschnitt liegt auch schon etwas länger zurück. Zweitagebart. Er ist wunderschön.

Um neun eile ich nach der Arbeit nach Hause und taste immer wieder nach dem Brief in meiner Tasche. Zu Hause ist es still. Dad ist bei der Probe und Mum und Jess schlafen schon. Mum hat mir einen Zettel geschrieben, dass mein Abendessen im Backofen steht. Ich hole eine mit Folie bedeckte weiße Schüssel aus dem Ofen. Als ich die Folie abnehme, verbrennt der heiße Dampf mich am Handgelenk. Ich jaule kurz auf und sehe in die Schüssel. Gebratene Nudeln mit Schweinefleisch und Gemüse. Es duftet köstlich und ich bin am Verhungern. Danke, Mum. Ich setze mich an den Esstisch, die Gabel in der einen Hand, den Brief in der anderen.

Sei gegrüßt, Kleine!

Ich sitze gerade in einer Vorlesung über das Fiasko in der Schweinebucht. Wenigstens steht im Kursplan, dass es um das Fiasko in der Schweinebucht geht. Ich habe nicht die leiseste Ahnung, wovon der Dozent da faselt, und es fasziniert mich, wie jemand und insbesondere jemand, der beruflich mit Sprache zu tun hat, ein derartiges Maß an Unverständlichkeit zustande bringen kann. Hätte ich vorher gewusst, dass es dieser Typ ist, wäre ich gleich in die Uni-Bar. Aber nein, ich kam vor Freude springend in den Hörsaal und habe mich direkt in die Mitte gesetzt. Ich komm hier nicht mehr raus, ohne über mindestens fünfzehn Leute zu steigen und jedermanns Aufmerksamkeit zu erregen. Ich sitze hier die nächsten fünfundvierzig Minuten fest.

Ich habe darüber nachgedacht, was du gesagt hast, als wir Pizza essen waren, darüber, wie deine Mum von unseren modernen Zeiten reingelegt wurde. Von deinem (etwas vereinfachenden) Standpunkt aus betrachtet, hat der Feminismus dazu beigetragen, dass sie Vollzeit berufstätig sein kann, dazu noch den gesamten Haushalt schmeißen, die Kinder gebären und versorgen darf. Ich bin mir immer noch nicht sicher, ob das was mit Feminismus zu tun hat, aber sie wird übers Ohr gehauen – da hast du sicher recht. Ich habe eine Menge Artikel im Herald *gelesen. Die alle besagen, dass der Anteil der weiblichen Arbeitnehmer über die letzten dreißig Jahre hinweg stetig angestiegen ist, aber die Übernahme der häuslichen Tätigkeiten durch die Männer hat im Vergleich dazu nicht zugenommen. Das kann ich unterschreiben. Auch bei uns zu Hause trägt meine Mum den Löwenanteil am Kochen und Putzen. Das war schon immer so. Mein Dad täuscht Unfähigkeit vor. Wenigstens glaube ich, dass er sie vortäuscht.*

Vielleicht hat das was mit ihrer Generation zu tun. Unsere Mütter wurden beschissen, weil sie die Generation waren, denen es offenstand, arbeiten zu gehen, ihr eigenes Einkommen zu verdienen und sich mit was anderem als dem Haushalt zu beschäftigen. Erst als sie das erreicht hatten, wurde ihnen bewusst, dass Vollzeitbeschäftigte eine Ehefrau brauchen, die sich um Haushalt und Kinder kümmert. Aber Frauen haben keine Ehefrauen! »He, Moment mal! Heißt das, ich soll alles alleine machen?« Ja, das heißt es. Man erwartet sogar von ihnen, dass sie arbeiten gehen und Geld verdienen, weil die Zeiten, in denen die Hypothek und der Haushalt von einem einzigen Einkommen bestritten werden konnte, endgültig vorbei sind.

Vielleicht werden die nachfolgenden Generationen dieses Muster wieder durchbrechen. Aber eigentlich glaube ich nicht daran, weil wir alle miterlebt haben, wie unsere Mütter alles bekommen haben und deshalb auch alles tun mussten, während unsere Väter vorm Fernseher saßen und darauf warteten, zum Essen gerufen zu werden. Wenn du erwachsen bist, Kleine, und einen Typen kennenlernst, wird er daran gewöhnt sein, im Haushalt keinen Finger krumm zu machen, und du wirst daran gewöhnt sein, dass die Frau alles macht, weil ihr beide es nicht anders kennt. Hin und wieder werdet ihr euch deswegen streiten. Du wirst sagen, so geht's nicht weiter, das reicht einfach nicht aus, und er wird dir feierlich zustimmen und dir versprechen, darüber nachzudenken. Nach dem Streit wirst du ein paar Wochen lang nach Hause kommen und das Bett ist gemacht, das Geschirr gespült und und deine besten Klamotten wurden in einer riesigen, wild zusammengewürfelten, gut gemeinten Waschladung ruiniert. Aber irgendwann in deinen Mitt-

oder Endzwanzigern wird dir allmählich bewusst, dass es in seinem System kein Programm dafür gibt, dauerhaft die gleichen Hausarbeiten auszuführen, und dann bleibt dir nur die Wahl, dich von ihm zu trennen oder dich damit abzufinden. Wer weiß, welche Wahl du und die Mädchen deiner Generation treffen werden …

Aber ich wollte eigentlich etwas mehr auf den Feminismus eingehen, als ich diesen Brief angefangen habe. Ich war schwer beeindruckt davon, dass deine Lehrerin einer Klasse von Fünfzehnjährigen den Weiblichkeitswahn *zu lesen aufgibt. Du meintest, dass Betty Friedan der Zweiten Feminismus-Welle angehörte. Wusstest du auch, dass diese von der Ersten Welle der Frauenbewegung ausging (boah!) und die Dritte Welle der Frauenbewegung darauf folgte? Hat eure durchgeknallte Englischlehrerin euch auch darauf hingewiesen? Das lernt man alles an der Uni, wenn man einen Abschluss in Geisteswissenschaften macht, so wie ich. Gestatte mir eine kurze Einführung. Du hast wahrscheinlich auch als kleines Mädchen* Mary Poppins *gesehen. Vielleicht hast du den Film sogar mehrmals gesehen, wie meine Schwester Zoe, und, na ja, ich war zufällig in der Nähe vom Fernseher, als er lief. Aus dem ersten Lied des Vaters der Kinder (was für ein Depp, oder?) lässt sich schließen, dass es um 1910 gewesen sein muss. Die Mutter singt die Ouvertüre, als sie von den Protesten gegen die Ausbeutung der Frau oder für das Frauenwahlrecht nach Hause kommt. Sie trägt die Schärpe der Feministinnen jener Zeit. Sie singt von den Frauenrechtlerinnen, die sich von ihren langjährigen Fesseln befreien und Schulter an Schulter mit ihren Schwestern ins Gefecht ziehen. Rufe nach dem »Wahlrecht für die Frau!« werden laut. Dann erfährt man von einer Mitstreiterin, die verhaftet worden ist. Im Allgemeinen wird dieser ursprüngliche Aufstand als die Erste Welle der Frauenbewegung oder die Erste Welle der feministischen Revolte bezeichnet. Im ausgehenden 19. und zu Beginn des 20. Jahrhunderts gab es Frauen, die sich beschwerten und darüber schrieben, dass man sie als Menschen zweiter Klasse behandelte. Sie hatten kein Stimmrecht, sie wurden weithin benachteiligt und sie waren im Grunde genommen Besitztum des Mannes, ganz besonders in der Ehe. In den Sechzigern kam es dann erneut zu einem Aufstand, die Zweite Welle der feministischen Revolte, die der feministischen Lehre Tür und Tor öffnete. Es folgten zahlreiche Schriften und Abhandlungen über das Recht der Frau in Erziehung und Bildung, am Arbeitsplatz, in der Rechtsordnung, in der Gesundheitsvorsorge usw. usw. Daraus entwickelten sich verschiedene Richtungen der Frauenbewegung, über die du alles erfahren wirst, wenn du erst mal studierst.*

Es gibt einige besonders interessante feministische Analysen der Ehe, die den Beobachtungen über die Ehe deiner Eltern im Großen und Ganzen entsprechen. Selbst unter den gemäßigten Frauenrechtlerinnen herrscht allgemeiner Konsens, dass die Ehe als grundlegendes Instrument dient, das Patriarchat aufrechtzuerhalten. Wie dem auch sei, Anfang der 80er kam es zur Dritten Welle in der Frauenbewegung, die folgerichtig darauf verwies, dass die Unterdrückung der Frau, wie sie von der Ersten und Zweiten Welle beschrien worden war, sich fast ausschließlich an Frauen der weißen Mittelschicht mit einem gewissen Bildungsgrad festmachte. Sie hatten zwar zweifellos recht und haben viel erreicht, aber sie benutzten die Worte »Frau« und »Feminismus«, als wären damit alle Frauen der Welt unabhängig von sozialer Schicht und Herkunft gemeint.

Die Frauen der Dritten Welle sind sich sehr wohl der Unterschiede aufgrund unterschiedlicher »Pfeiler der Unterdrückung und Ungleichheit« quer durch die Gesellschaft bewusst. Was in den Lehrbüchern der westlichen Welt als Feminismus bezeichnet wird, ist eigentlich nur eine von vielen Ausprägungen des Feminismus. Das macht dich platt, was?

Sprich mal deine durchgeknallte Englischlehrerin auf Kate Jennings an, Kleine, das ist meine Lieblingsautorin. Ich kann sie dir nur wärmstens empfehlen. Sie wird dir all das beibringen, was im Leben zählt. Sie wird nichts beschönigen und dir nichts vormachen. Sie redet Tacheles, und wenn du schon komplett ernüchtert bist, bringt sie dich zum Lachen. Sie hört auf niemanden und ist absolut furchtlos. Damit du mal hörst, wie sie klingt – hier ein Auszug aus ihrer zweiten und dritten Feminismus-Kritik:

»Das gut gemeinte Geschwätz über Schwesternschaft wurde abgelöst von ausgefeilteren, aber ebenso zweifelhaften Behauptungen über den ›Unterschied‹, im Sinne von Pluralität. Selbstverständlich ist es nicht schwer, sich zur Pluralität zu bekennen – die Politiker schwelgen regelrecht in Bildern von Regenbogen und Mosaiken, während die Feministinnen Zöpfe und Patchworkdecken bevorzugen –, aber es ist noch einmal etwas ganz anderes, ihr auch Rechnung zu tragen.«

Bist du nicht schon ganz heiß darauf zu studieren? Du kannst den lieben langen Tag mit derartigen Diskussionen zubringen – kein Mathe, kein Bio mehr! Aber geh bloß nicht in »Geschichte der amerikanischen Außenpolitik«. Das könnte dein Ende bedeuten.

Also, Kleine, ich hoffe, dass du mit dem oben Erwähnten im Unterricht glänzen kannst, obwohl du das wahrscheinlich auch so tust. Hier ein paar abschließende Bemerkungen zu den »Unterschieden« und den »Pfeilern der Unterdrückung« und wie uns die Dritte Welle gelehrt hat, darüber zu denken. In vielen Soziologie-Seminaren, die ich besucht habe, und in einem Großteil der Lehren per se, wird der »Unterschied« anhand des Vergleichs von uns erfolgreichen, wohlhabenden Australiern mit Menschen in Entwicklungsländern oder Kriegsgebieten deutlich gemacht. Selbst ein Blinder kann erkennen, dass es enorme Unterschiede gibt zwischen den Möglichkeiten und Erfahrungen von uns Australiern und Menschen, die in permanenter Angst davor leben, dass die Miliz ihre Häuser plattmacht, Frauen und Kinder vergewaltigt und anschließend alle abknallt. Der Vergleich ist banal. Weißt du was, Kleine? Wir müssen gar nicht so weit weggehen. Ich wette, dass wenn du dir Sydney und dein Leben hier vorstellst, die Gegend, in der du und deine Freunde leben, der Weg zur Schule und zur Arbeit, die Strände, wo du im Sommer schwimmen gehst, die Innenstadt, wo du einkaufst und ins Kino gehst, und was immer noch für dich eine Rolle hier spielt – ich wette, dass du dabei nicht an die Sozial-Gettos beispielsweise in Morton denkst, wo sich die zwanzigjährigen Mütter mit drei Kindern ein Dasein ohne Gewalt und Armut, ohne Sozialhilfe gar nicht vorstellen können. Ich wette, du fragst dich sogar: »Wo verdammt noch mal liegt denn Morton?« Es ist ein Vorort im Westen, zwischen Mount Druitt und St Marys. Sie haben dort keine Zuganbindung, keine überregionalen Buslinien und viele der privaten Busunternehmen weigern sich sogar, dieses Gebiet zu befahren. Wenn du's dir mal richtig geben willst, dann verbring einen Morgen im sozialen Beratungszentrum von Morton und den Nachmittag im Kirribilli Yacht Club.

Man muss gar nicht so weit gehen, um den »Unterschied« zu erkennen. Denk bloß nicht, er befände sich in sicherer Entfernung.

Gott sei Dank, der Typ ist endlich fertig.

Abgang Harvey.

Ich bin total überwältigt und lehne mich für einen Moment zurück. Dann bringe ich die leere Schüssel in die Küche, lasse kurz Wasser drüberlaufen und stelle sie in den Geschirrspüler. Es ist fast zehn. Zeit für die Hausaufgaben, obwohl ich am liebsten den Brief noch einmal lesen würde. Ich nehme meinen Rucksack mit nach oben. Es ist dunkel, nur Jessies Nachtlicht leuchtet. In meinem Zimmer knipse ich die Schreibtischlampe an und hole meine Bücher raus. Den Brief lege ich in die obere Schublade zu dem anderen.

Bis ich ins Bett komme, ist es Mitternacht. Beim Einschlafen höre ich, wie Dad von der Probe nach Hause kommt.

Reife

Es ist sieben Uhr. Ich habe bereits geduscht, die Schuluniform angezogen und bin dabei, Jessie aufzuwecken.

»Aufstehen!« Ich klatsche in die Hände. »Los geht's.«

Sie verzieht das Gesicht, ohne die Augen zu öffnen, gibt ein paar Unmutsäußerungen von sich und umklammert ihren Teddybär.

Ich ziehe den Vorhang auf. Die Sonne scheint ihr direkt ins Gesicht. »Jess, Mum wird genervt sein und zu spät zur Arbeit kommen. Das wollen wir doch nicht, oder?«

Keine Reaktion.

»Ich zieh dir gleich die Decke weg.«

»Neiiiin.«

Ich sehe auf meine Armbanduhr. Ich hab keine Zeit für so was. Ich muss Jess jetzt fertig machen, damit ich Mums Tee und Toast zubereitet habe, bis sie runterkommt. Ich stelle mich an den Fuß des Betts und ziehe mit einem Ruck die Decke weg.

Noch mehr mürrische Laute.

Ich setze sie auf. Sie hängt da wie ein schlaffer Sack. Ich kehre ihr den Rücken zu und hole ihre Kindergartenuniform aus der Schublade. Als ich mich wieder zu ihr umdrehe, ist sie im Bett zusammengesackt.

Ich zerre sie ziemlich unwirsch am Arm. »Jess, du stehst jetzt auf! Jetzt! Sonst fliegt Teddy aus dem Fenster!«

Das hat gesessen. Sie stellt sich im Bett auf und hebt die Arme hoch, damit ich ihr das Pyjama-Oberteil über den Kopf ziehen kann. Ich fühle mich mies, aber was soll ich sonst tun? Außerdem ist das richtig harmlos im Vergleich zu dem, was Liza mit mir abgezogen hat, wie zum Beispiel mir einzureden, dass Mum und Dad mich an meinem sechsten Geburtstag ins Waisenheim stecken würden.

Ich helfe Jess, ihren Trainingsanzug und die Socken anzuziehen. Ihre Turnschuhe haben einen Klettverschluss (*furchtbar* spannend), also lasse ich sie sie alleine anziehen. Mum föhnt sich gerade im Bad die Haare, als ich hinuntergehe.

Ich bin die Erste in der Küche und ziehe die Rollos hoch, sodass die Sonne hereinströmt und der Staub, der gerade von den Holzleisten aufgewirbelt wurde, im Licht schimmert. Ich stelle den Wasserkocher an und stecke zwei Scheiben Soja-Leinsamen-Brot in den Toaster. Ich hole eine Tasse, einen Teebeutel, Teller, Messer, Margarine, Vegemite-Aufstrich, Marmelade und Milch heraus. Auf die eine Toastscheibe streiche ich Vegemite und auf die andere Marmelade. Erst herzhaft, dann süß. Mum mag ihren Tee stark mit einem Schuss Milch und einem viertel bis halben Löffel Zucker. Das kriegt nicht jeder hin.

Ich höre, wie Mum und Jess sich auf dem Weg nach unten streiten.

»Ich will aber fernsehen«, quengelt Jess.

»Nein. Morgens wird nicht ferngesehen.«

»Doch. Fernsehen!«

»Nein. Ich hab Nein gesagt.«

Jess' ohrenbetäubendes Geschrei wird immer lauter und hört schlagartig auf, als die Musik von der Sesamstraße den Flur hinunterschallt.

Mum taucht geschlagen in der Küche auf. Sie scheppert mit ein paar Töpfen und Pfannen in der Spüle und setzt sich dann an den Tisch zu Tee und Toast.

»Ich komme heute etwas später von der Schule nach Hause«, sagt sie. »Wir haben hinterher noch Personalversammlung.«

Eine von Mums Kolleginnen – und ihre beste Freundin bei der Arbeit – wurde Anfang der Woche von einem Schüler mit einem Messer bedroht. Ich war nach Hause gekommen und habe Mum rauchend im Garten vorgefunden, um vier Uhr nachmittags. Das kommt nur vor, wenn etwas Schlimmes in der Schule vorgefallen ist. Seit Jahren ist immer wieder im Gespräch, die Riley Street Highschool zu schließen, weil es dort so viele Probleme gibt. Wenn wieder etwas passiert – wie die Massenschlägerei mit der Enmore Highschool bei einem Basketball-Turnier letztens –, stellt sich der Sprecher der Oppositionspartei vor die Kamera und sagt: »Die Riley Street Highschool ist eine Schande für Sydney und sollte plattgewalzt werden.«

Er liebt dieses Wort: plattgewalzt. Seiner Meinung nach sollte vieles plattgewalzt werden. Die Wohnanlagen der Aborigines. Die Jugendzentren. Die Drogenkonsumräume. Die meisten der öffentlichen Highschools.

Ein weiterer Morgen, an dem meine mit viel Bedacht ausgewählte herzhaft-süße Toastkombination und mein sorgsam zubereiteter Tee nicht den erhofften Erfolg gebracht haben. Soll heißen, sie haben in keinster Weise auch nur irgendwas an der Verzweiflung meiner Mutter geändert. Es macht gar keinen Unterschied – was immer ich ihr zum Frühstück serviere, es könnten Blaubeer-

Ricotta-Pfannkuchen und frisch gebrühter Kaffee sein, sie würde sich immer noch genauso elend fühlen. Ich stehe hilflos in der Küche herum.

»Soll ich die Milch für Jess aufwärmen?«, versuche ich es weiter.

Jess weigert sich zu frühstücken, aber eine Tasse Ovomaltine geht immer. Dazu muss die Milch in einem Topf auf dem Herd erhitzt werden. Ich habe vorgeschlagen, eine Mikrowelle anzuschaffen, um die Milch in gerade mal zwanzig Sekunden zu erwärmen, ganz zu schweigen von den anderen praktischen Einsatzmöglichkeiten, aber das scheint nur ein weiterer Streitpunkt zwischen mir und meinen Eltern zu sein.

»Nein, ich mach das schon«, entgegnet mir Mum. Sie steht auf und knallt den Topf auf die Platte. Mums Verzweiflung bewegt sich meist zwischen den zwei Extremen einer Skala: »traurig« und »still vor sich hinbrütend«. Heute Morgen schwingt das Pendel eindeutig in Richtung »still vor sich hinbrütend«. Es bleibt mir nichts anderes übrig, als mich zur Schule aufzumachen.

Nach dem Abendessen nehme ich das Telefon mit ins Zimmer, lege es vor mir aufs Bett und starre es ein paar Minuten lang an. Ich habe noch nie bei Chris angerufen, bisher fehlte mir immer der Mut. Aber heute Abend muss ich ihn sprechen. Ich zähle bis drei, dann wähle ich seine Nummer. Ich höre das Blut in meinen Ohren rauschen und spüre, wie meine Bauchmuskeln sich verkrampfen.

»Hallo?« Die Stimme einer jungen Frau.

»Hi! Äh, könnte ich bitte Chris sprechen, bitte?« Ein Bitte hätte gereicht.

»Aber sicher. Wer ist denn dran?«

»Amelia Hayes.«

»Einen Moment.«

Nach etlichem Knistern hört man: »Chris, für dich. Eine Amelia Hayes.«

Es klingt, als wäre sie belustigt, so wie sie meinen Namen betont hat. Warum habe ich nicht einfach »Amelia« gesagt? Versuchs mit der Street-Cred-Donna-Masche. Stell dir vor, du hast ein Piercing in der Unterlippe und ein Tattoo auf dem Oberarm.

»Guten Abend, Kleine«, vernehme ich Chris' Stimme.

»Hi Chris. Was… Was machst du gerade?«

»Ich guck mit meiner Schwester *Media Watch.*«

»Oh… Soll ich vielleicht wann anders anrufen?«

»Nee, ist sowieso gleich zu Ende. Was gibt's?«

»Also, ich hab mich gefragt, ich… wollte mit dir über was reden… weil ich es nicht verstehe…«

»Was ist los, Kleine?«, fragt er in seinem typischen, geduldigen Tonfall. Wenn er mit mir spricht, verfällt er öfter in seinen ›geduldigen Tonfall‹.

Na los… mach schon.

»Was zum Teufel ist das denn für ein Ende bei *Große Erwartungen?*«

Um etwas weiter auszuholen – ich saß heute mit Penny in der Mittagspause an unserer üblichen Stelle. Die Pause geht von 12.40 bis 13.20. Wie auf Knopfdruck erschienen um 12.55 wieder die Jungs, die uns in letzter Zeit regelmäßig mit ihrer Anwesenheit beehren, Allen voran dieser schreckliche Scott, der selbstverliebter ist, als ihm und allen anderen guttut. Er lässt sich wie so oft neben Penny nieder, macht es sich mit ausgestreckten Beinen gemütlich, den Kopf auf den Ellbogen gestützt wie Caecilius, dieser Typ aus Pompeji, der in unserem Geschichtsbuch aus der Siebten vorkommt, und beglückt sie mit seinem Esprit. Er schenkt mir keinerlei Beachtung, obwohl ich jedes Mal danebensitze, wenn er sich bei Penny niederlässt. Ich rechne fest damit, dass sie ihm gehörig den Marsch bläst und ihn wegschickt, aber nichts dergleichen geschieht. Deshalb hab ich die Mittagspause in letzter Zeit mit Lesen verbracht. Umringt von gezwungenem Gelächter und dilettantischen Flirts meiner Altersgenossen, vergrabe ich meinen Kopf im Buch und gebe damit allen zu verstehen, dass ich ihr Verhalten strengstens missbillige.

Ich frage mich, ob es überhaupt jemandem auffällt. Heute habe ich die letzten fünf Seiten von *Große Erwartungen* gelesen. Und deshalb muss ich Chris dringend sprechen.

»O-oh«, sagt Chris.

»Was für ein bescheuertes Ende!«

»Na, beruhig-«

»... sah ich keinen Schatten einer Trennung von ihr. Was soll das denn heißen? Das bedeutet doch hoffentlich nicht, dass sie wieder zusammenkommen. Sag mir, was das heißen soll!«

»Genau das bedeutet es.«

»Was hat das Ganze denn dann für einen Sinn? Was soll denn die Lektion sein, die Pip gelernt hat und die wir von ihm lernen?«

»Na ja ...«

»493 Seiten lang hab ich Pip und seinen Blödsinn ertragen, habe mit angesehen, dass er den Leuten, die ihn lieben, gegenüber grausam ist und er stattdessen weiter denen nachrennt, die es nicht tun. Habe es mit all dem lächerlichen ›Lug und Trug‹ auf mich genommen, den Illusionen, den falschen Schlüssen, den ›Oh Soundso ist in Wahrheit Soundsos Vater‹; ›Soundso ist in Wirklichkeit Ms Havishams Verlobter, der ihr den Laufpass gegeben hat; Soundso war Pips wahrer Wohltäter; Soundso war derjenige, der Mrs Gargery in ein Gemüse verwandelt hat‹. Ich habe das alles bis zum Ende ertragen in der Hoffnung, dass dann der ganze Schwindel auffliegen würde und die Figuren die Dinge sehen, wie sie sind. Pip würde dann endlich in Estella und Ms Havisham die wahren grausamen Schlampen erkennen, die sie sind. Er würde lernen, seinen Niedergang mit Würde zu ertragen – nicht so wie Gatsby mit seinem ›Daisy ruft bestimmt an‹ – *nein, Gatsby, wird sie nicht* – und beschließen, sein Leben weiterzuleben. Wir kriegen nicht immer, was wir wollen, ganz besonders dann nicht, wenn wir, du weißt schon, jemand anderen begehren. Aber es ist doch schon mal viel wert, wenn wir am Ende etwas klarer sehen, oder?«

»Also, *ich* finde schon.«

»Was hat sich Dickens dann dabei gedacht, was wollte er mit dieser Abfolge von Ereignissen bezwecken, wenn der Held nicht gereift daraus hervorgeht?«

»Na ja ...«

»... sah ich keinen Schatten einer Trennung von ihr. Was er eigentlich hätte sagen sollen, ist: *Ich sehe eine ganze Menge Schatten einer weiteren Trennung von*

ihr, weil ich es so will. Ich bin lange genug an diesem großartigen kaputten Ort herumgeirrt, sowohl physisch als auch psychisch, und jetzt ist es an der Zeit weiterzuziehen.«

»Vielleicht hatte Dickens Bedenken, dass die Leser empört wären, wenn es kein Happy End für Pip und Estella gäbe«, wirft Chris ein, dem es endlich gelungen ist, auch mal zu Wort zu kommen.

»Dann hätte er seinen Lesern mehr Respekt zollen sollen«, bricht es aus mir heraus. »Wenn ich ein Happy End will, dann seh ich mir *Pretty Woman* an. Blöder Pip! Er hätte Biddy heiraten sollen, solange er noch Gelegenheit dazu hatte, sich einen Job suchen und die Klappe halten. Klar wollen wir alle eine Estella, aber wir kriegen nicht immer, was wir wollen, stimmt doch.«

»Ja«, stimmt mir Chris zu und in seiner Stimme schwingt Enttäuschung mit.

»*Ich* hatte ›Große Erwartungen‹ … an dieses Buch.«

»Weißt du eigentlich, dass Dickens zuerst ein anderes Ende für das Buch vorgesehen hatte? Eines, bei dem sie nicht zusammenfinden?«

»Echt jetzt?«

»Jetzt echt. Pip und Estellas Wege trennen sich. Pip arbeitet hier und da. Estella wird von ihrem brutalen Gatten zu Brei geschlagen, er wird schließlich von einem Pferd, das er misshandelt, niedergetrampelt. Sie heiratet dann den Arzt, der sie nach einer dieser Handgreiflichkeiten versorgt hat. Ein paar Jahre später treffen sich Pip und Estella und tauschen Förmlichkeiten aus. Pip ist zufrieden, dass sie so viel einstecken musste, um zu verstehen, was er all die Jahre durchgemacht hat. Was er aber wirklich sagen will, ist, dass er froh ist, dass ihr die wohlverdiente Strafe zuteilgeworden ist.«

»Das ist ein viel besserer Schluss. Was ist daraus geworden?«

»Edward Bulwer-Lytton hat ihn Dickens ausgeredet.«

»Wer ist denn Edward Bulwer-Lytton?«

»Er ist der Urheber von *Es war eine finstere und stürmische Nacht,* dem wohl miesesten Romananfang aller Zeiten.

»Nein!«

»Doch.«

»Wie deprimierend.«

»Ja«. Ich höre, wie er gähnt und sich rekelt. »Du wolltest also unbedingt, dass Pip erwachsen wird, was?«

»Ich wollte, dass er seine wohlverdiente Strafe kriegt. Dass ihm bewusst wird, dass er sich all die Jahre hat an der Nase herumführen lassen.«

»Aber er ist nie über seine Angst vor Virginia Woolf hinweggekommen.«

»Was?«

»Egal, das ist aus – ich werde dir besser nicht erzählen, wo das herstammt. Du wirst es eines Tages selbst entdecken und dann wirst du sagen: Aha, das war es, was Chris damals gemeint hat …«

Kurze Stille. Ich atme wieder normal. Ich wünschte, Chris würde zu mir in mein kleines Zimmer ziehen.

»Also, Kleine. Ich muss mal Schluss machen. Versuch dich mal an das zwanzigste Jahrhundert zu halten. Da gibt es jede Menge konfrontierenden Realismus.«

»Wir sehen uns bei Woolies.«

»Ah.« Er gähnt noch einmal. »Ja.«

Ich lege auf und grüble noch einen Moment länger nach. Dann stehe ich vom Bett auf und gehe hinunter, *Große Erwartungen* an meine Brust gedrückt. Ich halte einen Moment im Flur inne und strecke den Hals in Richtung Hintertreppe, die zu Dads Arbeitszimmer hinunterführt. Durch die geschlossene Tür dringt Sibelius' Fünfte Symphonie. Ich fühle mich ermutigt – Sibelius' Fünfte bedeutet, dass er gute Laune hat. Sie könnte die härtesten Herzen erweichen.

Ich klopfe sachte an ...

»Herein –«

. . . und trete ein. Er sitzt in dem großen Sessel beim Fenster, in der einen Hand eine Zigarette, in der anderen eine Ausgabe des *Spectator*. Ich drehe die Lautstärke einen Tick herunter.

»Dad?«

»Ja, mein Schatz?« Mit seinem feingliedrigen Zeigefinger klopft er die Asche von der Zigarette.

»Was bedeutet es, Angst vor Virginia Woolf zu haben?«

Er runzelt die Stirn. »Wie bitte?«

Ich wedle mit den *Großen Erwartungen*.

»Wenn ich sagen würde: ›Pip hat ganz eindeutig Angst vor Virginia Woolf‹, was könnte das bedeuten?«

Er lächelt. Dann legt er die Zigarette im Aschenbecher und den *Spectator* auf der Armlehne ab, erhebt sich und geht zu einem der Bücherregale. Er zieht ein dünnes vergilbtes Taschenbuch hervor und reicht es mir. *Wer hat Angst vor Virginia Woolf?* von Edward Albee.

»Lies es und finde es selbst heraus«, sagt er und lässt sich wieder in dem Sessel nieder.

Bathurst

Ich arbeite dieses Wochenende nicht, das erste Mal seit Ewigkeiten. Stattdessen fahre ich mit dem Zug nach Bathurst, um Lizey zu besuchen. Das wollte ich schon seit einem Jahr machen, aber ich habe mich bislang nicht getraut, Bianca, die die Dienstpläne macht, um ein freies Wochenende zu bitten. Als ich Chris davon erzählt habe, hat er mich schnurstracks zum Service-Schalter geschleppt und ist neben mir stehen geblieben, bis ich Bianca gefragt hatte. Sie hat Ja gesagt.

Hinter ihr saß Jeremy auf der Glastheke, völlig blasiert, und tat supercool. Seine rote Fliege fehlte und sein Namensschild hing schief. Ich stand genau in seinem Blickfeld, aber es gelang ihm dennoch, durch mich durchzusehen. Ich stellte mir vor, wie komisch es wäre, wenn die Glastheke, auf der er saß, plötzlich zusammenbrechen würde. Denn dann müsste er doch tatsächlich einen Gesichtsausdruck annehmen und er sähe sicher nicht mehr ganz so cool aus.

»Wann geht's denn los, Kleine?«, fragt mich Chris, als wir am Ende unserer Schicht gemeinsam zum Mitarbeiterausgang gehen.

»Morgen früh. Ich fahre mit dem ersten Zug vom Hauptbahnhof ab.«

»Dann pass gut wegen der Studenten auf. Den meisten kann man nicht über den Weg trauen, vor allem nicht eine hübsche Fünfzehnjährige.«

Hübsch? Ich? Einen Moment mal – er redet doch von mir, oder? Oder war das nur eine ganz allgemeingültige Aussage?

»Ja, ich meine dich«, sagt er, als ob er Gedanken lesen könnte.

Ich senke den Blick und lächle in mich hinein. Wir gehen raus in Richtung Chris' Bushaltestelle. Ab da trennen sich unsere Wege.

Stille. In meinem Kopf ertönt plötzlich eine fremde, übermächtige »innere Amelia«, die »ICH LIEBE DICH! ICH LIEBE DICH!« schreit.

»Hey Chris«, sage ich, bemüht, die Stimme in meinem Kopf auszublenden.

»Ja, Tiger?«

»Martha hat Angst vor Virginia Woolf.«

»Wow, das ging aber schnell. Ich bin beeindruckt.«

»Und wahrscheinlich haben die meisten Menschen Angst vor ihr.«

»Wahrscheinlich.«

»Du zum Beispiel.«

»Ich?«

Wir bleiben stehen und sehen uns an. Mutig fahre ich fort. »Na ja, du hältst an dem Geist fest. George und Martha lassen zum Schluss wenigstens ihre Geister ziehen.«

»Welchen Geist meinst du?«

Vorsichtig jetzt.

»Na ja, wie lange hältst du denn schon an Kathys Geist fest? Jeder Trottel kann doch sehen, dass da nichts draus wird.«

»Was hast du gegen Kathy?«, fragt er und zieht eine Augenbraue hoch.

»Nichts!«, sage ich rasch. »Gar nichts. Es ist nur, also, sie ist einfach nicht besonders nett zu dir, oder?«

»Nein.«

»Genauso wenig wie dieses Michaela-Mädel.« Extrem gewagt, Amelia.

Er wirft mir einen durchdringenden Blick zu und ich wechsle schnell das Thema.

»Hat Kathy je erfahren, dass das Gedicht und die Blumen von dir waren?«

»Weiß nicht. Ist egal.«

»Es war ein tolles Gedicht.«

»Es war ein lausiges Gedicht. Aber ich habe mir eh gedacht, dass sie es nicht checkt. Ich bezweifle, dass Textanalyse zu ihren Stärken gehört.«

»Oh.«

Wir sind an der Bushaltestelle angekommen.

»Ich habe gewusst, dass dir *Virginia Woolf* gefallen würde.«

»Ja ... Na ja, also, bis bald dann.«

»Genau. Gute Fahrt und lass die Finger vom Weißwein.«

»Geht klar.« Ich bin schon halb über die Straße, als ich mich noch einmal umdrehe. »Hey, Chris?«

»Qué?«

»Es *gibt* Mädchen, die richtig, richtig nett zu dir wären, wenn du, na ja, wenn du dich für sie interessieren würdest.«

»Gibt es die? Tatsächlich? Wo denn?« Er sieht die Straße auf und ab und schaut unter der Bank an der Bushaltestelle nach.

Na mach schon!, brüllt die innere Amelia. Sag's ihm: Eine davon steht gerade vor dir.

Ich zucke die Schultern. Nicht gerade bravourös. Dann drehe ich mich um und gehe nach Hause.

Am Samstag stehe ich um 5 Uhr auf, um mit dem Bus zum Hauptbahnhof zu fahren. Alles schläft noch, als ich aus dem Haus schleiche, mit meinem Billabong-Rucksack und meinem grauen Beanie, den mir Oma gestrickt hat. Es ist ein eiskalter Augustmorgen. Ich kaufe einen Cappuccino, einen Donut mit Schokoglasur, ein Eiersandwich mit Salat und eine Flasche Wasser. Ich habe ein Buch dabei – *Die Räuberbraut* von Margaret Atwood –, aber die erste Stunde der Zugfahrt verbringe ich damit, aus dem Fenster zu sehen.

Der Zug schlängelt sich durch Sydney nach Westen Richtung Blue Mountains. Wir kommen durch Strathfield, Auburn, Granville, Parramatta, Westmead.

In Blacktown steigt ein junges Mädchen mit einem Kleinkind ein. Ihr Haar ist fettig und ihr Gesicht mit Akne übersät. Sie trägt eine schmutzige Trainingshose aus Polyester. Auf dem linken Wangenknochen hat sie einen Bluterguss. Sie starrt vor sich hin. Der Kleine fängt an, zu schreien und sich auf seinem Sitz zu winden.

»Halt verdammt noch mal die Klappe, Cody!«, zischt ihn das Mädchen an. Sie kramt eine große Packung Twisties aus ihrer Handtasche, öffnet sie und reicht sie dem Kleinen. Er sitzt ruhig da und isst.

Nach Mount Druitt verlaufen die Gleise ein paar Hundert Meter parallel zur Fernstraße. Ich sehe ein großes Schild, das auf die nächste Abfahrt hinweist: Morton. *Morton*, höre ich Chris sagen, *man muss gar nicht so weit gehen, um den »Unterschied« zu erkennen.*

Der Kleine schreit wieder. Seine Mum packt eine Coladose aus und lässt ihn davon trinken. Sie steigen an einer Station namens *Emu Plains* aus.

Die restliche Fahrt verbringe ich damit, zu lesen und mich mit Chris zu unterhalten – in Gedanken. Diese Unterhaltungen sind zu meiner Lieblingsbeschäftigung geworden und schon fast zwanghaft. In diesen Gesprächen bin ich immer geistreich, manchmal richtig cool. Und ich habe die absolute Kontrolle.

Der Zug trifft gegen 11 Uhr in Bathurst ein. Der Himmel ist von grauen, tief hängenden Wolken überzogen. Selbst durch die Scheiben spüre ich, dass es hier viel kälter ist als in Sydney. Ich springe aus dem Zug und entdecke Lizey am anderen Ende des Bahnsteigs. Sie hat einen Typen dabei.

Wir rennen aufeinander zu, umarmen uns ganz fest und begrüßen uns mit einem leisen »Hey«. Es tut so gut, sie zu sehen und sie in den Armen zu halten. Ich will, dass die Umarmung nicht aufhört, aber sie macht sich los.

Im Prinzip sieht sie aus wie immer, aber ich achte auf die unauffälligeren Veränderungen an ihr. Seit sie weg ist, hat sie zu Hause einen fast mythenhaften Status erreicht, ganz besonders bei Jess. Jess flippt total aus vor Freude, wenn Lizey mal vorbeikommt. Sie holt sämtliche Spielsachen raus, lädt alle ihre Freunde aus der Nachbarschaft ein, damit sie auch Zeugen der glorreichen Rückkehr der großen Schwester werden. Nur Lizey darf sie auf der Schaukel anschubsen und ihr beim Rutschen zusehen und sie backen zusammen in der Küche Kekse. Wenn Lizey nicht da ist, fragt Jess unentwegt nach Lizey – oft, während ich ihr was vorlese oder sonst was Nettes mit ihr mache.

»›Frecher Flecki! Es ist Zeit fürs Abendessen-‹«, las ich gerade vor.

»Kommt Lizey am Wochenende?«

Warum sollte Lizey dieses Wochenende kommen?

»Nein. ›Wo könnte er denn sein? Ist er draußen im Blumenbeet?‹«, las ich weiter.

»Wann kommt sie denn wieder?«

»Ich weiß es nicht, Jess. Aber *ich* bin hier. Okay? Ich bin hier.«

Und so weiter.

»Das ist Jonno, mein Mitbewohner«, sagt Lizey und dreht sich zu dem Typen um, der sie von hinten umfasst hat. »Er hat ein Auto und wir müssen nicht laufen.«

Jonno tippt sich mit dem imaginären Spazierstock an den imaginären Hut.

»Wieso habt ihr beide die gleichen Klamotten an?«, frage ich, als wir zum Parkplatz hinübergehen. Sie tragen beide Jeans, Chucks und Holzfällerhemden.

»Oh«, sagt Lizey. »Bei Big W gibt's gerade Holzfällerhemden im Angebot. Es geht nichts über ein Flanellhemd gegen die Kälte in Bathurst.«

»So ist es, Ma'am«, steuert Jonno bei.

Wir quetschen uns in Jonnos zweitürige Subaru-Kiste aus den 80ern.

Unterwegs erzählt mir Lizey, dass sie heute Abend eine Party geben. Ich hatte mir eigentlich vorgestellt, sie für mich zu haben, um mit ihr ausführlich über Mum und Dad zu sprechen und ihr von Chris zu erzählen. Lizey kann gut mit Jungs. Sie ist selten ohne. Aber eine Party ist vielleicht auch gar nicht so schlecht. Eine gute Vorbereitung auf Chris' Welt.

Jonno parkt den klapprigen Subaru vor ein paar maroden Reihenhäusern.

»Wir sind da.« Lizey springt heraus und schiebt ihren Sitz nach vorn. Ich kämpfe mich mit meinem Rucksack ins Freie.

In der gesamten Häuserzeile befinden sich Studentenquartiere. Lizey führt mich zuerst nach hinten, wo es keine Zäune zwischen den Grundstücken gibt. Es ist eine einzige mit Gras überwucherte Fläche, mit Inseln aus umgedrehten Milchkisten, Wäschespinnen und ein paar vergammelten Grills.

»Wir sind alle eine große Familie«, sie grinst ein paar Leuten zu, die mit Kaffeetassen und Zigaretten auf den Stufen zum benachbarten Hintereingang sitzen. Wir gehen rein. Sie stellt mich ihren Mitbewohnern Guy und Lucy vor, die am Küchentisch sitzen. Sie sind beide im Schlafanzug und Morgenmantel. Vor ihnen stehen leere Frühstücksteller und Kaffeetassen. Sie rauchen genussvoll und aschen in eine leere Keksdose. Dann gehen wir hinauf in Lizeys Zimmer.

Sie war noch nie ordentlich, nicht so wie ich. Das Bett ist nicht gemacht, überall liegen Klamotten rum, einer ihrer alten Sarongs dient als Vorhang.

Ich stelle meinen Rucksack ab und beginne zu zittern. »Es ist eisig hier drin.«

»Da hast du recht«, stimmt mir Lizey zu. »Du kannst ein Flanellhemd und eine Jacke von mir haben.«

»Hey, ist dieser Jonno dein Freund?«

»Jonno? Nee, er war es mal, eine Zeit lang, aber... nee.«

»Oh.«

»Ich hab ein Auge auf diesen Typen geworfen, der zwei Häuser weiter wohnt. Hoffe, dass ich heute Abend ein Stück weiter komme bei ihm.«

Wir setzen uns auf ihr Bett. Es riecht genauso wie ihr Bett zu Hause. Eau de Lizey. Vielleicht ist das merkwürdig, dass mir so was auffällt. Ich mag den Geruch. Er bedeutet, dass meine Schwester in der Nähe ist.

»Erzähl mal, wie geht's den Eltern?«, fragt sie mich.

»Alles beim Alten. Mum geht es meist schlecht. Jess ist niedlich. Dad ist... Dad.«

Lizey hat in all ihrem Überschwang immer wieder die Stimmung zu Hause aufgehellt – sie schaffte es sogar manchmal, Mum zum Lachen zu bringen. Seit sie weg ist, gibt es nicht mehr viel zu lachen. Ich jedenfalls steuere nichts dergleichen bei.

»Ich glaube, seine neue Aufführung in der Brooke Street läuft ziemlich gut.«

Lizey sagt nichts dazu.

»Hey, ich hab mit einem Jungen rumgeknutscht.«

»Du hast was?«

»Ich hab mit einem Jungen rumgeknutscht.«

»Wann?«

»Vor ein paar Monaten.«

»Wo?«

»Auf einer Party.«

»Wow, toll. Wer war denn der Glückliche?«

»Ach, nur so ein Typ von der Arbeit.«

»Ein Typ von der Arbeit. Das ist großartig. Und was ist daraus geworden?«

»Nichts. Er hat seitdem nicht mehr mit mir gesprochen.«

»Depp!«

»Ja, oder?«

»Soll ich mal versuchen, heute Abend was für dich klarzumachen?«, neckt sie mich.

»Nein! Bloß nicht!«

Ich lasse mich ins Kissen sinken.

»Also, wegen der Party heute Abend ...«

»Ja?«

»Ich werd mich so gut wie möglich um dich kümmern, aber wenn es Gelegenheit geben sollte, Zeit mit Ben zu verbringen, müsstest du vielleicht alleine klarkommen.«

»Wer ist denn Ben?«

»Der Junge zwei Häuser weiter.«

»Oh«.

»Du schläfst auf jeden Fall hier, aber flipp nicht aus, wenn ich nicht hier penne.«

Ich muss wohl etwas enttäuscht ausgesehen haben, was Lizey dazu veranlasst, mich in den Arm zu kneifen.

»Na komm schon, du bist doch schon ein großes Mädchen.«

Mir stellen sich die Nackenhaare auf. Ein großes Mädchen, das heute Morgen im Dunkeln aufgestanden ist und viereinhalb Stunden im Zug gesessen hat, um Zeit mit dir zu verbringen, denke ich bockig. Mach dich ruhig lustig darüber, dass ich keine Nacht allein mit seltsamen Leuten in einem eiskalten Haus verbringen will. Ich hasse es, wenn sie solche Bemerkungen loslässt. Sie sind die erwachsene Form ihrer Sticheleien von früher: Sei doch nicht so ein Baby.

Sie schaut unter dem Sarong hindurch nach draußen in den Garten.

»Lass uns draußen eine Tasse Tee trinken«, sagt sie plötzlich.

»Es ist aber kalt draußen«, protestiere ich, aber sie ist schon halb zur Tür hinaus.

Es gibt nur ein Bad und man muss zur Hintertür raus, um dorthin zu gelangen. Nachdem ich die Temperatur darin gefühlt und die Duschkabine inspiziert habe, habe ich beschlossen, mir das Duschen bis morgen Abend zu Hause zu verkneifen. Es ist etwa 18 Uhr. Ich sitze auf dem Bett und sehe Lizey dabei zu, wie sie sich vor dem Spiegel schminkt. Ich fühle mich plötzlich fürchterlich einsam. Ich werde nervös. Ich kenne niemanden auf der Party. Die geht bestimmt ewig. Ich will Lizey. Ich will meine Mummy.

»Du fehlst mir«, sage ich und fange an zu heulen.

Lizey dreht sich zu mir um.

Sie schraubt die Wimperntusche zu und setzt sich neben mich.

»Was ist los? Was hast du denn?«

Aber das weiß ich selbst nicht genau. »Ich bin einfach traurig«, krieg ich nur heraus und schluchze weiter.

»Weshalb denn?«, fragt sie. »Weshalb?«

»Ich weiß auch nicht. Wegen allem. Ich wünschte, du würdest wieder nach Hause kommen. Du fehlst mir. Und ich will nicht, dass du mich allein lässt, weil ich keinen hier kenne. Und ich wollte den Abend mit dir verbringen und nicht auf einer Party.«

»Partys machen Spaß, Amelia. Ich wollte, dass du Spaß hast.« Sie schüttelt den Kopf über mich. »Worüber wolltest du denn mit mir reden?«

Mein Schluchzen hat sich gelegt und ist in ruhigeres Schniefen und Seufzen übergegangen.

»Nichts«, sage ich.

»Nichts?«, wiederholt sie.

Sie wendet sich wieder dem Spiegel zu und schraubt

die Wimperntusche auf. »Wenn dein Gesicht wieder trocken ist, tusche ich dir die Wimpern.«

Der Abend vergeht mehr oder minder ereignislos. Die Party findet in erster Linie in dem Gemeinschaftsgarten statt, obwohl es bitterkalt ist. Ich leihe mir einen von Lizeys schicken Beanies aus. Überall unterhalten sich Leute lautstark über Ereignisse, von denen ich keine Ahnung habe, und über Leute, die ich nicht kenne. Ein paar von Lizeys Freunden plaudern ein bisschen mit mir. Das Abendessen besteht aus Brot und Dips. Die meisten trinken Bier, aber ich fülle meinen Plastikbierbecher mit Rotwein aus einem Vier-Liter-Kanister, der auf einer umgedrehten Milchkiste steht. Nachdem ich den halben Becher davon getrunken habe, fühle ich mich schon wesentlich weniger einsam.

Lizey zeigt mir ihren Ben. Er trägt eine gefütterte Jeansjacke, einen grauen Wollschal und eine Mütze, die etwas von einer übergroßen Kippa hat. Er sieht sehr gut aus und er weiß es. Ich mache mir nichts aus Leuten, die wissen, dass sie gut aussehen: wie dieser schreckliche Scott, der in der Schule immer bei uns sitzt, oder wie Kathy. Am besten geht man ihnen aus dem Weg. Ich schätze mich glücklich, nicht davon abhängig sein zu müssen. Obwohl das nicht unbedingt für andere Abhängigkeiten gilt, denke ich und beschwöre die Wärme von Chris' Nähe herauf.

Ich halte durch bis etwa zehn und habe bis dahin eineinhalb Becher Wein intus. Ich finde Lizey in einer kleinen Gruppe mit Ben und zwei anderen Mädchen wieder.

»Ich geh schlafen.«

»Ja?« Sie legt den Arm um mich.

»Ja. Bis...« Mein Blick streift Ben. »...irgendwann dann.«

Ich putze mir im eiskalten Badezimmer die Zähne mit noch eisigerem Wasser. Meine Zunge ist grotesk lila gefärbt vom roten Tetrapak-Wein. Ich schrubbe sie mit meiner Zahnbürste und spucke lila Zahnpastaschaum aus.

In Lizeys Zimmer ist es so kalt, dass ich es fast nicht packe, meine körperwarme Kleidung gegen den eiskalten Schlafanzug einzutauschen. Ich bin müde und ziemlich benebelt von dem Wein. Ich streife mir die Klamotten so schnell wie möglich ab, halte die Luft an und ziehe mir den Schlafanzug in einem Rutsch über, knipse das Licht aus und springe rasch unter die Daunendecke.

Alleine in dem großen Bett, den Blick im Dunkeln zur Decke gerichtet, zieht sich mir mit einem plötzlichen, bohrenden Verlangen nach Chris der Magen zusammen.

»Chris!«, sage ich laut, als ob er mich hören könnte. Und noch einmal weine ich, diesmal noch viel hemmungsloser, weil niemand in der Nähe ist, der mich hören kann. Auf dem Kissen hat sich ein nasser Fleck gebildet. Ich tausche es gegen das andere aus. Ich glaube, ich schlafe.

Mein Zug kommt am Sonntag gegen 18 Uhr am Hauptbahnhof an. Ich bin völlig verspannt, dreckig und sehne mich nach einer heißen Dusche. Mum wartet mit Jess an der Hand auf dem Bahnsteig. Mum trägt ihren dunklen weiten Mantel, Jess ihren kleinen blauen Anorak mit dem Fellimitat. Jess hüpft aufgeregt auf und ab und kommt dann auf mich zugerannt. Ich fange sie auf.

»Oma hat einen Extraschal für Teddy geschickt, weil Winter ist«, sagt sie.

»Prima!« Ich küsse sie auf ihre Pausbacken und lasse sie wieder runter.

»Hi Mum!«

»Hi, mein Schatz«, antwortet Mum und wir umarmen uns, was selten vorkommt. Es fühlt sich verdammt gut an.

Gelockerte Grundlagen

Als ich am Dienstagnachmittag ins Land der Träume komme, steht Chris vor dem Dienstplan am Service-Schalter und bindet sich die Fliege um. Ich ändere automatisch meinen Kurs und stelle mich neben ihn.

»Hallo!«, sage ich und grinse ihn an, wie Maria aus dem Musical *The Sound of Music* Kapitän von Trapp in der Gartenlaube anlächelte.

»Miss Hayes«, sagt er und betont jedes Wort. Hinter uns scheinen die Geräusche im Land der Träume zu verebben. »Schön, Sie zu sehen.«

Chris setzt sonst immer ein gewinnendes Lächeln auf und ist allzeit bereit für geistreiches Geplänkel, aber bisher kam nichts dergleichen. Stattdessen lächelt er nur, weniger strahlend als sonst, aber dafür umso ehrlicher. Es geht mir runter wie Öl.

Über uns ertönt eine Stimme. »Gehen wir heute noch an unsere Kassen oder stehen wir bloß rum und quatschen?«

Bianca. Immer dabei, wenn es etwas zu zerstören gibt. Sie hat Chris auf dem Dienstplan an Kasse 2 in der Nähe vom Service-Schalter, wo sie arbeitet, eingeteilt und mich an Kasse 16 ans andere Ende gesetzt. Die Schicht zieht sich wie Kaugummi, ohne Chris nebenan, mit dem man mal quatschen kann. Zwischen den einzelnen Kunden werf ich immer wieder einen Blick ans andere Ende und sehe ihn mit Bianca und Ed plaudern.

Von vier bis neun Uhr geht meine Fünf-Stunden-Schicht. Ein Schultag hat sechseinhalb Stunden. Also ist eine Schicht wie ein Schultag ohne Pausen, und das nach einem bereits vollen Schultag. Um zehn vor neun kriege ich mit, wie Ed und Chris etwas besprechen und dabei zu mir sehen. Dann kommt Ed zur Kasse 16.

»Hallo Amelia«, sagt er, irgendwie ziemlich förmlich.

»Hallo Ed«, sage ich im gleichen Tonfall.

»Also, ähm, ich feiere Sonntag nächste Woche meinen Geburtstag.« Er zieht einen Zettel aus der Tasche und gibt ihn mir. »Meine Eltern sind weg und wir wollen gleich nach der Arbeit zu mir.«

Chris an Kasse 2 hält beide Daumen hoch.

»Super. Danke. Ich komme. Wie alt wirst du denn?«

»Neunzehn«, sagt er. »Ich mach jetzt besser mal den Kassensturz.« Und weg ist er.

»Sonntag in einer Woche«, berichte ich Penny in Mathe am nächsten Tag.

»Ist das nicht der Abend vor der Geschichtsprüfung?«

»Ja, glaub schon. Was soll ich denn anziehen?«

Anfang des Jahres hat mir Lizey ein Oberteil und einen Rock geliehen für die Geburtstagsparty zum Sechzehnten einer Freundin. Penny und ich haben uns zusammen bei mir in Schale geworfen. Zu guter Letzt habe ich dann doch wieder T-Shirt und Jeans angezogen und war nicht davon abzubringen.

Beim nächsten Läuten ist Mittagspause. Die Mittagspause bedeutete bisher immer: Vierzig Minuten quatschen mit Penny. Jetzt sind dreißig Minuten davon für die Scott-Show reserviert. Täglich zieht Scott seine Vorstellung vor interessiertem Publikum ab. Ich habe beschlossen, das Thema anzusprechen, ganz behutsam, weil Penny direkte Konfrontation meistens sofort abwehrt.

»Warum unterhältst du dich eigentlich jeden Tag mit Scott, diesem Idioten?«

Ups. Ist mir so rausgerutscht.

Sie zieht eine Augenbraue hoch – kein gutes Zeichen.

»Der ist doch total daneben«, fahre ich fort. »Er sitzt Tag für Tag da und denkt: ›Ich bin der Obermacker.‹ Und statt ihm den Laufpass zu geben, ermunterst du ihn auch noch! Kein Wunder, dass er total selbstverliebt ist.«

»Da hast du dir ja offensichtlich schon eine Menge Gedanken drüber gemacht«, sagt Penny, ohne mich anzugucken.

»Ja, schon. Er ist so unhöflich. Jeden Tag kommt er und setzt sich neben dich und zu mir hat noch nicht ein einziges Mal ›Hallo‹ gesagt. Keiner von denen.«

»Also mal ehrlich, Amelia.« Jetzt sieht sie mich an. »Glaubst du nicht, das könnte was mit den verächtlichen Blicken zu tun haben, die du ihnen zuwirfst? Die könnten jeden Mann auf zehn Meter Entfernung außer Gefecht setzen.«

»Sie sind aber keine Männer.«

»Du gibst ihnen ganz klar zu verstehen, dass sie deiner komplett unwürdig sind. Du sitzt da oben auf deinem hohen Ross und blickst abfällig auf sie herab oder vergräbst dich in deinem Buch. Wieso sollten sie denn mit dir reden?«

»Das sind *Deppen.«*

»Meine Güte, so schlimm sind sie nun auch wieder nicht. Und falls es dir noch nicht aufgefallen ist, für manche von uns sind sie alles, was geht. Wir legen bei den Jungs nicht alle die Chris-Latte an. Niemand sonst hat einen Chris. Und ich versichere dir, wenn du nicht so sehr darauf fixiert wärst, alle Jungs der Welt an deinem Angebeteten zu messen, könntest du mit Scott und seinen Freunden auch entspannter umgehen.«

Ich bin eingeschnappt. »Du *magst* ihn doch nicht etwa, oder?«

Aber Penny antwortet nicht und tut so, als ob sie nichts mehr interessiere als Algebra. Ich starre auf meine Aufgaben und dann aus dem Fenster.

»Ich komme am Sonntag später von der Arbeit nach Hause«, sage ich zu Mum.

Es ist kurz vor 17 Uhr und ich bin gerade vom Netzballtraining nach Hause gekommen. Mum sitzt am Küchentisch mit einer Tasse Tee und hört den Klassiksender im Radio. In der Spüle stehen zwei große, schmutzige Pfannen. Sie sind noch vom gestrigen Abendessen und Dad sollte sie abwaschen. Ich betrachte sie nervös.

»Oh«, sagt sie.

»Einer von den Jungs auf Arbeit hat Geburtstag.«

»Der, der dir die Blumen geschenkt hat?«

»Wie? Nein, ein anderer.«

»Gut.« Sie trinkt einen Schluck Tee.

»Willst du nicht wissen, wo es ist und wann ich nach Hause komme?«

»Also ...«

»Es ist dir völlig egal. Wo ich hingehe, was ich tue. Ich könnte ebenso gut da draußen Drogen nehmen oder ungeschützt Sex haben. Ich könnte dealen, mir Tattoos stechen lassen oder die Schule schmeißen. Und du würdest es gar nicht mitkriegen.« Ich weiß nicht so genau, warum ich das plötzlich alles sage. Ich bin Mum gegenüber sonst nie aggressiv. Ich habe viel zu viel Angst, sie noch trauriger zu machen, als sie sowieso schon ist. Aber immerhin habe ich nun ihre Aufmerksamkeit.

»Tatsächlich, du könntest all das tun«, sagt sie. »Aber ich glaub nicht, dass du es machst.«

»Warum? Warum glaubst du das nicht. Es könnte durchaus passieren.«

»Weil ich weiß, dass du ein vernünftiges Mädchen bist.«

Nein, denke ich, weil du weißt, dass ich eine Versagerin bin, ohne soziale Kompetenz und ohne Abwechslung im Leben. Was könnte mir schon zustoßen? Ich stapfe hinauf in mein Zimmer.

Eine Stunde später ist meine Gereiztheit immer noch da. Ich sitze im Zimmer und werfe finstere Blicke an die Decke. Ich weiß, warum das alles aus mir rausgesprudelt ist. Ich bin so unleidlich, weil ich mich die ganze Zeit nach Chris sehne. Die aufwühlende Aufregung der letzten Monate ist verflogen. Jetzt nagt es nur noch an mir. Es gibt keine Lösung, nichts, was ich tun könnte. Kein Anzeichen eines Rettungsschirms. Ich denke über Pennys Bemerkung in Mathe nach. »Nicht jeder hat einen Chris.«

Ich hab aber auch keinen Chris, denke ich wütend.

»Amelia!«, ruft meine Mutter von unten aus der Küche.

»Was?«, motze ich lauter als nötig zurück, aber es fühlt sich gut an zu schreien.

»Kannst du für Jessy das Badewasser einlassen?«

Premiere

Freitagabend soll ich Jess babysitten. Mum und Dad gehen zur Premiere von Dads Stück im Brooke Street Theatre. Mum kommt wie immer beladen mit Einkaufstüten, Jess und Jess' kleinem Rucksack von der Arbeit nach Hause und sieht sehr müde aus. Sie klappert mit Töpfen und Pfannen, während sie die Einkäufe wegräumt.

»Lass mich das machen«, biete ich ihr lustlos an. »Setz dich.«

Sie ignoriert mich einfach. Ich überlege, ob ich ihr eine Tasse Tee machen soll, aber bei ihrer Laune würde sie bestimmt ablehnen. Als sie die Einkäufe weggeräumt hat, füllt sie den Wasserkocher und holt eine Tasse und einen Teebeutel raus.

»Setz dich«, sage ich zu ihr. »Ich bring ihn dir.«

Ich schiebe sie sanft in Richtung Sofa und endlich gelingt es mir, dass sie sich im Zimmer nebenan niederlässt, wo Jess fernsieht.

»Ich pack's vielleicht nicht mehr aufzustehen«, murmelt sie matt.

Ich bringe ihr den Tee. Sie nimmt ein paar Schlucke und stellt ihn dann auf dem Couchtisch ab. Eine Minute später ist sie eingenickt.

Ich mache für Jess und mich einen Toast mit Honig. Mum wacht eine halbe Stunde später wieder auf, total groggy und orientierungslos. Sie sieht auf ihre Armbanduhr, hievt sich hoch, taumelt nach oben. Kurz darauf hört man die Dusche, gefolgt von dem gedämpften Geräusch des Föhns.

»Warum bleibt Mummy heute Abend nicht zu Hause?«, sagt Jess, ohne den Blick vom Fernseher zu wenden.

Ich gehe nach oben zum Badezimmer. Die Tür ist angelehnt. Mum steht vorm Spiegel und schminkt sich. Ich trete ein und setze mich auf den Badewannenrand.

»Warum musst du heute Abend ausgehen?«, frage ich maulend. »Du musst dich ausruhen. Du hast die ganze Woche gearbeitet.«

»Mmmh«, sagt Mum und konzentriert sich darauf, die Wimpern zu tuschen.

»Warum sagst du ihm nicht einfach, dass du nicht mitkommen willst? Sag ihm, dass du nicht musst, wenn du nicht willst.«

»Nicht hingehen? Was meinst du damit?«

»Du solltest am Wochenende nicht auch noch ausgehen müssen, wenn du so müde bist.«

»Ich *muss* da nicht hin. Aber es ist Dads Premiere. Natürlich geh ich hin.«

»Aber du bist müde –«

»Mach dir keine Sorgen. Mir geht's gut.«

Sie wirft die Schranktür zu.

Dad taucht in der Badezimmertür auf. Er trägt das dunkelblaue Ralph-Lauren-Hemd und das Aftershave, das wir ihm zum Geburtstag geschenkt haben.

»Ist alles in Ordnung?«

Ich starre auf die Fliesen und frage mich, wie viel er von unserer Unterhaltung mitgekriegt hat.

»Mhm«, gibt Mum von sich.

»Bist du in fünfzehn Minuten so weit, Schatz?«

»Ja.«

»Tschüss, ihr zwei!«

Mum trägt einen braunen Knittersatinrock und das passende Oberteil dazu. Sie hat die Kette mit dreieckigen Metallteilen um, die sich fächerförmig über ihrem Schlüsselbein ausbreiten. Liza versucht seit Jahren, ihr diese Kette abzuluchsen, aber Mum gibt sie nicht her. Meine Mutter sieht super aus. Daran besteht gar kein Zweifel.

Die Haustür fällt hinter ihnen zu. Jess heult ein bisschen, aber lässt sich ganz leicht mit einem Schaumbad und einer Schinken-Käse-Minipizza ablenken, die Spezialität ihrer älteren Schwester. Ich lasse sie bis lange nach ihrer Schlafenszeit aufbleiben, weil ich mich einsam fühle.

Umgehauen

Am Morgen vor Eds Party lerne ich ein bisschen für den Test in Geschichte und sage mir, dass ich weiterlernen werde, wenn ich wieder zu Hause bin. Mittags dusche ich und ziehe meine Arbeitskluft an. Die Klamotten für die Party packe ich ein. Meine dunkle Jeans, die alten, leicht abgetragenen Blundstone-Stiefel, die mir Mum in der achten Klasse für den Winter gekauft hat, mein graues Longsleeve und das hellblaue T-Shirt zum Drüberziehen. Ich stecke auch eine meiner wenigen Halsketten ein – eine recht große Jadefigur an einer schwarzen Samtschnur. Ich schleiche mich in Mums Zimmer und stecke ihre Flasche Coco ein.

Der stille, authentische Chris der letzten paar Schichten ist heute Abend wie ausgetauscht. Er zeigt sogar fast manische Züge.

»Kleine!«, schreit er, als ich an ihm vorübergehe und ihm kurz zunicke. Er packt die Lebensmittel mit noch mehr Schwung als sonst ein. Als Bianca ihn zum Einkaufswagen einholen schickt, schiebt er die Wagen krachend ineinander und knallt sie in den fahrbaren Süßwarenstand.

»Geht's dir gut?«, frage ich ihn.

»Gut? Gut? Mir geht's fantastisch!«, sprudelt es aus ihm heraus.

Na prima.

Wir schließen den Laden um 18 Uhr. Street-Cred-Donna geht gleich raus eine rauchen. So wie sie ihre Arbeitsuniform trägt, lässt sich daraus leicht ein Party-Outfit machen – die Ärmel hochgekrempelt, silberne

Anhänger an einem Lederband, in jedem Ohr drei Ohrringe, die blondierten Haare im Pferdeschwanz, mit zu beiden Seiten herunterhängenden Strähnen, schwarzer Mini, Netzstrümpfe und Stiefel, die ihr bis kurz unter die Knie reichen. Ich ziehe mich auf der Damentoilette um und sprühe mir einen Hauch Coco an den Hals. Ich bürste mir die Haare. Neben mir drängen sich Alana und Kelly vor dem Spiegel.

Bianca lehnt an der Wand und überwacht ihre Zöglinge.

»Schöne Kette«, sagt sie und zeigt auf meinen Jadeanhänger.

Ich bin so überrascht, dass es mir für einen Moment die Sprache verschlägt. Alana und Kelly sind still.

»Danke«, bringe ich heraus.

»Ja, sieht super aus«, pflichtet Alana ihr rasch bei.

»Richtig nach was Besonderem«, stimmt Kelly ein.

Ich nicke und bürste mir energisch die Haare.

Bianca kommt rüber und streckt die Hand nach dem Anhänger aus, der genau unter meiner Kehle sitzt.

»Er sieht alt aus«, stellt sie fest. »Wo hast du den denn her?«

Sie steht so nah bei mir, dass sie mich fast berührt.

»Wir haben ihn bei den Sachen meiner Großmutter gefunden, nachdem sie gestorben ist. Sie ist viel durch Asien gereist. Ich weiß nicht genau, wo sie den herhat.«

»Hmm.« Sie sieht mir in die Augen. »Wunderschön.«

Ich habe mich noch nie so lang am Stück mit Bianca unterhalten. Sie hat mir noch nie ein Kompliment gemacht. Es fühlt sich gut an – zu gut. Dann ist es vorüber.

»Also, wir sehen uns dann dort«, sagt sie. »Alana, Kelly?«

Sie zieht davon, die anderen beiden im Schlepptau.

Die meisten, die direkt von der Arbeit kommen, passen in Biancas und Kathys Autos. Aber Chris entscheidet, dass Ed, er und ich mit dem Bus fahren.

»Aber dann kommen wir doch alle vor Ed an«, bemerkt Kathy.

Chris wendet sich an Ed. »Gib ihr deinen Schlüssel.«

Ed kramt in seiner Hosentasche und zieht ein Schlüsselbund an einem Flaschenöffner hervor.

»Keith Street 18«, sagt er zu Kathy. Wir strömen aus dem Mitarbeiterausgang. Ed, Chris und ich gehen zur Bushaltestelle beim Getränkemarkt. Chris sieht auf den Fahrplan und verschwindet dann mit Ed im Laden. Fünf Minuten später kommt Ed mit einem Kasten Bier auf der Schulter heraus. Chris schleppt etliche braune Papiertüten.

»Bereit für die Party, Kleine?«

Ed betrachtet mich mit glasigen Augen und etwas, das Sympathie sein könnte. Ich krame in meiner Tasche nach Geld für den Bus.

Eds Familie wohnt in einem kleinen Haus in einer ruhigen Straße – der krasse Gegensatz zu dem Hafenpanorama bei Bianca. Wahrscheinlich trägt das auch dazu bei, dass sich alle auf der Party von Anfang an ordentlich benehmen. Weil das Haus so klein ist, halten wir uns nur im Wohnzimmer und in der angrenzenden Küche auf.

Sämtliche Anzeichen für Biancas Freundlichkeit von vorhin sind verschwunden und sie hält sich an Alana,

Kelly, Street-Cred-Donna und Jeremy. Wenig später sitzt sie bei Jeremy auf dem Schoß. Jeremy schaut dabei ziemlich selbstgefällig. Ich glaube, Bianca und Andy sind nicht mehr zusammen – er ist nicht auf der Party. Kathy scheint die ganze Zeit um Chris herumzutänzeln.

Es gibt jede Menge zu trinken und kaum etwas zu essen. Ich knabbere ein paar Chips und trinke ein Bier. Ich unterhalte mich ein bisschen mit Sveta, die im gleichen Jahrgang ist wie ich. Bianca trinkt Whiskey-Cola, während Kathy sich ein paar Bacardi Breezers mitgebracht hat. Auf dem Küchentisch reihen sich so einige Flaschen Schnaps und verschiedenes Alkoholfreies auf.

Chris trinkt die ganze Zeit aus einer eigenen Flasche Wodka. In vollen Zügen. Ich bin nicht wirklich Fachfrau auf diesem Gebiet, aber ich weiß von meinen Eltern, dass man Spirituosen im Allgemeinen aus kleinen Gläschen nippt, oftmals gemischt mit etwas anderem. Chris ertappt mich beim Starren.

»Willst du einen Schluck, Kleine?«, fragt er.

»Klar.«

Ich stelle mein Bier ab und greife tapfer nach der Wodka-Flasche, eine Hand am Hals, die andere am Boden. Ich lege den Kopf in den Nacken und kippe den Wodka hinunter. Das Einzige, was noch schlimmer ist als der plötzliche widerliche Geschmack, ist das scharfe Brennen in der Speiseröhre. Ich huste und pruste. Chris klopft mir auf den Rücken.

»Es brennt«, japse ich.

»Nach einer Weile lässt's nach«, beruhigt er mich, greift nach der Flasche und nimmt selbst erst mal einen ordentlichen Schluck.

Ein paar Stunden später ist die Rede davon, Twister zu spielen. Irgendeine mir unbekannte Musik dröhnt durch den Raum. Ed, Lincoln und Vic kehren mit roten Augen aus der Garage zurück. Chris hat inzwischen seine Flasche halb geleert. Alana und Kelly machen mit je einer Flasche Tequila und einer Art Limettensirup die Runde und verabreichen etwas, was sie »Abfüller« nennen.

Nähere Betrachtung zeigt, dass man sich dazu hinlegen muss, damit Kelly und Alana einem Tequila und Lime Cordial direkt in den Mund kippen können. Chris ist gerade dran. Wir sitzen auf dem Sofa und er streckt sich gehorsam aus, seine Beine liegen auf meinen. Ohne mit der Wimper zu zucken, nimmt er einen gewaltigen Schluck und setzt sich wieder auf. Schreie nach »Amelia!« werden laut und mir wird bewusst, dass jetzt ich dran bin.

»Ich setz lieber aus…«, versuche ich sie davon abzubringen, den üblen Geschmack vom Wodka habe ich noch immer im Mund. Aber die Rufe lassen nicht ab und schon packen mich Ed und Lincoln an den Schultern und drücken mich nach hinten. Ich öffne den Mund, während Alana und Kelly sich kichernd über mich beugen. »Los, kipp schon!« Leeren sie etwa beide Flaschen komplett in meinen Mund? Unverdünnter Limettensirup und ätzender Tequila fließen bis oben hin und ich frage mich, wie ich das jemals schlucken soll. Ich ducke mich unter dem Strahl hindurch, noch bevor sie aufhören zu gießen. Die Flüssigkeit schwappt mir auf Hals und T-Shirt. Ich schlucke alles hinunter und kämpfe gegen den anschließenden Würgereiz. Aus Angst, ich könnte den Kampf verlieren, rapple ich mich mühsam hoch und torkle zum Badezimmer.

Ich ziehe die Tür hinter mir zu und atme tief durch. Ich spritze mir Wasser über Gesicht und Hals und trockne mich mit einem hoffentlich halbwegs sauberen Handtuch ab. Ich mache es an einer Ecke nass und versuche, den klebrigen Fleck aus meinem T-Shirt rauszurubbeln. Dann lasse ich mich auf dem Fliesenboden nieder, mit dem Rücken gegen die Badewanne. Jemand pocht an die Tür.

»Amelia! Alles in Ordnung?«

Noch bevor ich etwas sagen kann, kommt Chris hereingestolpert, die Wodkaflasche in der Hand. Er betrachtet mich einen Moment lang, zieht dann die Tür hinter sich zu und lässt sich neben mir auf dem Boden nieder.

»Geht's dir nicht gut?«, fragt er.

»Ist wieder gut. Ich denke, ich geh bald nach Hause. Wie geht's dir denn?« Ich deute auf die Flasche.

»Fan-*fuck*-tisch. Man kann sie nicht ertränken … aber man kann ihnen das Schwimmen beibringen.«

»Wem denn?

»Ach … nichts.«

Wir sitzen schweigend da. Neben uns, unter dem Waschbecken, stehen ein paar Reinigungsmittel. Ich entdecke einen Schwamm, für den ich gestern erst den Werbespot gesehen habe, der mich furchtbar aufgeregt hat. Ich nehme den Schwamm in die Hand.

»Hast du mal die Werbung für den neuen Wonder-Sponge gesehen?«, frag ich ihn. »Das ist die absolute Sauerei. Da ist so ein schmierig grinsender Typ, der die Leute interviewt – alles Frauen, wohlgemerkt –, darüber, wie fantastisch doch dieser neue Schwamm ist und wie gut er jegliche Reinigungsbedürfnisse befriedigt. Auf Wiedersehen, Badezimmerschmutz! Die Frauen sind alle ganz begeistert von ihrem neuen Schwamm. Sie stehen in der strahlenden Duschkabine und sehen aus wie aus dem Ei gepellt. ›Er entfernt einfach alles!‹ Und dreimal darfst du raten… Natürlich ist kein einziger Kerl darunter. Was lernen wir daraus? Dass es das Los der Frau ist, den Dreck im Badezimmer wegzumachen?« Ich halte kurz inne, um nach Luft zu schnappen und sie wieder auszuatmen. »Ich schätze, der Dreck im Badezimmer ist tatsächlich das Los der Frau. Auf jeden Fall bei uns zu Hause.« Ich wende mich ihm zu. »Kümmerst du dich bei euch um den Dreck im Badezimmer?«

Er schüttelt langsam den Kopf.

»Das habe ich mir fast gedacht.« Ich werfe den Schwamm angewidert an die Wand.

»Amelia«, sagt Chris.

»Ja?«

»Wenn du nur zwei Jahre älter wärst, würde ich mit dir zusammen sein wollen.«

Was? Was hat er da gerade gesagt? Ich starre ihn an.

Er sieht mich zärtlich an mit seinen geröteten Augen, seinem unsteten Blick.

»Du würdest was?«

»Ich wünschte, du wärst älter«, sagt er. »Du wärst die perfekte Frau«, und er umschließt mit der Hand, in der er nicht den Wodka hält, mein Kinn.

Ich bin sprachlos. Ich bringe keinen Ton heraus. Das Einzige, was ich wahrnehme, ist das Blut, das in meinen Ohren rauscht. Ich glaube, ich atme nicht. Und dann plötzlich finde ich meine Stimme wieder.

»Du bist perfekt! Du bist *perfekt!«*

»Wirklich?«, fragt er und stellt die Wodkaflasche auf den Boden.

»Jaaa!«

Er legt beide Hände um mein Gesicht.

Auweia.

»Amelia.«

»Ja.«

»Ich muss dich jetzt küssen.« Und dann zieht er mich mit meinem nach Limettensirup schmeckenden Mund zu sich heran.

Ich küsse Chris, als hätte ich jahrelang nichts anderes getan, als Jungs in Badezimmern zu küssen. Ich glaube zu spüren, wie unsere Lippen miteinander verschmelzen. Die paar Zentimeter Fliesenboden zwischen uns verschwinden in einem Knäuel aus Armen und Beinen.

»Chris.« Ich löse meine Lippen für einen Moment.

»Hmm?«

»Ich liebe dich.«

Er öffnet die Augen, sein Griff um mich scheint sich zu lockern. Er wirkt wie erstarrt. Nicht die Wirkung, die ich mir erhofft hatte.

Trotzdem spreche ich weiter: »In ein paar Monaten werde ich sechzehn.«

Er lässt mich los. Ich versuche, ihn noch mal zu küssen, aber er dreht den Kopf weg.

»Was? Was ist denn los?«

Von draußen hämmert jemand an die Tür.

»Scheiße«, sagt Chris und weicht zurück. Er wirft dabei die Wodkaflasche um, die mit einem lauten Klirren auf die Fliesen knallt, aber nicht zerbricht.

»Beeil dich verdammt noch mal da drin!«, schreit Bianca ziemlich schrill und bollert weiter gegen die Tür. Sie ist unglaublich. Wahrscheinlich taucht sie auch noch bei meiner Hochzeit auf, um sie zu ruinieren.

Von da ab geht alles ziemlich schnell.

Chris macht die Badezimmertür auf.

»Endlich!«, zickt Bianca, die draußen auf dem Flur steht, Alana und Donna wie üblich im Schlepptau. »Ich hab –«

Da entdeckt sie mich hinter Chris und eine Augenbraue schnellt nach oben.

Er packt mich am Handgelenk und zieht mich raus. »Halt die Klappe«, sagt er zu Bianca, die eben zu einer Bemerkung ansetzen wollte.

»Chris«, flüstere ich und folge ihm durch den Flur. »Was –«

»Da bist du ja, Amelia! Mein Vater wartet draußen. Willst du noch mit?« Sveta wohnt in meiner Nähe und hatte mir angeboten, mich mitzunehmen.

»Oh ja, danke. Ich komme gleich.« Es würde sonst schwierig für mich, nach Hause zu kommen. Sonntagnacht fahren kaum Busse in den Vororten und in meiner Familie ist Abholen eher unüblich.

Sveta nickt mir zu und geht raus.

Ich ziehe an Chris' Hand. »Ich geh jetzt.«

Er sieht mich an. »Ich bring dich noch raus.«

Ich hole meinen Rucksack und wir gehen durch den Seiteneingang hinaus auf die dunkle Auffahrt. Man sieht das Licht der Scheinwerfer von dem wartenden Auto an der Straße, aber es strahlt nicht in unsere Richtung.

»Kleine«, sagt er und umarmt mich ganz fest.

»Ich muss los«, sage ich, löse mich langsam aus der Umarmung, in dem Bewusstsein, dass Svetas Dad wartet.

Er sieht mich einen Moment lang an. Ganz nah.

»Deine Pupillen sind riesig«, sagt er mit einem leichten Lallen.

Ich küsse ihn noch einmal auf den Mund. Einfach so. Weil ich es will. Ich bin selbst verblüfft über die Freiheit, die ich mir da herausnehme, und schreite selbstsicher die Auffahrt hinunter.

Ich lerne nicht mehr und schlafe auch nicht, als ich gegen Mitternacht nach Hause komme. Es ist still. Ich sitze bis ein Uhr senkrecht im Bett. Dann ziehe ich meinen Schlafanzug an und sitze noch einmal bis etwa vier Uhr auf dem Bett, bis ich mich hinlege und vor mich hindämmere.

Als ich um sechs Uhr dreißig vom Wecker aufwache, befürchte ich einen kurzen Moment, dass ich das Ganze geträumt habe. Ich habe schon öfter so was geträumt. Mein Blick wandert zu dem Kleiderhaufen auf dem Boden. Ich hebe das blaue T-Shirt auf und untersuche den Fleck am Hals und auf der Schulter. Ich rieche daran. Limettensirup. Ich muss so breit grinsen, dass mir die Tränen in die Augen steigen.

Seifenblasenmädchen

Nach der Schule taumle ich in Schlangenlinien nach Hause, ich kann meinen Kopf kaum aufrecht halten, die Augen fallen mir zu, aber meine Mundwinkel springen ständig nach oben. Ich versuche, mich an den bisherigen Tag zu erinnern. Als Jess sich geweigert hat, aufzustehen und sich anziehen zu lassen, habe ich sie einfach so sitzen lassen, habe es jemand anderem überlassen. Ich kann mich nicht daran erinnern, dass ich Mum Tee oder einen Toast gemacht habe. Ich kann mich auch nicht daran erinnern, dass ich irgendwas empfunden hätte, als mein Vater von mir – die ich in ein paar Minuten losmusste – verlangte, dass ich die Küche verlasse, damit er – der er nicht um eine bestimmte Zeit irgendwo sein musste – in Ruhe seinen Tee kochen konnte. Ich stand ihm im Weg.

Noch bevor die Anwesenheitsliste komplett durchgegangen worden war, hatte ich Penny bereits alles brühwarm erzählt. Als Scott nebst Anhang in der Mittagspause auftauchte, bin ich noch nicht mal wütend geworden. Mit ziemlich großer Wahrscheinlichkeit habe ich den Geschichtstest vermasselt, aber bisher habe ich noch nicht weiter darüber nachgedacht.

Das Einzige, was mich interessiert, ist der Anruf von Chris, der heute Abend bestimmt noch kommt. Was werden wir wohl sagen? Über was reden Paare denn so miteinander? Ich erzähle ihm von meinem Tag und er mir von seinem. Ich werde ihm gestehen, wie sehr ich mich nach diesem Tag gesehnt habe, und er wird das Gleiche tun. *Wann sehen wir uns denn wieder?*, wird er fragen.

Wir werden uns am Mittwochabend nach der Arbeit zum Essen verabreden. Wir gehen noch mal zu Rino's, aber diesmal wird er ganz nah bei mir sitzen und meine Hand unter dem Tisch halten. Danach wird er den Arm um mich legen und mich nach Hause begleiten.

Um 19 Uhr 30 lassen sich alle zum Abendessen nieder. Er hat noch nicht angerufen.

»Wie war die Party gestern?«, fragt Mum.

»Gut. Prima.«

Wir essen schweigend.

»Ist alles in Ordnung, Amelia?«, fragt Mum noch mal.

»Ja!«

Als wir mit dem Essen fertig sind, stecken sich Mum und Dad ihre Zigaretten an. Ich räume den Tisch ab, entsorge die Reste, halte die Teller unters Wasser und staple sie am Beckenrand. Es ist Dads Aufgabe, den Geschirrspüler einzuräumen, wenn er zu Hause ist. Ich nehme den Hörer vom Telefon und überprüfe, ob es tutet. Ich ziehe mich damit in mein Zimmer zurück und setze mich im Schneidersitz aufs Bett.

Es ist 21 Uhr 30, noch immer nichts. Vielleicht sieht er wieder *Media Watch*. Um wie viel Uhr läuft *Media Watch?* Wahrscheinlich denkt er, dass es schon zu spät sei, um anzurufen.

Nach langem Überlegen und mit beginnender Panik, die mir allmählich die Kehle zuschnürt, reiße ich das Telefon an mich und wähle seine Nummer.

»Robyn Harvey«, sagt eine Frauenstimme, von der ich annehme, dass es seine Mutter ist.

»Kann ich bitte Chris sprechen?«

»Einen Moment bitte, Liebes.« Sie hört sich nett an. »Chris!«, ruft sie. »Telefon für dich.«

Schritte im Hintergrund und dann Chris' Stimme: »Hallo?«

Meine Brust zieht sich zusammen.

»Ich bin's, Amelia.«

»Hi.«

Er klingt irgendwie... bestürzt? Schroff? Überrascht? Verärgert?

»Wie geht es dir?«, erkundige ich mich mutig.

»Ich habe das, was man als Mutter aller Kater bezeichnen könnte.«

»Oh, das hört sich nicht gu-«

»Kann ich dich zurückrufen?«

»Häh?«

»Kann ich dich in zehn Minuten zurückrufen, Amelia?« Er klingt ungeduldig.

»Klar.«

Und dann legt er auf.

Ich sehe auf den Wecker. 21 Uhr 34. Ich warte.

Es klopft. Ich zucke zusammen.

»Ja!«

Mum öffnet die Tür, aber kommt nicht rein.

»Ich geh jetzt ins Bett.«

»Ist gut«, entgegne ich leicht gereizt. Warum sagt sie mir das? Sonst sagt sie doch auch nie was, sodass ich mich jedes Mal frage, ob ich in ihr Schlafzimmer gehen soll, um ihr einen Gutenachtkuss zu geben. Aber immer, wenn ich es tatsächlich mal mache, sieht sie mich nur aus müden Augen an.

Jetzt steht sie da und sieht mich an, wie ich da mit dem Telefon im Schoß sitze. Ihr Blick wandert zu meiner nicht ausgepackten Schultasche, meinem unbeleuchteten Schreibtisch ohne Schulbücher.

»Ist alles in Ordnung?«, fragt sie noch einmal.

»Ja doch!« Für eine Sekunde bin ich kurz davor, in Tränen auszubrechen. »Ich seh dich morgen früh, Mum.«

21.45.

21.50.

21.55.

Als plötzlich das Telefon klingelt, schrecke ich hoch und nehme schnell ab.

»Ich bin's«, sagt er tonlos.

»Hi.« Ich beiße die Zähne zusammen und kämpfe gegen den aufsteigenden Aufruhr in meinem zentralen Nervensystem an.

»Ich bin ansonsten kein Freund von Klischees«, fängt er an, »aber ich muss mit: ›Was gestern Abend betrifft …‹ beginnen.«

Ich unterdrücke ein leichtes Kichern und warte, dass er fortfährt.

»Wie du sicherlich mitgekriegt hast, habe ich gestern Abend ziemlich viel getrunken, was dazu geführt hat, dass ich völlig enthemmt war und die Kontrolle über mich verloren habe.« Es hört sich so an, als würde er das ablesen. Einen Moment später wird mir klar, dass er genau das tut.

»Ich entschuldige mich dafür, wie ich mich dir gegenüber benommen habe«, fährt er fort.

»Du hast gar nichts –«

»Aber ich bin mir sicher, du weißt, dass eine Beziehung zwischen uns absolut ausgeschlossen ist.«

Nun ist es passiert. Die Tränen schießen mir in die Augen und ich traue mich nicht, irgendwas zu sagen, aus Angst, er könnte es an meiner Stimme merken.

»Warum?«, kriege ich gerade noch so heraus.

»Weil du fünfzehn bist und ich zweiundzwanzig. Wir bewegen uns in völlig anderen Kreisen und befinden uns in völlig verschiedenen Lebensabschnitten.«

Ich weiß, dass er weiß, dass ich weine. Er hört mit Sicherheit, wie ich versuche, es zu unterdrücken.

»Du kannst nicht an meinem Leben teilhaben und ich nicht an deinem. Es würde einfach nicht funktionieren. Ich brauche jemanden, der mit mir und meinen Kumpels in den Pub gehen kann, der mit mir übers Wochenende wegfahren, den ich meiner Familie vorstellen kann, und um ganz ehrlich zu sein – jemanden, mit dem ich Sex haben kann.«

»Ich würde mit dir Sex haben!«

»Nicht!«, sagt er schroff. »Sag so was nicht.«

Die Tränen rinnen mir über die Wangen.

»Es tut mir leid, was passiert ist. Du warst ja auch betrunken. Es war einfach eines dieser Dinge.« Er muss doch selbst merken, wie lahm das klingt. »Ich seh dich auf der Arbeit. Mach's gut.«

Er legt auf.

Ich lege den Kopf aufs Kissen und all die Schluchzer, die noch in meiner Kehle steckten, kommen heraus.

Schlimm

Als der Wecker am nächsten Morgen klingelt, bleibe ich liegen. Meine Augen sind wund und verkrustet. Ich mach mich besser mal auf zur Schule, denke ich. Mum, Jess und Dad sind schon aus dem Haus. Mum hat Dad heute schon ganz früh zum Flughafen gebracht. Er hält diese Woche ein paar Vorträge an der University of New England. Modernes Drama oder so was.

Ich bügle meine Bluse in der Küche und trinke dabei ein paar Schluck Tee. Ich gehe später los als sonst. Die Busse sind überfüllt und bewegen sich nur schleichend vorwärts. Ich komme zu spät zur Anwesenheitsabfrage. Mrs Chambers hakt mich kommentarlos ab. Ich bin sonst nie zu spät.

Kurz nach der ersten Pause treffe ich Penny bei den Spinden.

»Was ist los?«, fragt sie.

»Chris.«

»Was ist jetzt schon wieder?«

»Er sagt, es ist vorbei. Er sagt, er war nur besoffen. Er sagt, es würde niemals... Wir würden nie... Er würde nie... Er hat mir all die Gründe, die dagegensprechen, vorgelesen.«

»Ach Süße, was für ein Scheißkerl.«

Ich knalle die Spindtür zu. »Genau!«

Wir gehen raus und setzen uns zu den anderen auf den Rasen in die Sonne.

»Bleibt's bei Samstag?«, frage ich sie. »Ich brauch dringend die Schokoladentherapie. Du könntest mir vielleicht beim Haarefärben helfen.« Unser übliches Abschaltritual am Samstag besteht aus Kinobesuch, einem großen Becher Popcorn, gegenseitigem Übernachten bei mir oder Penny, Filmegucken bis spät in die Nacht und Schokolade.

»Ich kann dieses Wochenende nicht.«

»Was? Wieso?«

»Ich hab was vor.«

»Mit deiner Familie?«

»Nein.«

»Was denn?«

»Ich gehe zur Saisonende-Party«, sagt sie und versucht, locker zu klingen.

An dem Samstag, an dem das First-XV-Rugbyteam der Jungenschule das letzte Spiel der Saison austrägt, gibt es anschließend alljährlich eine Riesenparty in einem der luxuriösen Häuser eines der Spieler. Man kommt nur mit persönlicher Einladung rein und nur, wenn man zu den coolsten und sportlichsten Typen und den bestaussehenden und angesagtesten Mädchen gehört. Ich bin völlig fassungslos – auf der einen Seite irre neugierig, wie Penny da rangekommen ist, und auf der anderen neidisch und beleidigt.

»Wie das denn?« Ich bleibe stehen, sodass sie gezwungen ist, ebenfalls stehen zu bleiben.

»Scotts Schwester geht in die Zwölfte. Sie geht mit einem vom Team. Sie hat dafür gesorgt, dass Scott mit ein paar Freunden eingeladen wird, darunter auch ich.«

»Dann gehst du also mit Scott dahin?«

»Na ja. Seine Schwester fährt und ich sitze mit im Auto.«

»Aber sie sind ein Haufen von Angebern. Erinnerst du

dich? Die Alphamännchen und ihre Eroberungen – die weiblichen Trophäen?«

Penny schweigt.

Ich warte darauf, dass sie mich bittet mitzukommen. Sie schweigt weiter.

»Was, wenn ich auch mitwollte?«, frage ich sie spitz.

»Es … Im Auto ist kein Platz mehr«, entgegnet sie lahm.

»Kein Platz mehr frei«, wiederhole ich. »Ach, verpiss dich doch.«

Der Tag geht ohne weitere Zwischenfälle vorüber. Während der Mittagspause rede ich kein Wort mit Penny oder den anderen und gebe vor, für einen Test zu lernen.

Ich weine nicht.

In der Doppelstunde Englisch sehen wir uns *Einer flog über das Kuckucksnest* an. Ich sitze in der hinteren Reihe und lege den Kopf auf die Arme, untersuche eingehend das graue, körnige Furnier des Tischs drei Zentimeter vor meinen Augen. Ich döse, immer wieder aufschreckend, vor mich hin.

Mrs Cummings sagt nichts, aber als ich wieder zu mir komme, hat sie mich im Visier.

Wie üblich ist die Nachhausefahrt mit dem Bus ein Anschlag auf meine Sinne. Drei Football-Alphamännchen quälen einen winzigen Streber aus der Siebten. Er wehrt sich, die tapfere kleine Seele.

Ich wanke von der Bushaltestelle direkt nach Hause; zur Arbeit muss ich erst wieder morgen Abend.

Als ich zu Hause ankomme, eilt mir Mum entgegen. Sie sagt, sie sei auf dem Weg zur Schule, zu einem Infoabend über den Altersruhestand.

»Im Kühlschrank liegt ein gegrilltes Hühnchen und Zutaten für Salat für dich und Jess. Setz sie noch vor sechs in die Wanne.«

Die Haustür fällt hinter ihr zu, während ich noch in der Küche stehe. Jess sieht im Wohnzimmer *Play School.* Ich stelle meinen Rucksack auf einem der Stühle neben dem Tisch ab. In meiner Brust macht sich ein stechender Schmerz breit, aber noch immer kommen keine Tränen. Mir fällt auf, dass ich den ganzen Tag noch nichts gegessen habe.

»Melia!«, ruft Jess. »Kann ich eine Tasse Ovomaltine haben?«

Das kleine Fräulein kann noch nicht mal Bitte sagen, denke ich.

»Wie heißt das Zauberwort?«, rufe ich zurück.

»Biiittte!«

»Das kleine Fräulein«, murmele ich und mache ihr eine Tasse Kakao.

Um fünf kommt sie in die Küche, wo ich vor einer leeren Teetasse sitze.

»Der Fernseher ist zu Ende«, sagt sie vorwurfsvoll.

»Hmmm.«

»Kannst du was mit mir spielen?«

»Nein.«

»Ooooh, biiitte!«

»Spiel noch eine Weile allein. Dann ist es Zeit für die Badewanne und danach gibt's Essen.«

»Ich hab nichts zum Spielen«, schmollt sie.

Da reißt mir der Geduldsfaden.

»HÖR AUF ZU QUENGELN, JESSICA!«, schreie ich.

Sie reißt die kleinen Äuglein auf.

»LASS MICH EINFACH IN RUHE! HAU DOCH MAL AB! HAU *AB!«* Zum Schluss versagt mir die Stimme. Mein Kopf sackt auf meine Arme auf dem Tisch und ich heule los. Ich spüre ihre kleine Hand auf meinem Arm.

»Melia ...«

»HAU AB!«, schreie ich den Tisch an.

Ihre flinken Kinderfüße trappeln aus der Küche, die Treppe hinauf und in ihr Zimmer, wo sie die Tür zuknallt.

Ich weine und weine, bis meine Ärmel durchnässt sind und ich völlig erschöpft bin. Da erst höre ich die kleinen Schluchzer von oben. Ich stehe auf, putze mir die Nase, spritze mir an der Spüle kaltes Wasser ins Gesicht. Nach ein paar tiefen Atemzügen gehe ich nach oben und klopfe bei Jessie an.

»Jess.«

Ich öffne die Tür. Sie sitzt auf dem Bett, ihren Teddy im Arm, der wirklich rührend aussieht mit dem Schal, den Oma ihm gestrickt hat. Ich setze mich neben sie.

»Es tut mir leid, dass ich dich angeschrien habe.«

Sie sagt nichts.

»Es tut mir wirklich leid, dass ich dich angeschrien habe. Ich bin heute ziemlich durcheinander.«

»Warum denn?«

»Einer bei der Arbeit ist ziemlich fies zu mir.«

»Wie Felix?«

Felix ist ein Junge aus Jess' Kindergarten, der sie öfter mal in den Sandkasten schubst. Ich habe schon angekündigt, mit ihr zum Kindergarten zu gehen und mir diesen Felix mal vorzuknöpfen, aber Mum sagt dann immer, ich solle nicht so reden.

»So ungefähr.«

Sie nickt. Ich strecke ihr die Arme entgegen und sie wirft sich hinein. Ich halte sie fest und atme tief den Duft ihrer Haut und Haare ein.

»Ich lass dir jetzt das Badewasser ein, und während du badest, mach ich uns Abendessen.«

Jess badet gern und ausgiebig und spielt dabei mit ihren Enten und verschiedenen nicht besonders glücklich aussehenden Barbiepuppen alle möglichen Dramen nach. Crystal Barbie, einst prächtig in ihrem Ballkleid aus Polyester und mit Krönchen, ist mittlerweile immer nackt und trägt einen Igelschnitt.

Jess nickt und zieht die Socken aus. Ich will nicht so weit gehen, sie zu bitten, Mum nichts zu sagen, aber ich hoffe trotzdem, sie wird ihr nichts von meinem Ausraster erzählen.

Eine halbe Stunde später sitzen wir nebeneinander vor dem Fernseher, gucken eine von Jess' DVDs und essen kaltes Huhn und Salat. Das Telefon klingelt. Penny ist dran.

Ich halte es nie lange aus, wütend auf Penny zu sein. Sie ist der Grund, dass ich mich nicht alleine auf der Welt fühle. Wir sind seit der siebten Klasse befreundet und seit der achten beste Freundinnen. Penny steht mir am nächsten und ohne sie an meiner Seite wüsste ich nicht, wo mein Platz auf der Welt wäre. Ohne sie wäre ich so unglücklich und allein wie Holden Caulfield aus *Der Fänger im Roggen*. Ich fühle mich so was von vor den Kopf gestoßen, dass sie ohne mich zu dieser Party geht, aber ich kann ihr einfach nicht lange böse sein. Die Sache mit Chris ist schon unerträglich genug; Penny brauche ich einfach. Ich muss mir den Weg in unseren sicheren Hafen wieder öffnen.

»Hast du dich wieder beruhigt?«, fragt sie mich.

»Ein bisschen.«

»Mein Dad will sich von meiner Mum trennen«, sagt sie geradeheraus.

»Scheiße! Warum denn?«

»Ich weiß es nicht genau. Sie ist manchmal ganz schön schwer zu ertragen.«

»Ja, mag sein. Hast du sie darüber sprechen gehört?«

»Nein. Er hat es mir im Auto auf dem Weg zur Schule gesagt.«

»Hat er es *ihr* schon gesagt?«

Sie schweigt einen Moment lang. »Nein. Noch nicht. Und es ist ein schlechter Zeitpunkt, jetzt wo Jamie gerade wieder vom Banksia House zurück ist.«

»Hast du das Gefühl, er meint's ernst?«

»Scheint so.«

»Wo will er denn hin?«

»Ich *weiß* es nicht, Amelia!«

Ich kann es einfach nicht fassen. Pennys Mum und Dad sind wie... Ich glaub es einfach nicht.

»Oh Mann. Das tut mir so leid. Ich versteh das nicht; deine Eltern sind doch... du weißt schon, sie waren so...«

»Hmm.«

»Willst du für eine Zeit bei uns wohnen?«

»Nein, ich will lieber... Nein. Aber danke.«

Funkstille

Als ich am nächsten Tag zur Arbeit komme, steht Chris gerade vorm Dienstplan am Service-Schalter. Bianca und Jeremy haben mich entdeckt, bevor er mich sieht.

»Hi«, sage ich und schiebe mich neben ihn.

Er sieht mich kurz an. »Hi«, sagt er, hält mir den Dienstplan hin und geht rasch davon. Bianca und Jeremy kichern oder zumindest kommt es mir so vor. Sie hat mich wieder an Kasse 16 ganz am anderen Ende eingeteilt.

Kein Wort und keine Geste von ihm die gesamte Schicht über.

Bianca holt Chris um 19 Uhr 30 von der Kasse weg, die Einkaufswagen einsammeln. Er kommt ein paar Mal bei mir vorbei, aber würdigt mich keines Blicks.

Jeremy und Bianca haben anscheinend was Wichtiges hinterm Service-Schalter zu besprechen. Kurz darauf schickt sie Jeremy los zu meiner Kasse, unter dem Vorwand, einen Umtauschbon einsammeln zu müssen.

»Was ist denn mit dir und Harvey los?«, fragt er mich unverblümt, als ob es ihn was anginge.

»Nichts«, entgegne ich und verfluche mich gleich darauf dafür, dass ich überhaupt etwas gesagt habe.

»Ignoriert er dich?«

»Er ignoriert mich nicht!« Einfach unglaublich! Dieser Typ hat seit über drei Monaten nicht mehr mit mir gesprochen und er meint, er könne einfach so auftauchen und mit mir über den wundesten aller wunden Punkte reden? Sie wittern die Schwächen anderer, Bianca und ihr Gefolge, so viel steht fest.

Ich klatsche den Umtauschbon auf das Warenband. Er

zieht die Augenbraue hoch, steckt ihn ein und schleicht wieder rüber zu Bianca. Arbeitet er eigentlich auch mal?, frage ich mich, als ein Kunde mit einem vollen Einkaufswagen bei mir vorfährt.

Chris spricht bestimmt noch mit mir, bevor die Schicht zu Ende geht. Es wäre das erste Mal, dass er auf der Arbeit nicht mit mir spricht. Er wird vorbeikommen und sich mit mir unterhalten und Biancas Zöglingen beweisen, dass ich immer noch seine Lieblings-Kleine bin. Und dann muss das Gefolge sein höhnisches Gelächter wieder einstellen oder zumindest dämpfen. Es geht auf 21 Uhr zu, Zeit für den Kassensturz.

Normalerweise gehe ich jetzt mit Chris nach hinten zum Büro die Geldschublade abgeben. Noch bevor ich fertig bin mit Zählen, sehe ich, wie Chris seine Lade herausreißt und damit nach hinten verschwindet. Unter den Blicken der Zöglinge eile ich ihm so schnell wie möglich hinterher, nur um ihn aus dem Belegschaftsausgang stürmen zu sehen. Ich bleibe wie angewurzelt stehen. Ed überholt mich mit seiner Kassenlade.

»Ed!« Den verzweifelten Ton in meiner Stimme muss selbst ein Kiffer wie Ed wahrnehmen, der sich jetzt wahrscheinlich wünscht, woanders zu sein.

»Ja?«

»Chris… Redet er nicht mehr mit mir?«

»Ich weiß von nichts, Amelia. Tut mir leid.«

Er geht weiter. Ich setze matt einen Fuß vor den anderen und gebe die Kassenlade ab. Ich hole meinen Rucksack aus dem Spind und bewege mich auf den Hinterausgang zu. Draußen an der Wand lehnen Bianca, Donna, Jeremy und Alana und rauchen.

Bianca wirft mir einen zufriedenen Blick zu; zufrieden, dass man mir endlich gezeigt hat, wo mein Platz ist; zufrieden, dass ich fortan wohl nicht mehr so hochnäsig sein und dass ich mir bloß nicht mehr einbilden werde, ich sei klüger als sie und könnte auf Chris' Welle mitreiten. Hätte sich im Gegenteil herausgestellt, dass ich nun Chris' Freundin bin, hätte sie mir jetzt ganz sicher Honig ums Maul geschmiert.

Die anderen würdigen mich keines Blicks, aber ich sehe sie hinter dem Qualm grinsen. Sie verabschieden sich nicht von mir und ich mich auch nicht von ihnen.

Auf dem Nachhauseweg komme ich am Pub vorbei, wo Chris allein bei einem Bier sitzt und auf die anderen wartet. Ich bleibe stehen und quäle mich selbst, indem ich ihn ausgiebig anstarre. Dann gehe ich nach Hause. Heute Abend machen mir die dunklen Straßen Angst. Der Wind weht heulend über die Leitungen der Strommasten und die Ladenschilder klappern in ihrer Aufhängung. Nachdem ich die Hauptstraßen hinter mir gelassen habe, gehe ich mitten auf der Straße, um dem zu entkommen, was in den Schatten lauern mag.

Nichts wie weg hier

Seit Eds Party sind auf den Tag genau zwei Wochen vergangen. Die Arbeit stinkt mir. Damit die ganze Land-der-Träume-Geschichte auch irgendeinen Sinn ergibt, haue ich sämtliche Ersparnisse für zwei neue Jeans, ein paar neue T-Shirts und ein paar neue blaue Chucks auf den Kopf. Eines der T-Shirts ist cremefarben und an den Rändern braun eingefasst. Vorne drauf steht kleingedruckt: *Kann mir vielleicht irgendwer helfen, bitte?*

Chris behandelt mich weiterhin wie Luft. Na ja, vielleicht nicht wie Luft, aber er meidet geschickt jegliche Situation, bei der er mich womöglich ansehen oder mit mir reden müsste. Wenn es sich gar nicht mehr vermeiden lässt, nickt er mir allenfalls kurz zu.

Er fehlt mir so abartig doll. Mich überfällt ganz oft die Erinnerung an kühle Badezimmerfliesen und Tequila mit Limettensirup.

Street-Cred-Donna, deren neues Hobby es ist, die lilafarbenen Schnürsenkel ihrer Stahlkappenstiefel auf- und zuzuschnüren, rückt ihm in letzter Zeit immer mehr auf die Pelle. Sie gehen alle zusammen nach der Arbeit in den Pub. Ich bleibe so lang im Umkleideraum, bis sie weg sind, damit ich mich nicht an ihnen vorbeiquetschen muss, wenn sie vorm Hintereingang rumhängen. Seht euch die Verschmähte an! Die öffentlich Fallengelassene. Die Verkörperung enttäuschter Hoffnung. Die Ungeladene.

»Ich frag mich, ob er manchmal noch daran denkt«, sage ich zu Penny.

»Es ist doch völlig gleichgültig, was er denkt«, erwidert sie nicht unfreundlich.

Wir lernen für unsere Abschlussprüfungen in ein paar Wochen. Ich bin froh, dass ich mich auf etwas anderes konzentrieren kann. Pennys Dad ist inzwischen ausgezogen. Ihre Mutter dreht ständig durch. Ihr Bruder Jamie hat sich in sein Zimmer eingeschlossen und verpasst sehr oft den Unterricht.

»Wo wohnt dein Dad denn jetzt?«

»Keine Ahnung.«

»Du weißt es nicht?«

»Das weiß keiner von uns. Er sagt, er ›wohnt bei jemandem von der Arbeit‹, aber er sagt nicht, wo. Vielleicht will er nicht, dass ich es weiß, damit es Mum nicht herauskriegt.«

Ich bin völlig ratlos. Ich kann mir nicht vorstellen, dass mein Vater so etwas tun würde. Mich anschreien? Ja. Das Geschirr nicht spülen? Ja. Die Familie im Stich lassen? Nein.

»Er wollte Jamie und mich am Sonntag zum Essen einladen, aber wir haben noch nichts von ihm gehört.«

Penny hat ihr Mittagessen in letzter Zeit in der Schulkantine gekauft. Die Lunchpakete von ihrem Dad gehören der Vergangenheit an. Manchmal steht man fünfundzwanzig Minuten in der Schlange. Dabei ist die Pause gerade mal vierzig Minuten lang.

Es ist Sonntagabend, ich bin oben in meinem Zimmer und lerne. Morgen ist die erste Prüfung: Englisch. Sie fangen immer mit Englisch an. Mein Schreibtisch ist übersät mit den Fragen der vorigen Prüfungen. Ich nehme nur am Rande wahr, dass das Telefon klingelt.

»Amelia!«, ruft meine Mutter. »Telefon.«

Ich poltere zu ihr nach unten, wo sie mir den Telefonhörer hinhält.

»Chris«, sagt sie.

Ich erstarre.

Sie sieht mich erwartungsvoll an, ich nehme ihr das Telefon aus der Hand und sause wieder nach oben.

»Hallo?«

»Kleine.«

»Hi.«

»Wie geht's, wie steht's?«

Bleib ganz ruhig, Amelia. Ganz ruhig. »Warum sprichst du nicht mehr mit mir?« *Mist.*

Wenn Chris die Frage irgendwie beunruhigt haben sollte, lässt er sich nichts anmerken. Wahrscheinlich glaubt er, dass es nicht nötig ist, darauf zu antworten.

»Ich ruf an, weil ich Neuigkeiten habe.«

»Ja?« Ich bin jetzt in meinem Zimmer angekommen.

»Ja. Ich ... äh, mach mich vom Acker.«

»Was machst du?«

»Ich gehe nach Japan.«

Ich schwanke und lasse mich auf das Bett fallen.

»Ich hab eine Stelle als Englischlehrer in einer Kleinstadt angenommen. Einer Industriestadt. Es ist eine Art Abendschule. Ich unterrichte mittags in einer Fabrik.«

»Für wie lange denn?«, gelingt es mir nach einer beträchtlichen Pause.

»Der Vertrag ist erst mal für ein Jahr. Dann kann ich noch mal verlängern, wenn es mir gefällt. Ich habe schon im Land der zerstörten Träume gekündigt.«

»Aha.« Mir fehlen die Worte und außerdem muss ich mich darauf konzentrieren, nicht loszuheulen.

»Nächsten Samstag mache ich eine Art Abschiedsparty. Sonntagabend fliege ich los.«

»Mmm.« Ich gebe nur noch erstickte Laute von mir.

»Ich hätte dich gern dabei. Es werden ein paar Leute von der Arbeit kommen und ein paar Freunde von der Uni.«

Stille.

»Hast du was zu schreiben?«

Ich wühle unter den alten Prüfungsbögen auf meinem Schreibtisch und finde einen Kuli. »Ja.«

»Acacia Terrace 16 in Eastlakes.«

»Okay.«

»Ich mach besser mal Schluss, Kleine. Ich muss noch eine Menge Leute anrufen und packen.«

»Machs gut.«

»Tschüss.«

Ich sitze einen Moment lang reglos da. Dann lege ich den Kopf auf die Knie und warte auf die Tränen. Ich muss nicht lange warten.

Meine Tränen sind gerade in Schluchzer übergegangen, als es klopft.

»Was ist?«, rufe ich, um dem Anklopfenden ganz klar zu verstehen zu geben, dass ich NICHT »Komm rein« meine.

Trotzdem geht die Tür auf und Mum tritt ein. Sie zieht die Tür hinter sich zu.

»Ich hab nicht gesagt, dass du reinkommen kannst.«

Sie verschränkt die Arme.

»Was ist los?«

»Nichts.« Ich sammle die nassen Papiertaschentücher um mich herum auf und werfe sie in den Papierkorb. Nicht alle landen darin.

»Was ist los, Amelia?«

Ich blinzle sie an.

»Es geht um diesen Jungen, Chris, von der Arbeit, oder? Was ist da los?«

»Nichts.«

»Nichts? Er ruft dich an und plötzlich bist du in Tränen aufgelöst, am Abend vor deiner Prüfung?«

Ich zupfe an der Stickerei auf meiner Bettdecke.

»Und es ist ja nicht das erste Mal«, fügt sie hinzu. »Er scheint nicht gerade einen positiven Einfluss auf dich zu haben.«

»Er geht weg von hier«, ist das Einzige, was ich herausbringe. »Ins Ausland, um dort zu leben.«

»Na, *ein Glück«,* sagt Mum.

»Es ist überhaupt kein Glück«, jammere ich.

»Aber es ist zu deinem Besten, Amelia. Es ist sinnlos, mit Leuten Zeit zu verbringen, die dich nur unglücklich machen.«

Es ist ein starkes Stück, so etwas von der unglücklichsten Frau der Welt zu hören. »Und warum bleibst *du* dann bei Dad?« Tränen treten mir in die Augen. *Und mir?*

»Wie bitte?«

»Du bist unglücklich! Du bist unglücklich mit Dad, mit deiner Arbeit, mit mir und mit allem. Du zeigst mir jeden Tag, wie mies es dir geht und dass du irgendwie in dieses schreckliche Leben geraten bist. Und es gibt nichts, was ich dagegen tun könnte!«

»Mein Schatz –«

»Und es *ist* ja auch schlimm, dass du so hart arbeiten musst und dass Dad so oft weg ist und dass er, wenn er hier ist, keine große Hilfe ist. Ich wette, er kommt nur immer wieder, weil er es hier so gut hat.«

»Amelia.« Sie setzt sich neben mich. »Jetzt beruhige dich mal. Beruhige dich.« Sie seufzt.

Ich schluchze und greife nach einem Taschentuch.

»Es gibt Dinge in meinem Leben, die mich alles andere als glücklich machen«, gesteht sie. »Aber lass das meine Sorge sein. Und was deinen Vater und mich angeht... na ja, ich werde dir nichts vormachen...« Sie senkt den Blick. »Es war von Anfang an klar, dass ich keine Ehe führen würde, in der die... Arbeit gerecht verteilt ist. Er kann ganz schön anstrengend sein. Das stimmt. Aber an seiner Liebe zu mir... oder seinen Kindern gibt es nichts zu zweifeln. Genauso wenig wie an meiner zu ihm oder euch Kindern. Auch wenn ich manchmal... ziemlich durchhänge. So etwas wie ›Er bleibt nur bei uns, weil es ihm hier so gut geht‹ solltest du nicht sagen. So etwas solltest du noch nicht mal über deinen Vater denken.«

»Aber er macht mich so wütend, so wie der dich manchmal behandelt, oder mich.«

»Er liebt dich sehr. Er würde für Jess und dich töten, wenn es sein müsste.«

»Ich will nicht, dass er wegen mir jemanden umbringt. Ich wünsche mir bloß, dass er sein Geschirr abspült. Und dir mehr zur Hand geht. Was wäre denn, wenn du nicht ein festes Einkommen nach Hause bringen und das Abendessen kochen würdest?«

Mum verzieht einen Moment lang das Gesicht und sagt dann sehr bestimmt: »Versuch nicht, die Ehe anderer Leute zu verstehen, Liebling, auch nicht die deiner Eltern. Wenn du deine eigene verstehen kannst, hast du Glück. Das Einzige, was du wissen musst, ist, dass Dad und ich einander lieben und wir dich und Jess lieben.«

»Aber du leidest doch.«

»Darüber brauchst du dir keine Sorgen zu machen.«

Ich bin plötzlich total erschöpft und Mum geht es ebenso. Wir wünschen uns Gute Nacht und dann geht Mum nach nebenan, um nach Jess zu sehen. Ich würde sie gern bitten, mich zuzudecken und mir über den Kopf zu streicheln. Aber ich tue es nicht. Ich bin fast sechzehn.

Wo das Bier kühl ist und die Frauen freundlich sind

Ein paar Tage später trifft die eigentliche Einladung zu Chris' Abschiedsparty mit der Post ein. Er hat es sich nicht nehmen lassen, einen Flyer am Computer zu basteln. Ein Sumo-Ringer mit dem Kopf von Chris ist darauf zu sehen mit einer Sprechblase: *Ich werde zum Japaner…* Darunter steht:

Ich verlasse euch alle, um ins Land der aufgehenden Sonne zu ziehen. Deshalb lade ich zum Abschied noch ein letztes Mal bei mir zum Grillen ein. Also macht euch alle zur Harvey-Ranch auf, wo das Bier kühl ist und die Frauen freundlich sind. Acacia Terrace 16, Eastlakes. Ab 17 Uhr. Es ist für alles gesorgt.

Die von Armut geplagten unter euch nehmen den 851er Bus von der Stadt aus und steigen Ecke Gipps und Elizabeth Street aus.

Er hat eine Karte dazugezeichnet, wie man von der Bushaltestelle zu ihm gelangt.

Ich werde nicht hingehen. Ich stelle mir vor, wie ich

verunsichert und alleine herumstehe, während Chris mit der Land-der-Träume-Fraktion und seinen Unifreunden (die noch befremdlicher klingen) gesellig im Garten abhängt.

Das Einzige, was mich bisher immer ermutigt hatte, zu den Land-der-Träume-Partys zu gehen, war die Gewissheit, dass Chris auf mich aufpassen würde. Die Badezimmergeschichte hat das alles kaputt gemacht. Wenn diese Sache nie gewesen wäre, könnten wir wenigstens noch Freunde sein.

Sein endgültiger Abschied steht bedrohlich bevor und ich werde die ganze Woche damit beschäftigt sein, daran zu denken. Er hatte seine letzte Schicht im Land der Träume, als ich nicht gearbeitet habe. Ich spiele mit dem Gedanken, ebenfalls zu kündigen.

Am Samstagnachmittag kommt Penny zu mir zum Übernachten und um für die beiden letzten Prüfungen zu lernen. Ich hatte ihr angeboten, zu ihr zu kommen, aber sie sagte, ihre Mutter ist immer noch total daneben. Gegen 18 Uhr kann ich mich nicht mehr konzentrieren, meine Gedanken sind ganz woanders. Penny legt den Textmarker beiseite.

»Sieh mal, es ist noch nicht zu spät«, sagt sie. »Wenn du willst, komm ich mit. Wir können mit dem Bus in die Stadt fahren und dort in den 851er umsteigen. Wir sagen, wir gehen ins Kino.«

Ich schüttle den Kopf. »Meine Mutter hält ihn für einen Mistkerl.«

»Na ja…« Penny sieht aus, als ob sie sich nur mit Mühe zurückhalten kann. »Du wirst dich richtig mies fühlen, wenn du ihm nicht Auf Wiedersehen sagst. Er fliegt morgen.«

»Ich werde mich so oder so mies fühlen. *Schließlich fliegt er morgen.*«

Penny wird am Sonntagmorgen um zehn abgeholt. Ich verstaue die Schaumstoffmatratze und den Schlafsack. Nur widerwillig tausche ich den Schlafanzug gegen eine Jeans und eins der neuen T-Shirts. Mum und Dad sitzen bei einer Tasse Tee in der Küche über ihren Zeitungen. ABC Klassik-Radio wabert durchs Haus. Jess ist anscheinend in ihrem Zimmer und spielt.

Die Verzweiflung angesichts des anstehenden Tages lähmt mich. Ebenso der Gedanke, dass das Einzige, was ich davon habe, wenn ich ihn überstehe, ein weiterer Tag ohne Chris sein wird. Und danach noch einer. Zieh deine Sneakers an und geh spazieren, versuche ich mich selbst zu ermuntern. Beweg dich, bleib nicht stehen.

Der Türklopfer klackt ziemlich laut an unsere Haustür und reißt mich aus meiner Versunkenheit.

»Ich mach auf«, rufe ich und denke an Penny, die bestimmt etwas vergessen hat. Aber als ich auf die Tür zugehe, erkenne ich durch das Verbundglasfenster jemanden, der aussieht wie ein Lieferant mit etwas in der Hand. Ich öffne die Tür.

Es ist Chris. Er trägt ein verwaschenes T-Shirt und hält eine alte Weinkiste in der Hand. Er sieht ungeduscht aus.

»Wo zum Teufel warst du gestern Abend?«

»Ich konnte nicht kommen.«

»Warum? Du weißt doch, dass ich heute fliege.«

»Ich weiß, dass du heute fliegst«, pflichte ich ihm sanft bei.

»Du hast noch nicht mal angerufen!«

Mum taucht hinter mir im Flur auf.

»Wer ist da, Amelia?«, ruft sie und beäugt den ungepflegten jungen Mann mit der Kiste.

»Ein Freund. Alles in Ordnung.«

Sie zögert einen Moment und geht dann wieder in die Küche.

»Ich bin bestimmt total beliebt hier«, stellt Chris fest. Etwas an seinem Tonfall verrät mir, dass er weiß, wie sehr er mich verletzt hat.

»Mmm.« Mir fällt nichts Besseres ein.

»Hör zu, Kleine«, sagt er. »Männer sind Schweine. Trau keinem von ihnen, ganz gleich, wie aufrichtig sie dir erscheinen mögen.«

»Ich merk es mir.«

»Mach das.«

Ich weine. Kein Heulen oder Schluchzen – aber alles, was sich in mir angestaut hat, drängt unaufhaltsam aus mir heraus.

»Kleine«, sagt er. »Amelia. Es wäre nicht gut gegangen.«

»Das weißt du doch gar nicht.«

»Glaub mir, ich weiß es.«

»Tust du nicht!«

Nachdem er bis eben mit dem Gewicht der Kiste gekämpft hat, stellt er sie auf der Treppe ab. Sie scheint voller Notizbücher zu sein.

»Ich hab dir etwas mitgebracht«, sagt er. »So einiges, um genauer zu sein.«

»Was ist das? Uniunterlagen?«, schluchze ich.

»Das sind meine Tagebücher. Von fünfzehn bis jetzt. Lies sie, damit du weißt, dass du nicht alleine bist.«

Ich starre ihn verblüfft an. Dann die Kiste und wieder ihn.

»Ich will, dass du darauf aufpasst. Kannst du das für mich tun?«

Er wartet auf eine Antwort.

»Ja.« Was soll ich sonst sagen?

»Weißt du«, sagt er sanft, »du spielst in den letzten eine nicht unerhebliche Rolle.«

Ich lasse das auf mich wirken und stupse die Kiste vorsichtig mit dem Fuß an.

»Ich muss los«, sagt er rasch. »Muss noch packen. Pass gut auf dich auf, Kleine. Ich schick dir meine Adresse und so, sobald ich einen festen Wohnsitz habe. Dann können wir uns wieder schreiben.«

Und dann küsst er mich ungestüm auf die Wange. Er riecht ungewaschen.

Vorm Haus steht ein weißer Commodore, der alt, aber gepflegt aussieht. Er zieht das Gartentor hinter sich zu, steigt ein und lässt den Motor an.

»Chris!«

Er lässt das Fenster runter.

»Ja?«

»Rasier dich mal!« Ich reibe die Stelle, wo er mich geküsst hat.

»Mach ich!«

Der Commodore fährt los, die Straße hinab, blinkt nach links und verschwindet um die Ecke.

Ich sehe ungläubig auf die Schatzkiste zu meinen

Füßen, hocke mich hin, greife ein beliebiges Notizbuch heraus und blättere darin. Die Seiten sind übersät mit Chris' Handschrift und langsam weicht die Kälte aus meinem Herzen. Dies ist ein Versöhnungsangebot, soweit es überhaupt angebracht ist, von Versöhnung zu sprechen. Ich fasse mit beiden Händen unter die Kiste und richte mich mühsam damit auf.

»Schatz?«

Das kommt von meinem Vater. Man hört Teetassen auf den Untertassen klirren und Stühle scharren. Mein Vater taucht im Türrahmen auf und dann meine Mutter, beide haben sich durch den Raum und das elterliche Kontinuum bewegt, um ihre Besorgnis über ihre mittlere Tochter zu äußern, diejenige, die sich im Niemandsland zwischen den Schutzwällen von Kindheit und Erwachsensein befindet.

»Alles in Ordnung?«, fragt mein Vater.

»Ja.« Ich lächle sie an. Ein schwaches Lächeln, aber immerhin. Dann schleppe ich meine Schatzkiste hoch in mein Zimmer.

DAS SCHWARZE NOTIZBUCH

2. Mai

Im violetten Notizbuch waren noch ein paar Seiten frei, aber ich hatte plötzlich das Bedürfnis nach einem sauberen Schnitt. Also, los geht's mit der frischen ersten Seite des schwarzen Notizbuchs. Oh, die unbegrenzten Möglichkeiten eines neuen Tagebuchs! Das violette Notizbuch ist auf den Haufen zu all den anderen verbannt worden, wo es Staub ansetzen und Insekten anziehen wird und geduldig darauf wartet, niemals mehr gelesen zu werden.

Rohan kommt am nächsten Wochenende in die Stadt, um hier seinen Geburtstag zu feiern – am Samstagabend werfen seine Eltern bei ihnen zu Hause eine Party für ihn. Das Erfreuliche daran, außer Ro mal wieder zu sehen und das leckere Essen seiner Mutter zu genießen, ist, dass seine Ingenieurclique da sein wird. Das wird sehr wahrscheinlich die wunderbare Stella mit einschließen, die bald Meisterbrauerin sein wird. Seit der Nummer mit der üppigen Blonden aus der Deli-Abteilung hat Chris keinen Sex mehr gehabt, deshalb ist ihm sehr daran gelegen, dem Abhilfe zu schaffen. Ed zieht gern über meine »Dürreperiode« her. Es wundert mich, dass ich noch nie auf die Idee gekommen bin, ihn darauf hinzuweisen, dass seine Dürreperiode so unbegrenzt anhält, dass man nur noch von dauerhaftem Klima sprechen kann. Seit er sechzehn ist, war er nonstop bekifft. Alana, eine von Biancas jungen Busenfreundinnen, hat ihm mehrmals zu verstehen gegeben, dass sie an ihm interessiert ist, aber es kommt bei ihm einfach nicht an.

Dad hat am Freitag Geburtstag und will am Sonntag die Familie zum Grillen einladen, natürlich mit Onkel Jeff und wer auch immer von seiner Familie dazukommen mag. Rette sich, wer kann! Nach diesem Sonntag werde ich versuchen, Onkel Jeff bis Weihnachten aus dem Weg zu gehen. Im Ernst, sobald ich seinen Wagen in der Auffahrt entdecke, werde ich meinen Weg Richtung Pub einschlagen und da ein paar Stunden abhängen, bis er wieder weg ist. Sein blöder Schwachsinn kotzt mich an. Und wenn ich nicht da bin, kann er nicht auf mich einhacken. Nein, das war kein Verschreiber – Jeff hackt im wahrsten Sinne des Wortes auf mich *ein* und nicht nur auf mir *herum.* Heute habe ich mir vorgestellt, wie die Zukunft eine ewige Abfolge von Weihnachtsfesten ist. Eine ganze Serie von Jeffs, einer aggressiver und streitlustiger als der andere, die meinem Vater das ganze gute Bier wegtrinken. Die sich dann, wie es in »seiner Generation« so üblich ist, hinters Steuer setzen und nach Hause fahren.

»Oh mir geht es doch gut«, sagt er immer, wenn ich oder Zoe zaghaft nachfragen, ob er sicher ist, dass sein Alkoholpegel noch unter 0,5 liege, und wir dabei doch genau wissen, dass er mindestens zehn Flaschen Starkbier über den Tag verteilt getrunken hat.

»Alkohol-Limit? Was für ein Limit? Ich kenne kein Limit. Ich gehöre der tollen Nachkriegsgeneration an! Zu meiner Zeit gab es keine solchen Unannehmlichkeiten wie Ins-Röhrchen-Pusten. Man hält die Leute doch nur auf damit auf dem Nachhauseweg; es ist nur eine üble Maßnahme, um dem kleinen Mann noch mehr Geld aus der Tasche zu ziehen!

Ich kann fahren. Wie soll ich denn sonst bitte schön nach Hause kommen?«

Dann bieten Zoe oder ich ihm jedes Mal an, ihn in Dads Auto nach Hause zu bringen.

»Was?«, entfährt es ihm dann immer. »Dann müsste ich ja morgen wieder irgendwie hierherkommen, um mein Auto abzuholen!«

Zoe bietet dann jedes Mal an, dass sie ja sein Auto fahren könnte und ich in Dads Auto hinterherfahre, um Zoe wieder nach Hause zu bringen.

»Oh, was für einen Wirbel ihr macht, ihr jungen Leute.«

Die Autotür knallt zu. Zoe und ich werfen unseren Eltern flehentliche Blicke zu – wollen sie nicht einschreiten? Nein, es hat nicht den Anschein. Entweder sind sie der Meinung, dass sie sich da nicht einmischen sollten, oder sie sind insgeheim mit Onkel Jeff einer Meinung, dass es sein gutes Recht sei, besoffen nach Hause zu fahren.

Die Räder des dunkelgrünen Lexus drehen durch, während er davonbraust und mich und Zoe in der Auffahrt stehen lässt.

»Weißt du«, sagte sie letztes Weihnachten. »Es ist nun mal sein gutes Recht, sich umzubringen. Du erntest, was du säst. Aber was mir überhaupt nicht gefällt, ist, dass er andere gefährdet.«

Ich habe uns zwei kalte Bier geholt und wir ließen uns in der lauen Abendluft auf den warmen Backsteinen am Gartenzaun nieder. Es war der erste angenehme Moment an diesem Tag.

Ganz im Ernst, die Tatsache, dass ich Weihnachten nicht hier sein werde, steht ganz oben auf der Pro-Liste der Gründe dafür, eine Weile ins Ausland zu gehen.

6. Mai

Dads Grillparty zu seinem Geburtstag lief genauso wie erwartet. Onkel Jeff ist mit seiner Tochter Ashley aufgekreuzt. Sie ist zwanzig und studiert im sechsten Semester Kunst und Jura, aber an einer anderen Uni als ich. Zoe und ich haben sie und ihre Geschwister immer mit Argwohn betrachtet – ähnlich wie sie uns. Wieder einmal hat Onkel Jeff bewiesen, dass er ein Problem mit *mir* hat und nicht mit »meiner Generation«, wie er immer sagt. Zoe und Ashley ließ er in Ruhe, aber auf mich hackte er ein.

»Sankt Christophorus!«, polterte er, doch hinter seiner guten Laune lauerte schon der nächste Angriff. »Wo fängst du denn nächstes Jahr an zu arbeiten?«

Er fragte ganz gezielt danach, da er wusste, dass es die schrecklichste Frage ist, die man einem Soziologieabsolventen stellen kann. Und er genoss es richtig. Als ich nicht sofort darauf reagierte, wandte er sich an meinen Vater und fragte ihn: »Was stellst du dir denn vor, was dein Sohn nächstes Jahr macht, Rob?«

Dad erschien ebenso perplex, wenn nicht sogar beschämt, aber Gott sei Dank kam da gerade Zoe mit einer neuen Runde Bier an. Sie hatte bestimmt gelauscht.

Mums Schwester Sue und Stuart, ihr Mann, kamen mit ihrer elfjährigen Tochter Brianna vorbei. Sie wohnen in der Nähe irgendwelcher Berge – Baulkham Hills, Beaumont Hills, irgend so etwas. Ich weiß nicht, warum, aber Sue liebt es, sich bei derartigen Anlässen mit mir zu unterhalten. Sie steuerte ohne Umschweife auf mich zu und verkündete dabei niemandem bestimmten, dass sie sich jetzt »mit Christopher unterhalten will«. Sue, die gute Seele, hat zwar nichts von Onkel Jeffs bedrohlicher Art, aber sie unterhält sich über einen hinweg und jeder Versuch, etwas zu dem Gespräch beizutragen – das heißt, sie in ihrem Monolog zu unterbrechen –, ist zwecklos. Ich weiß nicht genau, ob es tatsächlich einen Berg-Dialekt gibt, aber ihre Art zu sprechen ist wirklich ungewöhnlich. Diese Art schleicht sich überall in ihre Aussprache ein. Die einzigen Beispiele, die mir gerade einfallen, sind etwa, dass sie Straße wie »Schraße« und Distrikt wie »Dischrikt« ausspricht. Und anstatt, dass sie sagt: »Gestern kam endlich der Mann, der die Waschmaschine reparieren wollte«, sagt sie: »Gestern *kommt* endlich der Mann, der die Waschmaschine reparieren will.«

Sie erzählte mir von der Europareise, die sie und Stuart zu Beginn des Jahres mit Brianna gemacht haben, und dann noch davon, wie sehr einer der Lehrer ihrer Tochter sie gekränkt hat, als er schon vor Jahren behauptete, dass Brianna unter ADHS leidet. Was sie nicht tut. Ich habe beide Geschichten schon gehört. Aber es macht mir nichts aus, sie mir noch einmal anzuhören, vor allem, wenn ich mir so Onkel Jeff vom Hals halten kann.

Der Grill steht unter dem Garagendach, ein paar Meter abseits von dem Gedränge. Ich dachte, wenn ich das Grillen übernehme, könnte ich mich eine halbe Stunde vor der Plauderei drücken, aber da lag ich völlig daneben. Wie ich ganz allein in Mums Schürze unter dem Dach des Carports stand und die Steaks und Würstchen wendete, hat Onkel Jeff sofort die Gelegenheit ergriffen und mich zu seinem gefundenen Fressen auserkoren.

Schwuppdiwupp kam er mit dem Bier in der einen, dem Klappstuhl in der anderen Hand zu mir an den Grill und richtete sich dort häuslich ein. Solange das Grillgut noch nicht fertig war, war ich seinen Tiraden schutzlos ausgeliefert. Leider wollten ausgerechnet heute fast alle ihr Fleisch durchgebraten; ich saß also besonders lange in der Klemme.

Er saß selig da und mäkelte an meinem Talent (beziehungsweise fehlenden Talent) als Grillmeister herum. Irgendwann mal stand er unvermittelt auf, kippte sein Bier über die Steaks und ruinierte damit Mums allseits geschätzte Marinade.

»Das verleiht ihnen ein bisschen Geschmack, was?«

Ich hielt entsetzt inne und überlegte kurz, was ich darauf sagen könnte, verkniff es mir aber.

Ich war auf der Zielgeraden eben dabei, die Steaks auf den Teller zu laden und peinlich darauf zu achten, welche blutig, halb durch oder gut durchgebraten waren, als er endlich mit dem rausrückte, was er sich bis zuletzt aufgespart hatte:

»Wie sieht's aus? Hast du inzwischen eine Freundin, Chris?«

»Nein, ich … ich habe keine Freundin.«

»Na ja, das ist ja nicht so schlimm. Nicht jeder Bursche hat eine *Freundin,* wie man weiß. Und das ist auch in Ordnung. Da ist nichts Schlimmes dabei. So ist es nun einfach mal, richtig?«

Ich starrte auf den schweren Fleischteller und dachte über eine passende Antwort auf seine Anspielung nach, mein Dasein ohne Freundin könnte bedeuten, dass ich schwul sei. Ich sah zu meinem Vater hinüber, der gerade mit Onkel Stuart, Zoe und meiner Mutter über etwas lachte.

»Die hier sind fertig«, sagte ich betont locker. »Hau rein! Hier muss man schnell sein.«

Hinterher bewältigten Zoe und ich den größten Teil des Aufräumens und ließen Mum und Dad ein bisschen entspannen.

Ich schaffte alles ins Haus und entsorgte die Reste, Zoe hielt das Geschirr unters Wasser und räumte es in die Spülmaschine. Sie spülte die Platten und Schüsseln, die nicht mehr reinpassten, mit der Hand. Ich trocknete sie ab und räumte sie weg. Als wir fertig waren, holte ich zwei Bier aus dem Kühlschrank und wir setzten uns raus.

»Onkel Jeff glaubt, dass ich schwul bin«, sagte ich.

»Tut er nicht. Er glaubt lediglich, dass er dich damit auf die Palme bringen kann. Hat er's geschafft?«

»Ich hab ihn einfach ignoriert.«

»Du bist erwachsen geworden. Vor einem Jahr hättest du das noch nicht geschafft.«

»Na ja, ich wollte ihm nicht die Genugtuung verschaffen, Dads Geburtstagsparty zu versauen. Das hätte nur seine Lieblingstheorie bestätigt, wonach ich ein nichtsnutziger kleiner Rotzlöffel bin. Außerdem ist es an der Zeit, dass er endlich kapiert, dass Schwulsein keine Schande ist und er damit niemanden mehr schocken kann.«

Wir saßen einen Moment lang schweigend da.

»Hey, leidest du immer noch unter der Trennung von Wie-hieß-sie-noch-mal?«

Seitdem Michaela mir à la *Indiana Jones und der Tempel des Todes* bei lebendigem Leibe das Herz rausgerissen hat, ist sie für Zoe nur noch »Wie-hieß-sie-noch-mal«.

»Ähm, manchmal«, versuchte ich auszuweichen. »Ja, meistens. Ich geb's zu.«

»Schon erstaunlich. Das ist jetzt über ein Jahr her.«

»Na ja, du kennst doch meine Leidenschaft fürs Unglücklichsein. Wie geht's denn Wie-hieß-*er*-noch-mal?«

Terry, Zoes Freund, hat mit ihr zusammen BWL studiert. Sie bringt ihn nicht oft mit. Sie arbeiten beide bei einem

Wirtschaftsprüfungsunternehmen. Er hat bisher kaum ein Wort gesagt, wenn ich ihn gesehen habe. Aber gerade ich sollte mich nicht darüber wundern, was manche Leute an anderen finden.

»Es geht ihm gut«, sagte sie. »Ach, hey …«

»Hey?«

Es hörte sich so an, als ob sie mir was Wichtiges sagen wollte. Oh Gott! Sie will ihn doch nicht etwa heiraten?

»Ich bin raus.«

»Du bist raus? Wo raus?«

»Hier raus. Ich hab eine Wohnung gefunden und werd bald ausziehen.«

»Mist.«

Sie lässt mich hier allein! Sie lässt mich hier allein zurück, als letztes erwachsenes Loser-Kind in der Acacia Terrace 16!

»Lass mich nicht im Stich!«

»Chris, ich werde nächste Woche vierundzwanzig. Es ist höchste Zeit. Es ist längst überfällig.«

Ich dachte kurz über diese nicht von der Hand zu weisende Wahrheit nach.

»Wohin?«, fragte ich matt.

»Nach Leichhardt.«

»Mit wem denn?«

»Mit Sylvia.«

»Hast du's Dad schon gesagt?«

»Morgen.«

Es war fast 23 Uhr. Wir gingen rein und schauten *Star Trek: Raumschiff Voyager.* Es war mal wieder eine dieser Folgen, in der ein Holodeck-Programm außer Kontrolle gerät und das gesamte Raumschiff bedroht ist. Lernen die denn niemals dazu?

13. Mai

Ich war gestern auf Rohans Geburtstagsparty. Und musste dann heute Nachmittag irgendwie meinen Arsch hochkriegen, um vier Stunden im Land der Träume abzusitzen. Heute Morgen habe ich mich so beschissen müde gefühlt, dass ich um ein Haar dort angerufen und mich krankgemeldet hätte. Aber wenn ich mich jedes Mal krankmelden würde, wenn ich verkatert bin, könnte ich's gleich aufgeben. Das wäre dann das Ende vom Lied. Die kleine Amelia war die Einzige, die es sich verkniffen hat, mir zu sagen, wie fertig ich aussah.

Was Rohans Party angeht – nun, wo soll ich anfangen? Ach so, ja, er und die wunderbare Stella sind offensichtlich ein Paar. Was einem gewissen Rohan Levinson den Dreiergewinn aus Haus, Job und Freundin beschert. Ich freu mich für ihn, für alle beide. Ganz im Ernst.

Vielleicht hänge ich mich jetzt ein bisschen weit aus dem Fenster, aber Rohan fällt einfach alles zu. Er ist clever, sieht gut aus. Er wird zudem noch von seiner gut betuchten Familie unterstützt, als ihr einziger und mit Stolz geschätzter Sohn. Er hat einen guten Uni-Abschluss, einen prima Job und hatte schon eine ganze Serie hübscher Freundinnen. Und all das nimmt er so ganz selbstverständlich hin, als wäre es sein angeborenes Recht. Wenn ich das wäre, würde ich mich aufführen wie das Mauerblümchen, das vom Kapitän der Footballmannschaft zum Tanz aufgefordert wird: unendlich dankbar und mehr als ein *wenig* überrascht. So würde ich reagieren:

Oh, Gott! Wie gut meine breiten Schultern doch in diesem Hemd zur Geltung kommen. Das ist ja so was von megacool! Was bin ich doch für ein Glückspilz mit meinen muskulösen breiten Schultern und meinem mysteriösen Charme. Wie bitte? Geld für die Haushypothek? Dad! Das ist das bedeutendste und wertvollste Geschenk, das ich je bekommen habe! Ich weiß gar nicht, was ich sagen soll, außer: Tausend Dank! Das ist eine Riesenerleichterung, ohne eure Hilfe hätte ich es unmöglich geschafft! Ach Stella, hier auf der Party meinen Arm um dich legen zu dürfen, das ist das Allergrößte. Du bist so hübsch und clever und ich kann's kaum glauben, dass ich derjenige sein werde, der dich später noch betatschen darf! Danke! Das ist alles wahnsinnig aufregend.

Auf jeden Fall habe ich Unmengen von den Böreks verdrückt, die Rohans Mutter gemacht hat, raue Mengen an Bier runtergestürzt und zu guter Letzt bin ich dann umgekippt. Nicht bei Rohan zu Hause, sondern im Anschluss, als wir alle noch in die Stadt gefahren sind. Wie in guten alten Zeiten – Mick, Suze, Rohan und ich. Und diesmal noch mit Stella.

Genau. Es ist an der Zeit, mal wieder eine Bestandsaufnahme zu machen:

Zoe lässt mich im Stich und allein in diesem pathetischen Schwebezustand meines Lebensabschnitts.

Das Feld hat momentan nicht viel zu bieten.

Es ist schon eine ganze Weile her, dass ich das letzte Mal von Michaela gehört habe, und das war lange bevor ich ihr die Blumen zu Weihnachten geschickt habe. Wahrscheinlich wird sie sich auch nicht mehr melden. Das ist ein ziemlich ernüchternder Gedanke. Mit etwas Abstand betrachtet wird immer klarer, dass es wahrscheinlich keinen Kontakt mehr zwischen uns geben wird. Nie mehr. Die Wahrscheinlichkeit, ihr hier zu begegnen, ist ziemlich gering. Ich habe diese merkwürdigen Tagträume, bei denen ich sie in zehn

Jahren zufällig auf der Straße treffe. Ich habe womöglich mein erstes Kind im Schlepptau. Sie vielleicht ihres. Unsere Partner kommen darin nicht vor. Diese Vorstellung ist zugebenermaßen hauptsächlich aus einer entfallenen Szene von *Große Erwartungen* entsprungen, in der Pip und Estella sich Jahre später auf der Straße wiedersehen. Pip hat den kleinen Sohn von Joe und Biddy dabei und Estella hält ihn für Pips. Pip arbeitet hart, es geht ihm gut. Er hat sich mit seinem Leben abgefunden. Estella ist diejenige, die unglücklich aussieht, die unglücklich ist. Ihr Leben ist ziemlich verkackt, weil sie statt Pip diesen gewalttätigen Wichser geheiratet hat.

In meiner Vorstellung erscheint Michaela blass und hager. Es quält sie, mich zu sehen, weil ihr bewusst geworden ist, wie unglaublich gut wir zusammengepasst haben, und sie bereut, Brad statt Chris gewählt zu haben. Er hat sich als einer dieser vor allem abwesenden Ehemänner entpuppt. Ich bin es, der die Unterhaltung abbricht, weil ich weitermuss, um meine wieder schwangere Frau zum Mittagessen zu treffen. Ich küsse Michaela ganz unschuldig auf die Wange und gehe mit meinem kleinen Sohn oder meiner Tochter an der Hand davon. Ich drehe mich nicht mehr nach ihr um. Sie sieht uns nach, mit Tränen in den Augen hält sie die Hand ihres Kindes fest, bis wir verschwunden sind.

Ich liebe diesen Tagtraum. Ich spule ihn immer wieder ab.

5. Juni, 23 Uhr

Kathy hat für die nächsten Monate Unterrichtspraktikum und arbeitet deshalb nur noch eine Schicht die Woche. Stuart Green hat gekündigt. Bianca meint, dass er angeblich irgendwo einen »Erwachsenenjob« gefunden hat. Bianca meint auch, dass er und Kathy nicht mehr zusammen sind. Es ist mir ehrlich gesagt ziemlich egal. Bianca unternimmt immer wieder unverhohlene Versuche, mich mit ein paar ihrer Kleinen von der Arbeit zu verkuppeln – allen voran Donna und Alana. Beide sind sechzehn, wirken aber älter. Ich verstehe mich ganz gut mit ihnen. Tatsächlich verstehe ich mich mit den meisten Leuten ganz gut, wenn es sein muss.

Und ich bin einsam, richtig einsam. Selbst eine Freundin, die mir nicht besonders nahesteht, wäre besser als gar keine Freundin. Es hat den Anschein, als würde diese Dürreperiode weiter anhalten. Ich muss mir ernsthaft über meine Möglichkeiten Gedanken machen.

Dann gibt es noch Amelia, die ich lieber mag als alle anderen. Zeit, das mal hier festzuhalten. Aber sie ist noch so jung. In ein paar Monaten werde ich zweiundzwanzig. Ich hoffe, nach der Uni in eine mutige neue Lebensphase einzutreten, und das erscheint mir, mit einer Fünfzehnjährigen im Schlepptau, recht aussichtslos. Wenn sie nur ein paar Jahre älter wäre. Ist sie aber nicht.

Bianca hat für Samstagabend ein paar Auserwählte zu sich eingeladen – ihre Eltern sind mal wieder in Übersee. Es wird jede Menge Alkohol fließen, spendiert von Biancas Eltern, und wahrscheinlich auch ein weißes Pulver, das indirekt ebenfalls Biancas Eltern spendieren. Ich muss zugeben, dass mir die Aussicht auf eine Line Speed von ihrem 7000-Dollar-Granittisch im Wohnzimmer sehr zusagt, zumal man von da aus über den Hafen hinweg auf die blinkenden Lichter der Skyline blicken kann.

6. Juni

Dad nimmt Zoes Auszug, zumindest nach außen hin, gelassen. Ich glaube aber, dass er in seinem tiefsten Innern ganz schön besorgt und traurig darüber ist, seine nicht mehr ganz so kleine Prinzessin zu verlieren. Schon seltsam, dieses moderne Leben, wo die Kids so lange zu Hause wohnen. Als Dad vierundzwanzig war, hatte er schon ein Haus gekauft, meine Mutter kennengelernt und sie geschwängert. Zoe ist genauso alt wie er damals, aber das lässt sich überhaupt nicht miteinander vergleichen. Ich frage mich ernsthaft, wie viel davon auf die Veränderungen bei den Lebenshaltungs- und Wohnkosten und auf die Studienkredite zurückzuführen ist. Für die meisten Studenten gibt es während des Studiums gar keine Alternative zum Zu-Hause-Wohnen.

Mum packt ein paar Kisten mit Besteck, Geschirr und Wäsche für Zoe zusammen. Sie hat ihr außerdem einen Toaster und einen Wasserkocher gekauft, die beide in ihren Kartons im Flur vor sich hinfunkeln. Ich habe ein paar leere, saubere Kisten für den Transport aus dem Lager von der Arbeit abgestaubt.

»Ist dir eigentlich bewusst«, sagte ich vor ein paar Tagen noch zu Zoe, bei einem der letzten Versuche, sie zum Bleiben zu bewegen, »dass es in deiner neuen Wohnung kein kaltes

Bier im Kühlschrank geben wird, es sei denn, du kaufst es selbst und legst es rein?«

»Genau«, entgegnete sie lächelnd. »*Mein* Bier in *meinem* Kühlschrank.«

Es ist an der Zeit – so viel ist klar.

10. Juni

Sonntagmittag. Der erste richtig kalte Tag des Jahres. Ich bin noch nicht ganz wach, aber anscheinend haben Mum und Dad die Heizgeräte hervorgekramt. Der Geruch von verbranntem Staub dringt unter der Tür durch. Ich hasse es aufzustehen, weil es a) kalt ist, b) ein Sonntagmorgen (na ja, inzwischen Nachmittag) allein mit Mum und Dad, was meinen Einzelkindstatus noch verschärft, und c) ich empfindlich verkatert bin und mich dazu noch schäme – die Nachwehen von Biancas Party gestern.

Zoe ist am Freitag ausgezogen. Sie kommt heute zum Abendessen und bringt Dads Auto zurück. Ich fahr sie damit wieder nach Hause. Am Freitag habe ich ihr geholfen, einige Wagenladungen voll nach Leichhardt zu schaffen; um sieben Uhr abends waren wir mit der letzten Fuhre fertig.

Mum und Dad kamen raus, um sich zu verabschieden. Mum hat Zoe eine Tupperbox mit ihrem Lieblingsessen in die Hand gedrückt – Fischcurry – und noch eine mit Reis.

»Als Abendessen«, sagte Mum. »Und …« Sie gab Zoe ein Plastiksieb. »Das brauch ich nicht, nimm du es.«

»Danke Mum«, sagte Zoe und verstaute alles sorgsam unter dem Stapel Kissen auf dem Beifahrersitz.

»Und hier«, sagte Dad, »Ich dachte mir, du hättest vielleicht gern etwas davon...« Er reichte ihr eine Flasche Elliot Rocke Shiraz, Zoes absoluter, aber sehr selten getrunkener Lieblings-Winterwein.

»Oh danke, Dad. Lecker!« Sie studierte lächelnd das Etikett. »Den habe ich schon seit Ewigkeiten nicht mehr getrunken. Ein Hochgenuss! Den werden Silv und ich heute Abend noch köpfen.«

Darauf folgte bedrücktes Schweigen.

»Ich fahr jetzt besser mal los«, sagte Zoe. »Ich seh euch Sonntagabend.«

Wir umarmten uns kurz.

»Pass auf dich auf, Ripley«, flüsterte sie mir ins Ohr.

Dann umarmte sie Dad und zum Schluss Mum. Sie hatten beide Tränen in den Augen.

»Also gut«, murmelte sie und fummelte an den Autoschlüsseln herum. »Tschüss dann.«

Sie stieg in den alten weißen Commodore, ließ den Motor an und schaltete das Licht ein.

Als sie losfuhr, winkten wir zum Abschied.

Später – 17 Uhr

Also gut, hier der Grund, warum ich mich nach der Party gestern so schäme.

Es war wie immer ein Vergnügen, in der Villa von Biancas Eltern am Hafen abzuhängen. Ed und ich fuhren nach der Arbeit mit dem Bus hin.

»Was ist mit Alana?«, fragte ich ihn, als wir in Rose Bay ausstiegen. Alana hat es ernsthaft auf Ed abgesehen. Ed zuckte nur die Schultern.

Wir gingen schweigend nebeneinanderher. Ich habe mich

in letzter Zeit öfter mal gefragt, ob Ed vielleicht schwul ist. Ich hatte einen plötzlichen Anflug von Mut und Vertrauen in unsere Freundschaft und sprach ihn geradeheraus darauf an.

»Ed, bist du schwul?«

Er wandte sich mir zu, sah mich mit geröteten Augen an und schüttelte den Kopf.

»Wie sieht's denn mit dir und Donna aus?«, gab er spitz zurück.

»Donna?«

»Donna«, entgegnete er ruhig. »Sie ist scharf auf dich. Das hast du doch wohl gemerkt.«

»So verzweifelt bin ich nun auch wieder nicht«, sagte ich. »Ich bin einsam und ich bin geil, aber so notgeil nun auch wieder nicht.«

»Sie hat was.«

»Findest du wirklich? Oder meinst du damit vielleicht, sie hat jede Menge Schmuck, Piercings und Gehabe?«

Ed zuckte wieder mit den Schultern.

»Deine Entscheidung«, sagte er nur.

Wir gingen schweigend weiter.

»Amelia kommt heute Abend nicht, oder?«, sagte er listig.

»Amelia? Nee. Bianca hat sie bestimmt nicht eingeladen.«

»Das hätte sie vielleicht, wenn du was gesagt hättest.«

»Ich bezweifle es. Sie vermutet, völlig zu Recht, dass die Kleine zu viel weiß.«

»Zu viel worüber?«

»Zu viel über Bianca. Dass sie eine leere, verwöhnte Hippie-Neureiche ist, die es genießt, die Kleinen so zu manipulieren, dass sie stets eifrig ihr Ego polieren.«

Ed lachte.

»Du sprichst hier von unserer Gastgeberin.«

»Ich weiß, ich fühl mich auch echt mies.«

»Bist du scharf auf Amelia?«, fragte Ed nun in dem gleichen ganz bewusst ruhigen Tonfall, den ich gewählt hatte, als ich ihn fragte, ob er schwul sei.

Ich lachte. »Bin ich scharf auf sie?«

»Bist du's?«

»Sie ist ganz schön jung.«

»Antworte auf die Frage.«

Ich kämpfte. Ich schwankte.

»Ja. Nein. Irgendwie schon. Theoretisch, wohlgemerkt!«

»Na klar.«

Wir bogen in Biancas Straße ein.

Bianca hatte Jeremy und Alana eingespannt, in einem riesigen, glänzenden Shaker Cocktails zu mixen. Sie machte die Runde mit einem großen Krug voll mit was auch immer die beiden da gerade gemischt hatten.

Ich verschwendete keine Zeit, um mich in eine angenehm angeheiterte Stimmung zu versetzen. Ich hatte sogar eine halbwegs zivilisierte Unterhaltung mit Kathy. Sie sah umwerfend aus in einem dieser gekreuzten Tops, das ihr hübsches Schlüsselbein und diese perfekten Brüste zur Geltung brachte, die ich niemals anfassen werde.

»Wie läuft's bei deinem Schulpraktikum?«, fragte ich sie.

»Ganz okay. Das ist jetzt schon meine vierte Woche und es nervt langsam«, sagte sie lachend. »Aber na ja, es ist in Ordnung.«

Oh Mann!, dachte ich. Sie kann es schon jetzt nicht mehr erwarten, einen finanziell wohlsituierten Mann zu finden, der sie heiratet, damit sie nicht mehr arbeiten muss. Ich nehme an, sie hat sich nur für Grundschullehramt entschieden, weil es unverfänglich und sogar anziehend auf die Bankertypen wirkt, die nichts weiter wollen, als eine hübsche, pflegeleichte Frau, die sich um Haus und Kinder kümmert und die Geschäftspartner an-, aber nicht erregt. Grundschullehrerin – eine passende Beschäftigung für eine junge Dame, natürlich nur bis zum ersten Kind. Danach dreht sich alles nur noch um Markenkinderwagen, Peter-Pan-Kindergärten, Mutter-und-Kind-Gruppen im Centennial Park und Picknick-Ausflüge mit dem Geländewagen über die unwegbaren Pisten nach South Head.

»Bist du gerade mit jemandem zusammen?«, fragte sie säuselnd und leert dabei ihr Glas Maracuja-Caipiroska.

»Der alte Chris, den wir alle kennen?«, entgegnete ich. »Nein, der doch nicht. Und du?«

»Ja, um ehrlich zu sein. Ich bin jetzt mit einem von der Uni zusammen. Kennst du James Lyon?«

James Lyon, James Lyon. Kommt mir irgendwie bekannt vor. Er ist einer aus der Clique, mit der sie immer vor der Bücherei zusammen rumhängt. Bin ihm ein paar Mal in der Uni-Bar begegnet. Er studiert BWL im letzten Semester. Hat bereits eine Anwärterstelle bei PricewaterhouseCoopers. Er ist ziemlich groß, einer von der Sorte Alphamännchen. Ja, er könnte sehr gut der Auserwählte sein. Viel Glück dem jungen Paar. In Wahrheit heißt das natürlich: Ich scheiß auf das junge Paar! Aber ich habe endlich das Gefühl, mit Kathy auf Augenhöhe zu sein, durchschaut zu haben, wie sie tickt und worum es ihr geht. Ich habe begriffen, wie so jemand wie ich zu ihrer Lebenseinstellung passen könnte – nämlich überhaupt nicht, ich komme darin gar nicht vor. Ich hätte ihr Erdbeeren mit Schlagsahne, Poesie und Orgasmen bieten können, aber jemand wie James wird ihr ein Haus in Vaucluse und ein sechsstelliges Gehalt bieten.

Ich sehe plötzlich alles ganz klar. Amelia wäre stolz auf mich.

Auf jeden Fall schritt der Abend weiter voran und ich landete irgendwann mit Ed, Donna und Bianca am Billardtisch. Wir tranken alle kübelweise von einer tödlichen roten Flüssigkeit. Ed und ich gewannen das erste Spiel mit einer Kugel Vorsprung. Beim zweiten Spiel blieb nur noch die schwarze Kugel übrig, was zu zwanzig Minuten Pattsituation führte, bis Ed die schwarze versenkte und die weiße gleich hinterher. Ed war total wütend und musste zur Beruhigung erst mal einen Joint auf der Terrasse rauchen. Bianca wollte sich um den Alkoholnachschub kümmern und zog die Tür hinter sich zu, was dazu führte, dass ich plötzlich mit Donna allein war, bei funzeliger Billardtischbeleuchtung. Sie lehnte an der Kante des Holztisches, etwa einen Meter von mir entfernt, die Arme verschränkt, den Queue zwischen den Oberschenkeln.

»Spielst du 'ne Runde mit mir?«, fragte sie lässig.

»Sicher.«

Während sie auf der Fensterbank eine Zigarette drehte, holte ich die Kugeln unterm Tisch vor und legte sie in das Dreieck.

»Willst du anstoßen?«

»Du stößt an«, sagte sie und steckte sich mit ihrem Zippo-Flammenwerfer die Zigarette an.

Weißt du was?, dachte ich bei mir, während sie eine üppige Rauchwolke ausstieß und ihr Zippo wieder zuklappte. Ich kann rauchen nicht ab.

»Woher hast du das eigentlich?« Ich zeigte auf das Zippo.

»Aus Amerika. Als ich meine Mutter vor ein paar Jahren dort besucht habe.«

Ich stieß die Kugeln an und versenkte nicht eine einzige. Donna schoss zwei volle Kugeln mit kräftigen Stößen ins Loch. Dann probierte sie es sachter und verfehlte. Sie trug mehrere klobige Anhänger an langen schwarzen Kordeln und Lederbändern um den Hals, die metallenen Symbole hingen auf Brustwarzenhöhe. Jedes Mal, wenn sie sich zum Anstoß vorbeugte, warf sie die Anhänger über ihre Schulter, damit sie ihr nicht im Weg baumelten. Als ich das nächste Mal dran war, setzte sich Donna wieder auf die Fensterbank und zog eine kleine, verbeulte Tabakdose aus der Tasche. Sie holte einen rechteckigen Spiegel, einen winzigen Plastikbeutel mit Speed und eine Scheckkarte daraus hervor.

»Willst du auch was?«

»Klar.«

Mit der gewandten Fingerfertigkeit einer Professionellen kippte sie was von den braun-weißen Kristallen auf den Spiegel und zerhackte sie mit dem Rand der Karte. Sie formte fachgerecht zwei exakte Streifen daraus.

Ich versenkte zwei weitere Halbe, während sie einen Zehndollarschein aus der Dose holte und ihn fest zusammenrollte.

»Für dich«, sagte sie und hielt mir den Spiegel in Höhe der Anhänger (und ihrer Brustwarzen) hin. Ich beugte mich vor und inhalierte eine der Lines durch die Zehndollarnote.

Ich konnte ein »Fuck!« nicht unterdrücken, als mir die ätzende Chemikalie durch die hinteren Nasenwände brannte. Ich schniefte mehrmals.

»Brennt höllisch, was?«, sagte Donna. Sie zeigte auf die andere Line. »Die ist auch noch für dich.«

»Was ist mit dir?«

»Ich hab noch mehr davon.«

Ich probierte, welches Nasenloch freier war, und beugte mich abermals über den Spiegel.

Ich kreidete meinen Queue ein und stieß noch zweimal an, während sie zwei weitere Lines fertig machte und selbst einsaugte.

»Du bist dran«, sagte ich.

Sie nahm ihren Queue und studierte den Tisch, bevor sie sich nach vorn beugte, um den Stoß auszuführen, nur ein paar Zentimeter von mir entfernt. Ich konnte ein Stück blasse Haut zwischen Jeansbund und ihrem schwarz-weiß gestreiften Shirt sehen. Der Stoß ging daneben.

»Verflucht«, grummelte sie.

Ich fühlte mich unbesiegbar, während ich zur anderen Seite des Tisches schritt. Ich versenkte die restlichen Halben in schneller Folge und anschließend mit einem befriedigenden Klacken die Schwarze.

»Aus und vorbei«, sagte ich weltmännisch, leerte mein Glas und grinste.

»Sieht ganz so aus.« Sie warf den Queue auf den edlen grünen Filz. Dann ging sie um den Tisch herum und machte dasselbe mit meinem.

»Das war guter ... ähm.« Ich wies auf meine Nase. »Guter Stoff.«

»Ja, nicht schlecht.«

»Ich geb dir ein paar Dollar dafür.«

Sie steht aber ziemlich nah, dachte ich eben noch. Da steckte sie auch schon ihre Hände in die Vordertaschen meiner Jeans und zog mich zu sich heran, küsste mich gierig mit offenem, nach Rauch schmeckendem Mund.

Mein gepeinigter, nach Sex lechzender Körper reagierte unmittelbar auf den Druck in der Leistengegend. Wie ich schon mehrfach bemerkt habe, wirkt Donna wie eine Fünfunddreißigjährige im Körper einer Sechzehnjährigen, was sie gestern Nacht einmal mehr unter Beweis gestellt hat.

Mit den Händen hatte sie innerhalb von Sekunden ihr Ziel in meinem Schritt ausgemacht und rieb und drückte daran.

Chris, dachte ich schwach, von irgendwoher, weit weg, komm schon, du kannst doch nicht Sex mit einer Sechzehnjährigen haben. Du kannst noch aufhören.

Aber dann packte sie meine Hände und schob sie unter ihr Shirt. Und von da an gab es kein Halten mehr. Wenn ein Mann erst mal ein paar Brüste zu fassen kriegt, kann er sich nicht mehr bremsen. Ganz besonders nicht, wenn er die besondere Kraft der Amphetamine spürt.

»Was, wenn einer kommt?«, flüsterte ich ihr zu.

»Darum geht's doch, Chris«, sagte sie in voller Lautstärke.

»Nein«, sagte ich und wies auf die Tür, »hier hereinkommt.«

»Das werden sie schon nicht«, sagte sie.

Im Nachhinein kann ich mir gut vorstellen, dass sie das mit Bianca abgesprochen und Bianca die Tür im Auge behalten hat. Donna öffnete auch noch die anderen Knöpfe meiner Jeans mit entnervender Zielsicherheit und rückte meine Boxershorts so zurecht, dass sie mich ohne Stoff anfassen konnte. Ich küsste sie noch mal, bevor sie sich auf den teuren cremefarbenen Teppich kniete. Ich umklammerte den Rand des Billardtischs und sah hinaus auf den Hafen und die Lichter auf der Brücke.

Und so kam es, dass Donna an mir unaussprechbare Akte vollzog und anschließend ich an ihr. Und zwar bis in die frühen Morgenstunden, im Billardzimmer der Villa am Hafen.

Und jetzt sitze ich ein bisschen in der Klemme.

Zoe ist gerade zum Abendessen eingetroffen. Ich hör mal besser auf. Ich hab absolut keinen Appetit.

12. Juni

Ich bin mir ziemlich sicher, dass ich nichts von Donna will. Ich muss heute Nachmittag arbeiten, genau wie sie, deshalb lasse ich mir bis dahin besser was einfallen. Vielleicht bietet sich in ihrer Pause die Gelegenheit zu reden, falls ich dann auch Pause habe. Es gibt da noch etwas: Wenn du eine von Biancas Gefolginnen ablehnst, lehnst du damit auch Bianca ab. Ich frag mich, ob das irgendwelche Auswirkungen haben wird. Aber ich hab keine Angst vor ihr und das weiß sie auch. Es bedeutet nur, dass ich Donna nicht einfach links liegen lassen kann, wie ich es mit Deli-Georgia gemacht habe. Ich muss mir was einfallen lassen. Ich schreibe später, wie's gelaufen ist.

23 Uhr

Es stellte sich heraus, dass ich mir gar keine Gedanken hätte machen müssen. Vielleicht kann die kleine Donna ein Wir-müssen-uns-mal-unterhalten schon meilenweit im Voraus riechen und es ist ihre besondere Gabe, peinlichen Situationen aus dem Weg zu gehen? Oder aber ich habe, weil sie noch so jung ist, fälschlicherweise daraus geschlossen, dass sie sentimental sein und mit mir Händchen haltend durch die Gegend laufen wollen würde, nach dem, was Samstag gelaufen ist. Selbst wenn, hat sie das ziemlich cool hingekriegt.

Am Anfang der Schicht hat sie mir kurz zugenickt, als wäre nichts passiert. Als ich merkte, dass sie ihre Pause nahm, hab ich meine ebenfalls auf acht Uhr gelegt. Sie lehnte draußen beim Diensteingang an der Hauswand und rauchte. Manche Leute nutzen ihre Pausen, um was zu essen, nicht so Donna.

»Hey«, sagte sie.

»Hey«, antwortete ich. »Wie geht's dir?«

»Super. Und dir?«

»Mir geht's auch gut.«

Sie nickte, legte den Kopf in den Nacken und blies den Rauch aus.

»Hmmm, Donna«, sagte ich. »Wegen Samstagnacht…«

»Vergiss es«, sagte sie sehr bestimmt, ohne mich dabei anzusehen.

»Was denn?«

»Lass uns nicht von Samstagnacht anfangen, okay?« Sie warf ihre Zigarette auf den Boden und trat sie mit ihrem schwarzen Stiefel aus. »Bis später«, sagte sie und ging wieder hinein.

Und das war's. Was für eine Last fiel mir von den Schultern. Ich hob ihre Kippe auf, warf sie in den Mülleimer und ging ebenfalls wieder rein. Amelias Kasse war geschlossen. Ich fand sie im Belegschaftsraum mit einer Tasse Tee und einem halben Müsliriegel in der Hand.

»Wo warst du?«, fragte sie und schob mir den Stuhl gegenüber mit dem Fuß hin. »Wusstest du, dass Müsliriegel offensichtlich noch schlimmer sind als Schokoriegel? Die haben uns reingelegt.«

Ich blieb einfach so sitzen, bis Biancas Stimme über Lautsprecher ertönte: »Amelia Hayes and Chris Harvey, begeben Sie sich umgehend an Ihre Kassen.« Sie benutzte Nachnamen nur, wenn sie richtig stinkig war.

17. Juni

Die Suche nach der perfekten Frau verläuft nicht ganz so, wie ich mir das vorgestellt habe. Ich ertappe mich dabei, wie ich mich um drei Uhr morgens, besoffen im Pub, zurückhalten muss, um nicht Amelia anzurufen. Ich hab letztens in einer langweiligen Vorlesung einen Brief an sie geschrieben. Es gibt vieles, worüber ich mich gern mit ihr unterhalten würde. Ich freue mich darauf zu hören, was sie davon hält. Ich helfe ihr gern bei den Hausaufgaben und ihre schrägen Gedankengänge sorgen immer wieder für unterhaltsame Stunden. Da ist so was wie… Zuneigung. Ich würde nach der Arbeit lieber mit ihr zusammen sein, als mit den anderen in den Pub zu gehen. Ich gehe wegen des Biers in die Kneipe und wegen der stillen, eingespielten Freundschaft mit Ed. Bestimmt nicht, um mit Bianca und den anderen dort abzuhängen.

Und natürlich quatschen die anderen darüber. So etwas bleibt nicht unbemerkt. Es wird gekichert und die Augenbrauen hochgezogen. Was mich dazu veranlasst, mir die Frage zu stellen, ob Sex vielleicht doch irgendwie im Spiel sein könnte, na ja, in meiner Vorstellung von Amelia. Aber bei einer Minderjährigen ist das eine problematische Sache und ich komme mit meiner Analyse irgendwie nicht so recht weiter.

Mein Leben kotzt mich an und ich mich selbst ebenfalls. Es braucht eine grundlegende Veränderung. Ich werfe hier mal ein paar Ideen auf den Tisch.

a) Wechsel in die Feinkostabteilung, Vollzeit. Ed davon überzeugen, dass er mitkommt. Für ein Jahr. In der Zwischenzeit überleg ich mir, wie's weitergehen könnte, was reisen, weiterstudieren oder – schluck – eine Festanstellung angeht.

b) Wechsel in die Feinkostabteilung, Vollzeit für ein halbes Jahr, die bittere Pille schlucken und zu Hause bleiben, jeden Cent sparen und dann rumreisen für wer weiß wie lange. Gott, wie ich mich nach einem Tapetenwechsel sehne.

c) Michaela anrufen und ihr sagen, dass ich bereit bin, mit ihr befreundet zu sein. Rest wie oben, zu Hause bleiben und sechs Monate lang arbeiten. Dann eine Doktorandenstelle in Perth finden, hinziehen, die Freundschaftsnummer mit Michaela durchziehen, bis sie aufgibt und mich ins Bett zerrt. Nie wieder zurückkommen.

d) Das hier liegt etwas ferner, im wahrsten Sinne des Wortes, aber ich habe in der Zeitung eine Anzeige für Erwachsenenbildung in Japan entdeckt, die einen englischen Muttersprachler mit Hochschulabschluss als Lehrer suchen. Das wäre mit Sicherheit eine andere Tapete.

e) Mit Amelia zusammenkommen, sie auf ihren Abschluss-Ball begleiten. Vergeblich versuchen, ihre Familie davon zu überzeugen, dass ich ein anständiger Bursche bin. Das Stirnrunzeln der Familie und Freunde ignorieren. Mich mit Händchenhalten und Küssen zufriedengeben. Amelia zu den anstehenden Geburtstagspartys ihrer sechzehnjährigen Freundinnen begleiten. Versuchen, sie in Bars mit Alkoholausschank zu schmuggeln, in denen meine Freunde ihre Geburtstage feiern.

Ich brauche einen Drink. Und dann muss ich mir mal ernsthaft meine Zimmerdecke betrachten.

Später –
Wie es schon in *Alien* heißt: Ganz ruhig, Ripley. Du hast nur das Getriebe ruiniert und lässt jetzt die Metallspäne spritzen. Genau, immer schön mit der Ruhe.

3. August

Das Ding an der Kleinen ist, dass sie mich zum Nachdenken bringt: Sie hat zum Beispiel diese fehlgeleitete, aber dennoch sehr entschiedene Auffassung vom Feminismus, die sie mit all der Inbrunst einer Fünfzehnjährigen vertritt. Zum Beispiel redet sie davon, wie Frauen im häuslichen Bereich permanent übers Ohr gehauen werden oder wie Amelia es beschreibt: »das hart erarbeitete Recht der Frau, ihr Geld durch Lohnarbeit zu verdienen, den Müll rauszubringen, die Hausarbeit zu erledigen, die Kinder zu gebären, zu nähren und für sie zu sorgen, beruflich dafür büßen zu müssen, dass sie die Kinder gekriegt haben, noch mal den Müll rauszubringen und mit dem Kfz-Mechaniker über die Kosten für die Autowartung zu verhandeln.«

»Weißt du was«, habe ich erst vor ein paar Wochen zu ihr gesagt, »so habe ich das noch nie betrachtet.«

»Natürlich nicht«, polterte es aus ihr heraus. »Weshalb auch. Du bist dazu erzogen, deinen Platz im Patriarchat einzunehmen.«

»Ich nicht.«

»Es ist ein sehr subtiler Prozess, Chris. Du bist dir deines eigenen Beitrags dazu noch nicht mal bewusst.«

»Kleine, ich hab an der Uni Seminare über Feminismus belegt. Ich glaube, es wäre mir aufgefallen, wenn ich mit dem Patriarchat konform gehen würde.«

»Na dann«, sagte da der kleine Hitzkopf. »Wann hast du denn zuletzt den Kühlschrank abgetaut? Hast alles ausgeräumt, weggeschmissen, was nicht mehr genießbar war, was du aufheben wolltest, in die Kühlbox getan, hast währenddessen den Kühlschrank von ausgelaufenen Resten, Krümeln und Teilen undefinierbarer Lebensmittel ausgewischt, die Gemüsefächer und Glasplatten herausgenommen, sie in heißem Spülwasser abgewaschen, abgetrocknet und dann alles wieder eingeräumt?«

Okay, ich geb's ja zu, sie hatte mich erwischt. »Hab ich noch nie gemacht.«

Ich wusste vorher noch nicht mal, dass man so etwas macht. Ich habe noch nie darüber nachgedacht, dass man den Kühlschrank tatsächlich sauber machen muss.

»Du kannst darauf wetten, dass deine Mutter das macht. Du kannst sogar Gift darauf nehmen.«

Sie fuhr damit fort, noch weitere Aufgaben abzuspulen, deren Existenz ich bislang noch nicht einmal erahnt hatte, aber deren Erledigung notwendig ist, damit ein Haushalt funktionieren kann. Dann fuhr sie fort, dass es selbstverständlich meine Mutter war, die diese Art von Tätigkeiten erledigte, ebenso wie ihre, und meine Unwissenheit darüber war für sie der lebende Beweis für meinen Beitrag zum Patriarchat.

»Dafür mähe ich den Rasen«, sagte ich etwas pikiert.

»Und ich wette, du willst dafür auch noch einen Orden, du Mistkerl, dafür, dass du alle paar Wochen mal den Rasen mähst! Alle Achtung!«

An diesem Punkt ist es dann immer besser, klein beizugeben und das Gespräch in ruhigeres Fahrwasser zu lenken. Die Kleine hat wie ich eine Ader auf der Stirn, die hervortritt, wenn sie sich aufregt, und manchmal hab ich richtig Schiss, dass sie platzen könnte.

Aber sie hat mich zum Nachdenken gebracht. Sogar dermaßen, dass ich zu Hause ein Buch von Kate Jennings herausgesucht habe. Amelia hatte mich an eine bestimmte Stelle erinnert. Sie ist aus einer Kurzgeschichte. Die Autorin schreibt da:

Ich bin jetzt vierzig und Frauen, die so alt werden und dem Feminismus immer noch kritisch gegenüberstehen, müssen wohl Scheuklappen tragen, die für ein Zugpferd bestimmt sind. Bis eine Frau so alt ist wie Oneida, werden die restlichen Schleier von Illusionen darüber, wer hier die Zügel in der Hand hält und wessen grundlegende Interessen dabei verfolgt werden, sich komplett gelichtet haben.

Ich ermuntere Amelia immer wieder, Kate Jennings zu lesen. Ehrlich gesagt, würde ich ihr am liebsten eine Literaturliste zusammenstellen. Ich möchte sie beim Lernen, Denken und Analysieren erleben. Wie gern würde ich von ihr eine ausgereiftere Analyse darüber lesen, ob es ihrer Mutter als Hausfrau in den Fünfzigern wirklich besser gegangen wäre. Ich möchte, dass sie ernsthaft darüber nachdenkt, wer hier die Zügel in der Hand hält und wessen grundlegende Interessen dabei verfolgt werden. Zu gern würde ich das miterleben wollen.

Ich habe ihr gerade einen gesamten Tagebucheintrag gewidmet.

So etwas nennt man Verzögerungstaktik. Ich wollte eigentlich an meiner Abschlussarbeit schreiben.

25. August

Es gibt nicht viel Neues. Wenn ich eine Bilanz aufstellen müsste, würde unterm Strich herauskommen, dass ich den ganzen Tag und die halbe Nacht an meiner Abschlussarbeit sitze, die ich in zwei Wochen abgeben muss. Bis auf die Zeit, die ich bei der Arbeit verbringe. Ich arbeite dienstags von zwölf bis neun Uhr, donnerstags von vier bis neun und sonntags von zwölf bis vier.

Zu Hause komme ich kaum aus meiner schwarzen Trainingshose, dem Flanellhemd und meinen Ugg-Boots. Ich belohne mich mit Bewegung – wenn ich einen produktiven Tag hatte, erlaube ich mir gegen 16 Uhr einen Spaziergang. Ich gehe eine Runde durch den Park und atme die klare Winterluft tief ein. Manchmal komme ich erst um zehn Uhr abends aus meinem Zimmer und trinke mit Mum ein Glas Rotwein. Sie vermisst Zoe ganz furchtbar, aber wir reden nicht darüber, weil Zoe eine erwachsene Frau ist und es ein wenig albern ist, sich nach einem erwachsenen Kind zu sehnen. Mir fehlt Zoe auch, aber ich versuche, ihren Abgang als Motivation dafür zu nehmen, es ihr gleichzutun und endlich die Kurve zu kratzen.

Dieses Abends-mit-Mum-ein-Glas-Wein-trinken ist neu. Meiner Meinung nach gab es mehrere Faktoren, die dazu geführt haben. Erstens bin ich wegen all der Hausarbeiten, die ich noch schreiben muss, abends meist zu Hause, während ich sonst immer im Pub war und erst nach Hause gekommen bin, als Mum schon schlafen gegangen war. Zweitens rückt unausgesprochen der Tag näher, an dem ich ausziehen werde, sodass wir beide abends am Küchentisch noch einmal ausgiebig die Gesellschaft des anderen genießen. Und drittens macht sich schleichend der Einfluss der Kleinen bemerkbar.

Meine Unterhaltungen mit Amelia haben in meinem Denken eine Veränderung bewirkt. Zum ersten Mal und verdächtig Amelia-geprägt, interessiere ich mich für Mums Lebenswelt und -erfahrungen. Ich erkundigte mich beispielsweise danach, wie sie den Übergang erlebt hat, nachdem die beiden geheiratet hatten. Und wie glücklich sie damals mit dem gemeinsamen Leben mit Dad war. Ich fragte sie, ob er die ganze Zeit gearbeitet hat, als Zoe und ich zur Welt kamen. Ob ihr während der Schwangerschaften übel war. Wie die Verteilung der Hausarbeiten zwischen ihr und Dad war. Inwieweit er sie dabei unterstützt hat. Wann sie danach wieder arbeiten gegangen ist. Wie sie es geschafft hat, den

Job und zwei kleine Kinder unter einen Hut zu bringen. Und während ich sie das fragte, trifft es mich wie ein Schlag: Meinen Dad hätte ich so etwas nie gefragt. Genauso wenig wie sonst einen Kerl.

Eine der Geschichten, die Mum mir erzählte, ist mir ganz besonders in Erinnerung geblieben. Sie hatte noch unbezahlten Erziehungsurlaub von ihrer Arbeit als Grundschulbibliothekarin, da war ich gerade zwei und Zoe vier. Hin und wieder ist sie arbeiten gegangen, wenn ihre Schwester Zeit hatte, sich um mich zu kümmern, aber im Großen und Ganzen war sie zu Hause. Eines Tages erhielt sie ein kurzes förmliches Schreiben vom Bildungsministerium, in dem man ihr mitteilte, dass sie, falls sie nicht innerhalb desselben Monats wieder Vollzeit an ihren Arbeitsplatz zurückkehrte, sie diesen verlieren würde. Die nächste freie Stelle, auf die sie Anspruch hätte, konnte sonst wo in der Stadt sein. *Scheiße*, dachte Mum. Die Schule, in der sie bisher gearbeitet hatte, lag nicht weit entfernt – es wäre unpraktisch gewesen, die Stelle aufgeben zu müssen. Zoe ging bereits dreimal die Woche in den Kindergarten in der Nähe, und das sehr gern. Die Leiterin zeigte Verständnis in Anbetracht der Zwangslage und richtete für Zoe einen Platz für fünf Tage in der Woche ein; sie war also versorgt. Das Problem war ich. In Zoes Kindergarten nahmen sie Kinder erst ab drei auf. Mum wollte mich nur ungern fünf Tage in einer Krippe unterbringen, aber es gab keine andere Möglichkeit.

»Mein kleiner Mann«, sagte sie mit gequälter Stimme zu ihrem Rotwein trinkenden inzwischen erwachsenen Sohn. »Wir beide waren unzertrennlich. Wir verbrachten die meisten Tage nur zu zweit. Dad war ja arbeiten und Zoe im Kindergarten. *Mein kleiner Mann.«*

Sie klapperte die umliegenden Kindertagesstätten ab und erfuhr, wie schwierig es war, einen Zweijährigen fünfmal die Woche unterzubringen, und dazu noch innerhalb von drei Wochen. Einige konnten zwei, andere drei Tage die Woche anbieten, aber das half alles nichts. Sie fand dann schließlich eine städtische Krippe ein paar Vororte weiter. Sie konnten mich sofort aufnehmen. Es war ein düsterer Ort mit einer unseligen Atmosphäre, aber es blieb nichts anderes übrig.

Ich erinnere mich gut daran. Ich musste dort Spinat zu Mittag essen, und als es Zeit für den Mittagsschlaf war, legten sie uns in Gitterbetten, die so hoch waren, dass wir nicht alleine aufstehen konnten. Ich erinnere mich daran, dass ich ein paar Mal ins Bett gemacht habe, weil ich nicht rechtzeitig zur Toilette gekommen bin. Woran wir uns beide erinnern, ist, dass ich jeden Morgen, wenn sie mich dort ablieferte, nicht mehr aufhörte zu weinen und nicht wollte, dass sie mich dort alleine ließ. Ich rannte hinaus in den Vorgarten, drückte mich gegen den Maschendrahtzaun neben dem Eingang und heulte und schrie, sie solle zurückkommen.

Wenn sie mich nachmittags dort abholte, stand ich wie gebannt an derselben Stelle am Zaun. Immer noch weinend hielt ich nach ihr Ausschau. Meine Mum nannte es eines der schrecklichsten Dinge in ihrem Leben, mich dort abzugeben. *Furchtbar,* sagte sie. *Und dein Vater konnte überhaupt nicht nachvollziehen, wie furchtbar es war.*

Amelia sieht in diesen Geschichten grundlegende Bedeutung. Du brauchst gar nicht weiterzusuchen, sagt sie, die Antworten findest du zu Hause. Wenn ich an »die Unterdrückung der Frau« denke, habe ich Mary Wollstonecraft vor Augen. Ich denke an Sachen aus der Vergangenheit oder von sonst wo. So etwas wie, dass Frauen das Wahlrecht vorenthalten wurde; Frauen zu Abtreibungen in dunklen Hinterhöfen gezwungen werden; Frauen der Zugang zu Universitäten verweigert wird; dass Frauen, um das Land zu verlassen, schriftliche Genehmigungen ihrer Männer brauchen; Frauen als Hexen verbrannt wurden und als Sexsklavinnen verkauft werden oder unter sexistischen unterdrückerischen Regimen leben müssen. Ich muss gar nicht lange suchen. Wie ich herausgefunden habe, taut meine Mum tatsächlich den Kühlschrank ab und macht ihn sauber.

Ich habe Amelia mal einen Brief geschrieben, in dem ich sagte, sie müsse gar nicht weit über den eigenen Tellerrand sehen, um gravierende Unterschiede festzustellen – trotz der Geschichte, die der Premierminister & Co. gerne in die Welt setzen, darüber, wie wunderbar alles läuft. Ich hatte ihr empfohlen, sich ganz in ihrer Nähe umzusehen.

Jetzt hat sie bei mir das Gleiche geschafft.

Sämtliche Werbespots für Reinigungsmittel – wirklich alle – zeigen Frauen bei der Hausarbeit. Ich habe heute Abend einen gesehen über ein neues Putzmittel, *»das für JEDE Oberfläche benutzt werden kann, auch für Glas und Holz!«*. Die Kinder schrien im Hintergrund und die Darstellerin drehte sich zur Kamera und sagte so etwas wie: »Ich arbeite Vollzeit und habe drei Kinder zu versorgen. Ich habe keine Zeit, verschiedene Reiniger beim Putzen zu benutzen.«

Eine andere Werbung für Butterbrottüten zeigt eine Dame, die in Bürokleidung in der Küche steht und erklärt, ihr bliebe morgens keine Zeit, lange mit Folie herumzuhantieren, wenn sie für ihre Familie die Pausenbrote schmierte.

Wo sind die Ehemänner? Warum gibt es nicht einen einzigen Werbespot, in dem ein Typ im Anzug oder Overall mit den konkurrierenden Anforderungen von Arbeit, Hausarbeit und Kinderbetreuung kämpft und erklärt, er bräuchte bloß ein zuverlässiges Putzmittel für alles und praktische Butterbrotbeutel?

Kein Wunder, dass die Kleine so sauer ist.

12. September

Reingelegt! Hintergangen!

Mick und Suze. Mick und Suze sind ein Paar. Sie sind schon bald ein Jahr zusammen und haben es vor ihren besten Freunden geheim gehalten. Ich weiß nicht, was mich mehr ankotzt – ihre Geheimnistuerei oder die Tatsache, dass sie die Liebe gefunden haben, nach der ich immer noch suche. Die ganze Zeit – ach, was soll's.

Ich hab heute Abend versucht, Rohan zu erreichen, um seine Meinung darüber zu hören, aber er war nicht da. Wahrscheinlich ist Stella bei ihm. Mick und Suze, Rohan und Stella. Wie wunderschön. Ach ja, und dann ist da noch Chris.

Das war nicht Teil der Abmachung. Es waren immer Mick, Suze, Rohan und ich – vier Einzelkämpfer, die mit vereinten Kräften dem harten Leben da draußen trotzten. Eine sichere Basis, um loszulegen und wieder zurückzukommen, falls es kritisch wurde. Und jetzt sind alle im verdammten Reich der Zweierbeziehung angekommen. Wahrscheinlich werden wir nie mehr zusammen losziehen – sie wollen nur noch zu Hause bleiben, kuscheln und fernsehen. Und falls wir tatsächlich noch mal zusammen ausgehen sollten, könnte ich mich bestimmt nicht darauf konzentrieren, weil ich wahrscheinlich die ganze Zeit denke: Oh Gott, Mick und Suze!

Ich habe gestern meine Abschlussarbeit abgegeben, ein Meilenstein, der von der obigen Offenbarung allerdings etwas überschattet wurde. Wir waren zusammen feiern und sie haben es einfach so nebenbei erwähnt.

Alles ist permanent in Bewegung. Alle wichtigen Standbeine meines Lebens der letzten vier Jahren sind ins Wanken geraten oder haben sich verändert. Aber ich bin immer noch hier. Verdammter Mist!

Morgen rufe ich bei dieser japanischen Schule an.

Jetzt ist alles scheißegal: Ich muss hier raus. Ich brauche etwas, das mir gehört.

Hier gibt es kaum noch etwas, was mich hält.

18. September

Ich bin so verdammt einsam.

20. September

Ich sitze hier fest und versuche, meine letzte Hausarbeit fertig zu kriegen, noch drei Tage bis zur Abgabe.

Außerdem schreibe ich an einer Bewerbung für die Englischschule in Japan.

Mick und Suze ziehen zusammen. Sie haben die Jobs bekommen, auf die sie sich beworben haben. Rohan ist in das neue Haus in Newcastle gezogen. Stella hat da oben gerade 'nen Job gefunden.

Wenigstens bleibt der Land-der-Träume-Haufen weitestgehend derselbe. Ed schmeißt nächste Woche seine Geburtstagsparty.

Ich bin inzwischen zweiundzwanzig.

21. September

Es ist kurz vor Mitternacht. Ich sitze in meinem Zimmer mit meinem dritten randvollen Glas Rotwein und werde gleich die Ereignisse des Abends wiedergeben.

Heute ist Freitag. Zoe und Terry waren zum Abendessen hier. Dad hat den Grill angeworfen und Mum hat die Steaks rausgeholt, die lange in Rotwein, Knoblauch und Honig gezogen hatten. Zoe, Terry und ich haben uns stillschweigend gegen Dads Verhör verbündet, wann die beiden denn endlich ein Haus kaufen würden. Sie kamen mit den üblichen Argumenten – wie schwer es sei, das nötige Geld aufzubringen und danach die Hypothek abzubezahlen. Dad meinte daraufhin etwas von »Opfer bringen«.

Wir schluckten den aufkeimenden Ärger hinunter und gaben uns seufzend geschlagen, spürten das vertraute Gefühl der Hoffnungslosigkeit auf unseren Schultern lasten. Terry wechselte das Thema und brachte das Gespräch auf das AFL-Finale der Australian Football League. Als Zoe und Terry gegangen waren, schrubbte ich den Grill und wünschte mir, dass die Winterzeitumstellung schon früher einsetzen würde. Ich hörte das Telefon klingeln. Mum brachte es mir in den Garten raus.

»Es ist Michaela«, sagte sie.

Und in der Tat, sie war es. Ihre Stimme klang vertraut und fremd zugleich, ich kämpfte damit, nicht den Boden unter den Füßen zu verlieren.

Sie war offen und herzlich und ich ebenfalls, sehr zu meiner Verwunderung. Wir plauderten eine Weile über belanglose Themen, bis sie ziemlich abrupt einwarf: »Du fragst dich sicherlich, was für eine Art von Person sich so verhalten kann, wie ich es getan habe.«

Ich sagte nichts dazu.

»Brad und ich sind schon seit der Highschool zusammen. Seit fünf Jahren! Fünf Jahre bedeuten eine Menge unausgesprochener Verbindlichkeiten. Er ist sympathisch und einfühlsam. Meine Familie betet ihn an, meine Freunde ebenso. Er weiß, was er will. Er liebt mich. Er hat mich für sechs Monate nach Sydney gehen lassen, weil er wusste, dass es das war, was ich wollte. Nein, nicht: Er hat mich gehen lassen – er hat Vertrauen in mich gesetzt. Ich konnte dieses Vertrauen einfach nicht missbrauchen.«

»Du hast dieses Vertrauen aber missbraucht«, konnte ich nicht umhin, sie zu erinnern.

»Ja, ich weiß, ich versuch ja auch nur… dir meine Lage verständlich zu machen.«

Ich empfand kurz Mitleid mit ihr, blöd, wie ich bin. Niemand würde sich einem so anständigen Kerl gegenüber wie ein Arschloch aufführen wollen.

»Nur fürs Protokoll, ich glaube, du hättest mich ziemlich schnell wieder fallen lassen«, sagte sie. »Wenn wir, du weißt schon, wenn wir zusammengeblieben wären. Ich kann ziemlich anstrengend sein, sobald die Flitterwochen vorbei sind. Und ist dir im Nachhinein niemals der Gedanke gekommen, dass du dich ursprünglich in mich verliebt haben könntest, weil ich nach außen hin so starke Prinzipien und klare Überzeugungen hatte, doch unsere Beziehung zugleich der eindeutige Beweis dafür war, dass es für mich keine Prinzipien und Überzeugungen gab?«

»Katze, ich bin mir nicht ganz im Klaren darüber, worauf du hinauswillst.« Vielleicht sagt sie gleich, es tue ihr leid, dachte ich, aber sie sagte gar nichts mehr.

»Warum rufst du an?«, drängte ich sie.

»Brad hat um meine Hand angehalten. Wir sind verlobt.«

Zack! Bumm! Bang! Verdammt harter Schlag mitten ins Gesicht, Batman!

»Das ist doch lächerlich! Du bist viel zu jung, um zu heiraten«, sagte ich schwach. Was Schrott war, denn ich hätte sie auf der Stelle geheiratet.

»Nicht wirklich. Ich bin inzwischen dreiundzwanzig und er vierundzwanzig. Wir bleiben einfach eine Weile lang verlobt. Bis wir wirklich heiraten, bin ich wahrscheinlich fünfundzwanzig. So abwegig ist das gar nicht.«

»Nein«, brachte ich heraus. »Ich schätze nicht.«

»Es musste eine Entscheidung fallen, das will ich damit sagen, Chris. Und ich hab sie getroffen.«

Stille.

»Das hast du allerdings. Und jetzt willst du mir auch noch das andere Ei rausreißen oder war es das schon?«

Auf mich ist Verlass, wenn es darum geht, eine gesittete Unterhaltung in den Dreck zu ziehen.

»Das ist alles«, entgegnete sie eisig. »Ich wollte dir nur sagen, was passiert ist.«

»Wunderbar. Na, dann danke ich dir für deinen Anruf.«

»Und außerdem hab ich nur einmal geweint.«

»Wie bitte?«

»Als du mir die Blumen zu Weihnachten geschickt hast, hast du irgendwas davon geschrieben, wie ich immer geweint habe, wenn wir uns geliebt haben.«

Verdammter »Romeo-and-Juliet«-Song!

»Und nun sag ich dir«, fuhr sie fort, »dass ich nur ein einziges Mal geweint habe, also übertreib nicht!«

Und Tschüss, das war's, wie man so schön sagt.

Lasst uns also das Glas erheben – ich werde es jedenfalls tun – auf Michaela und Brad anstoßen und ihnen lebenslanges Glück wünschen. Und vielleicht noch ein oder zwei Krankheiten mit fiesen Pusteln.

Mir steigt die Galle hoch. Mit einem großen Schluck Rotwein spüle ich sie wieder hinunter. Die Flasche ist leer.

24. September, 23 Uhr 30?

Seit Freitagnacht führe ich mich auf wie ein Elefant im Porzellanladen. Ich bin völlig neben mir. Komplett durch den Wind. Ich habe null Bock zu gar nichts. Mein Fass läuft über vor zersetzender Säure. Das letzte Fünkchen Hoffnung, das ich für Michaela und mich noch hegte, ist erloschen. Bis jetzt bin ich mir noch nicht mal im Klaren darüber gewesen, dass ich mich noch daran geklammert hatte.

Wäre ich weniger mit der Ungerechtigkeit des Universums beschäftigt, das mich ständig übers Ohr haut, würde ich vielleicht der Kleinen gegenüber eine Spur von Schuld empfinden. Gestern war Eds Geburtstagsparty. Obwohl meine Erinnerung allenfalls als schwammig zu bezeichnen ist, erinnere ich mich dennoch daran, dass ich die meiste Zeit am Hals einer billigen Wodkaflasche gehangen habe. Und so schwer es fällt, mir das einzugestehen, an Amelias ebenfalls. Genau. Ich habe ein neues persönliches Tief von besoffener Schäbigkeit an einer Fünfzehnjährigen demonstriert.

Heute ging's mir absolut dreckig. Um vier Uhr nachmittags hab ich das letzte Mal gekotzt. Zum Glück waren meine Eltern nicht da.

Amelia rief an, als ich mich gerade wieder halbwegs menschlich fühlte. Es war echt too much. Ich war so direkt wie irgendwie möglich in Anbetracht meines schwierigen Zustands. Ich glaube, sie dachte, dass wir jetzt zusammen sind. Ich kann das nicht. Ich kann das einfach nicht.

Ja, wäre ich kein Mistkerl mit einer schwarze Seele und Schlamm in den Adern, hätte ich ein mächtig schlechtes Gewissen.

Ich muss jetzt schlafen.

5. Oktober

Ich gehe nach Japan. Seltsam. Unwirklich. Es ist ein Zweijahresvertrag. Ich hab schon unterschrieben. Es kommt mir wie eine Riesenverpflichtung vor. Ich hatte eigentlich eher an sechs Monate gedacht – falls es schrecklich wird –, aber sie sagten, ein Jahr sei das Minimum. Und jetzt sind es zwei. Ich habe es Mum und Dad schon erzählt und werd jetzt gleich mal Zoe anrufen, danach Mick-Suze und Rohan. Am Ende meiner Schicht heute habe ich im Land der (zerplatzten) Träume gekündigt.

Sie haben mir den Job gestern Nachmittag angeboten

und ich habe den gesamten Abend darüber nachgedacht. Zu vorgerückter Stunde habe ich mich mit Mum an den Küchentisch gesetzt. Wir haben zusammen den Rotwein vom Abendessen geleert.

»Mum«, sagte ich, »ich muss hier wirklich raus. Wenigstens eine Zeit lang. Ich bin schon viel zu lange hier. Ich passe hier einfach nicht mehr hin.«

»Hier?«, fragte sie und machte eine ausladende Handbewegung. »Oder Sydney?«

»Beides.«

Wir schwiegen einen Moment lang.

»Nun«, sagte sie dann nachdenklich, »ich schätze, du hast dich entschieden. Du gehst nach Japan.«

»Ja.«

»Also gut.«

»Nur…«

»Nur was?«

Und ich wusste gar nicht genau, was ich da sagte, aber ich sagte es.

»Dieses Mädchen.«

»Welches Mädchen?«

»Eine Freundin, Amelia. Ich kenne sie von der Arbeit. Sie ist was Besonderes.« Ich räusperte mich vernehmlich. »Für mich. Und im Allgemeinen auch. Was Besonderes.«

»Oh«, sagte Mum. »Bist du…?«

»Sie ist fünfzehn.«

»Oh!«

»Fast sechzehn.«

»Trotzdem.«

»Ich weiß. Es würde nicht funktionieren.«

»Noch nicht.«

»Es ist nur so …«

»Es ist schwer.«

»Ja.«

Wir tranken unseren Wein und ich wusste, dass ich gehen würde.

Und ich erinnerte mich daran, wie ich Amelia geküsst habe, auch wenn ich mir eingeredet hatte, dass ich's vergessen habe.

In zwei Wochen geht's los.

Ich mach mich vom Acker. Ich fliege nach Japan. Wir sehen uns dann demnächst dort.

Ungetrübtes Wasser

Es ist Freitagnachmittag, eine Woche vor Weihnachten. Penny und ich fahren mit dem Bus zum Bondi Beach. Es ist heiß und das Meer liegt spiegelglatt vor uns wie ein See: Lake Bondi.

Wir schwimmen wie die Weltmeister. Im Ernst, wir verbringen fast zwei Stunden ununterbrochen im Wasser. Unsere Gesichter und Schultern brennen, aber wir können uns nicht von dem kühlen klaren Nass trennen. Wir lassen uns auf dem Rücken treiben und schwimmen gleich darauf weiter raus, tauchen nach einer Handvoll Sand. Wir kraulen zwischen den Flaggen hin und her; wir gleiten so tief wie möglich durch das Wasser hinab und öffnen die Augen in der grünen Unterwasserwelt. Wir betrachten den vollen Strand von weit draußen, wo es richtig tief ist.

»Uns holen die Haie zuerst«, sagt Penny.

»Sag das nicht«, kreische ich und schwimme ein paar Meter landeinwärts, bis auf die Höhe eines anderen Schwimmers.

»Wir«, sagt sie und schwimmt geschmeidig auf mich zu, »werden ordentlich Armmuskeln kriegen.«

»Ich kann kaum glauben, dass ich noch nicht schlappgemacht habe.«

»Ist das fantastisch, oder was?«

Meine Gedanken kreisen um das bevorstehende Weihnachtsfest in der Familie. Wir wollen morgen Geschenke kaufen, nach meiner Morgenschicht bei Dymocks, dem Buchladen, wo ich jetzt jobbe. Nachdem ich im Land der Träume gekündigt habe, habe ich für das Weihnachtsgeschäft einen Aushilfsjob bei Dymocks gefunden – wenn ich Glück habe, kann ich danach noch weiter dort arbeiten.

»Ich kann es nicht mehr abwarten«, sage ich zu Penny. »Ich will endlich wissen, ob wir in der Oberstufe Ms McFadden als Englischlehrerin kriegen.«

»Das finden wir noch früh genug raus.«

»Das dauert noch fünf Wochen! Was, wenn wir sie nicht kriegen?«

»Kann sein, dass wir nicht in dieselbe Klasse kommen.«

»Sag so was nicht!« Das wäre ja furchtbar. »Dann will ich lieber, dass keine von uns sie kriegt, besser als nur eine.«

»Typisch Amelia.«

Schließlich schwimmen wir doch ans Ufer zurück und lassen uns auf die Handtücher fallen. Es ist bestimmt schon fünf. Vielleicht sogar sechs. Wir trinken Wasser aus vormals gekühlten Flaschen und essen die jetzt warme Wassermelone aus der Lunchbox, die wir mitgebracht haben.

»Hast du diese Woche schon was von deinem Dad gehört?«, frage ich sie.

»Ja, ich war Dienstag mit ihm mittagessen bei seiner Arbeit.«

»Hat er dir inzwischen erzählt, wo er wohnt?«

Sie verzieht kaum merkbar das Gesicht. Nur einem geübten Beobachter wäre es aufgefallen.

»Nein.«

»Das ist…«, aber ich finde keine Worte dafür, wie das genau ist. »Es tut mir so leid, Süße.«

»Ja.« Sie starrt mit erhobenem Kopf zum Horizont.

»Wie geht's deiner Mum?«

»Sie macht sich Sorgen, dass er sie über's Ohr hauen könnte.«

»Finanziell?«

»Ja. Und sie hat ihm die besten Jahre ihres Lebens geschenkt.«

Es haut mich manchmal echt um, was für Gespräche Penny mit ihrer Mutter führt. Meine Familie nervt mich manchmal entsetzlich, aber ich kann mir nicht vorstellen, dass wir nicht mehr zusammen sind. Kann mir nicht vorstellen, dass mein Vater einmal… nicht mehr Teil von uns ist, seine Siebensachen packt und nicht mehr für uns erreichbar ist, außer bei der Arbeit.

»Hast du mal wieder von Chris gehört?«

»Ja, er hat vor ein paar Tagen um drei Uhr nachts besoffen angerufen, aus einem Klub in Tokio. Er sagte, er vermisst mich, aber er amüsiert sich dort gut, er ›versohlt die Japaner‹.«

»Er macht WAS?!«

»Keine Ahnung. Vielleicht habe ich ihn auch falsch verstanden. Im Hintergrund lief laute Techno-Musik. Er hat mir zu Weihnachten ein Buch von Kate Jennings geschickt, ein Essay. Auf die Karte hat er geschrieben, dass es mir nicht nur mit Sicherheit gefallen wird, sondern dass es auch noch prima in eine Handtasche passt, sodass ich es auch unterwegs lesen kann, zum Beispiel in der Bahn.«

»Du hast aber gar keine Handtasche.«

»Nein, aber ich hab diese Umhängetasche, die ich immer mitnehme, wenn wir losziehen.«

»Stimmt.«

»Ich könnte mir auch eine Handtasche kaufen.«

»Na sicher.«

»Glaubst du mir nicht?«

Sie hält die Hände hoch, als wolle sie sagen: Bitte nicht schießen.

Ich gieße mir Wasser über die klebrigen Finger und anschließend über ihre.

»Wie schlimm vermisst du ihn denn?«

»Ziemlich schlimm.«

»Was für ein Scheiß.«

»Da hast du recht.« Ich fühle mich leer, wenn ich nur daran denke. »Ich muss noch so lang warten.«

»Warten?«

»Bis er zurückkommt. Noch fast zwei Jahre. Wie soll ich die nur überstehen?«

»Warten? Überstehen?« Penny haut mir auf den Arm. »Du wirst *nicht* warten. Du wirst nicht... Wir werden nicht... Es gibt doch *so viel* für uns zu tun!«

Ich schweige.

»Er kommt am Ende der zwei Jahre vielleicht noch nicht mal wieder! Er bleibt womöglich dort. Oder er zieht weiter. Er heiratet vielleicht eine Japanerin.«

»Nein!«

»Wer weiß das schon? Und wenn er zurückkommt, sind wir bis dahin mit der Schule fertig und fast volljährig. Wir gehen dann auf Abifeten und zur Uni ... und machen *tausend andere Sachen.* Und wenn er dann noch was von dir will, kannst du dir das immer noch überlegen. Aber du wirst bestimmt nicht die nächsten zwei Jahre damit verbringen, auf ihn zu *warten.* Du wirst nicht in der Warteschleife hängen, auf Eis liegen oder sonst was.«

Ich sehe sie an. Ihre braunen Augen leuchten in dem rosa Licht der Abendsonne.

»Es gibt jede Menge für uns zu tun, Amelia.«

»Tatsächlich? Was denn?«

»Wie schön, ich bin froh, dass du mich danach fragst. Ich werde beispielsweise noch diesen Sommer dafür sorgen, dass du ein Kleid trägst.«

»Ach, Quatsch.«

»Ich versprech's dir. Vielleicht schon heute Abend.«

Heute Abend wollen wir ins Kino, mit Scott und seinen Freunden und noch ein paar anderen aus unserer Clique. Ich habe meinen Frieden mit ihnen geschlossen. Sie sind eigentlich gar nicht so übel, die Jungs. Und ich bin nicht mehr ganz so schlecht gelaunt – was gut ist, für alle Beteiligten.

Ich weiß genau, im Hier und Jetzt der warmen Sommerluft, dass ich mit Chris' Abwesenheit klarkommen muss. Dass Wunschträume nicht viel helfen und dass eine Kiste mit Briefen und Tagebüchern noch lange kein Verlobungsgeschenk ist.

»Jede Menge für uns zu tun«, sage ich und bohre die Fersen in den Sand.

»Genau.«

»Jede Menge!«

Wir halten uns an den Händen, sitzen einfach still da und sehen zu, wie die Schatten im Sand immer länger werden.

Danksagung

Die Autorin bedankt sich bei Mara Print, Julia Shearsby und Stephen Mansfield für ihre Bestärkungen, diesen Roman zu schreiben, und ihre Ermutigungen dabeizubleiben.

Danke, Jamie und Margaret. Für alles.

Valerie Thomas • Stacy Kramer

Stupid Crazy Love Story

Kylie könnte sich ohrfeigen! Wie blöd muss man eigentlich sein, sich erst den Laptop klauen zu lassen und dann auf den Lastwagen der Diebe zu springen? Zu allem Überfluss hat sie nun auch noch Max am Hals, den arrogantesten und (leider) auch süßesten Jungen ihrer Schule, der sich aus irgendeinem Grund nicht abschütteln lässt. Wenn das mal nicht der schlimmste letzte Schultag aller Zeiten wird!

Arena

320 Seiten • Arena Taschenbuch
ISBN 978-3-401-50679-1
www.arena-verlag.de

Auch als E-Book erhältlich